SUSANN

Astrid Li

atb aufbau taschenbuch

SUSANNE LIEDER

Astrid Lindgren

ROMAN

Ihr Leben ist voller Kindheit,
in der Liebe muss sie
nach dem Glück suchen

aufbau taschenbuch

MIX
Papier | Fördert
gute Waldnutzung
FSC® C083411

ISBN 978-3-7466-4002-0

Aufbau Taschenbuch ist eine Marke
der Aufbau Verlage GmbH & Co. KG

7. Auflage 2024

www.aufbau-verlage.de
10969 Berlin, Prinzenstraße 85

Satz Greiner & Reichel, Köln
Druck und Binden CPI books GmbH, Leck, Germany
Printed in Germany

Für Ella

Wenn ich auch nur eine einzige düstere Kindheit erhellen konnte, bin ich zufrieden.

Astrid Lindgren

Teil 1

1929–1931

Kapitel 1

Stockholm im Winter 1929

Astrid zog die Schultern hoch. Sie fror und kroch noch tiefer in ihren Wollmantel.

Was für ein ungemütliches Wetter! Der Himmel war voller grauer Wolken, die tief und schwer über der Stadt hingen. Es sah aus, als würden sich die Häuser Stockholms darunter ducken. Die kahlen Bäume im Vasapark, den Astrid und ihr Sohn Lasse nun passierten, glänzten vor Nässe.

Alle warteten sehnsüchtig auf Schnee, doch dieses Jahr würde es wohl keine weiße Weihnachten geben.

Der dreijährige Lasse trabte missmutig neben ihr her, die Mütze tief ins Gesicht geschoben. »Wann sind wir endlich da?«

»Gleich, nur noch ein paar Schritte. Ein scheußliches Wetter, nicht wahr?«

Er hob den Kopf und schaute sie verwundert an, als verstünde er die Frage nicht.

»Wenn es morgen besser ist, könnten wir in den Park gehen«, schlug sie vor, als sie die Straße überquerten, seine Hand fest in ihrer. Sie hatte schreckliche Angst, er könnte sich losmachen und ihr davonlaufen. Wäre sie an seiner Stelle, würde sie es tun. Wie musste er sich fühlen! Er wurde aus seiner Routine, seinem Leben gerissen und in ein neues gesteckt. Ohne, dass er gefragt worden war. Es ging nicht anders, es gab keine andere Möglichkeit, doch das konnte er nicht verstehen.

Astrid hatte gar nicht erst versucht, es ihm zu erklären.

Stattdessen hatte sie sich vor ihn gehockt und gesagt: »Du musst jetzt mit mir kommen, Lasse.«

»Und wohin?«, hatte er gefragt, die großen blauen Augen ängstlich auf sie gerichtet.

»Nach Stockholm.«

»Aber ich will hierbleiben.« Seine Stimme war ein Flüstern gewesen. »Bei meiner Mama.«

Ihr Herz hatte sich zusammengekrampft. *Ich bin deine Mama, Lasse.* Wie gern würde sie es aussprechen und ihn daran erinnern, was er doch längst wusste. »Marie ist sehr, sehr krank«, hatte sie mit rauer Stimme erwidert. »Deswegen nehme ich dich mit zu mir.«

»In den Park, versprochen?«, fragte er nun, und sie zuckte zusammen.

Seit sie Kopenhagen verlassen hatten, hatte er kaum ein Wort gesprochen. Im Zug hatte er still dagesessen, die kleinen Hände im Schoß. Sein trauriger Blick war unruhig hierhin und dorthin gehuscht, bis er irgendwann an ihr hängengeblieben war. *Muss ich wirklich mit dir kommen?*, stand darin geschrieben, und sie hätte gern die Arme um ihn geschlossen und ihn fest an sich gezogen.

»Ja, wir könnten Fangen oder Verstecken spielen. Oder auf Bäume klettern.«

Lasse zog einen Schmollmund, und sie befürchtete, er würde weinen. Doch das tat er nicht. »Mit Carl und Esse hab ich auch Fangen gespielt.« Wieder waren seine Worte geflüstert, mühsam hervorgebracht.

Astrid war, als nähme man ihr das Herz aus der Brust und zerdrückte es vor ihren Augen. »Ich weiß, Lasse.«

»Wann kann ich wieder heim?«

Sie schluckte. »Du bleibst bei mir, das habe ich dir doch erklärt, mein Kleiner.« Sie hatte ihn gar nicht so ansprechen wollen, weil sie befürchtete, ihn damit zu verschrecken.

Wieder schluckte sie. *Reiß dich zusammen und mach weiter.*

Das waren die Worte ihrer Mutter, die sie im Laufe ihres Lebens so häufig gehört hatte, dass sie sich ihr eingebrannt hatten.

Energisch räusperte sie sich und deutete nach vorn auf ein graues Haus mit weißer Eingangstür. »Siehst du das Haus dort drüben? Da wohne ich.«

Der Regen tropfte ihr in den Kragen, ihr Kopftuch war völlig durchnässt. Als sie in die Manteltasche griff, um ihren Schlüssel hervorzuholen, trat ihre Nachbarin aus dem Haus.

»Guten Tag, Frau Terstegen.« Astrid wich das Blut aus dem Gesicht, gleichzeitig fühlte es sich heiß und brennend an.

»Wen haben wir denn da?« Ihre Nachbarin sah Lasse an, und ein Lächeln huschte über ihr Gesicht. »Du bist aber ein niedlicher kleiner Junge. Wie heißt du denn?«

»Er heißt Lasse«, erklärte Astrid hastig.

Frau Terstegen blickte erst zu ihr, dann zu ihm und schien zu überlegen – und sich sehr wahrscheinlich zu fragen, in welchem Verhältnis sie zueinanderstanden.

Astrids Wangen glühten. »Komm, Lasse.« Sie schob ihn vor sich her durch die Haustür. »Einen schönen Tag noch.«

»Wünsche ich Ihnen auch, Fräulein Ericsson.«

Hatte sie »Fräulein« betont? *Unsinn, das bilde ich mir ein.*

Mit zittrigen Händen nahm Astrid die Post aus dem Briefkasten; zwei Briefe für ihre Vermieterin, ein zerknitterter, feucht gewordener Werbezettel eines Kaufhauses und eine Karte von ihrem Bruder.

Lasse rümpfte die Nase. »Iih, hier stinkt's.«

Sie musste lachen. »Das ist nichts Ungewöhnliches. Daran gewöhnst du dich.« Man gewöhnte sich bekanntlich an alles.

Als sie die Treppe hinaufgingen, betrachtete sie erneut ihren kleinen Sohn, das Kind, das sie gleich nach seiner Geburt bei einer Pflegefamilie hatte zurücklassen müssen. Sie hatte damals keine andere Wahl gehabt, hatte Vimmerby Hals über Kopf verlassen.

Nun war ihr Sohn bei ihr –, und wieder hatte sie keine andere Wahl gehabt. Lieber hätte sie Lasse aus freien Stücken zu sich geholt. Weil die Zeichen nun günstig standen. Weil sie endlich seine Mutter sein durfte und sich um ihn kümmern konnte. Doch wieder hatte das Schicksal die Karten gemischt.

Es fühlte sich unwirklich an, ihn bei sich zu haben, hier in diesem Haus, in dieser Stadt.

»Manchmal riecht es nach nassem Hund«, plapperte sie drauflos und hoffte, ihm ein Lachen entlocken zu können. »Obwohl niemand hier einen hat.«

Lasse schaute sie ernst an.

»Aber ich weiß, wer einen hat«, sprach sie weiter, während sie die Wohnungstür aufschloss. »Du magst doch Hunde, oder?«

Ihr Sohn schwieg, blickte sich nur in dem schmalen Flur um.

Sie unterdrückte ein Seufzen. »Komm, ich zeige dir mein Zimmer.«

Es gab nur dieses eine Zimmer, in dem schlief und aß Astrid, beantwortete ihre Post und las in ihren Büchern.

»Wo ist mein Zimmer?«, fragte Lasse, nachdem sie sich ausgezogen und die Haare trocken gerubbelt hatten.

Sie deutete auf das kleine Bett, das sie von ihrem letzten Geld gekauft hatte. Sie hatte so feilschen müssen, dass es ihr peinlich gewesen war. Jetzt hatte sie keine einzige Krone mehr. Vielleicht könnte sie ihren Chef um einen kleinen Vorschuss bitten.

Ihr Geld reichte nie, und oft hatte sie nicht nach Kopenhagen fahren und ihren Sohn besuchen können.

Gott sei Dank hatte ihre Mutter Anfang der Woche wieder ein Ess-Paket mit Brot, einem Töpfchen gesalzener Butter, Wurst, Käse und sogar einem kleinen Kuchen geschickt. Ohne diese regelmäßigen Pakete wäre sie aufgeschmissen gewesen.

»Setz dich drüben aufs Bett, Lasse. Du hast doch bestimmt Hunger. Meine Mutter hat uns einen leckeren Käse geschickt.« Sie verstummte, ärgerte sich, dass sie nicht »deine Großmutter« gesagt hatte. Aber würde sie ihn damit nicht überfordern? Schließlich kannte er seine Großeltern nicht.

Astrid sank auf ihr Bett, das sich gleich neben Lasses befand. Mit einem Mal hatte sie das Gefühl, alles breche über ihr zusammen. Sie würde es nicht schaffen, für Lasse zu sorgen. *Was hast du dir nur gedacht, dummes Schicksal? Wie soll ich eine gute Mutter sein? Wie soll er es bei mir so gut haben, wie bei Marie? Ich weiß ja kaum, wie ich selbst über die Runden kommen soll.*

»Bist du traurig?« Lasse streckte die Hand nach ihrer aus, und sie nahm und drückte sie sacht.

»Ein bisschen vielleicht.«

»Und wieso?«

»Weil … weil ich mich an so vieles gewöhnen muss.« *Genau wie du.*

Lasse nickte mit ernster Miene.

Astrid spürte einen dicken Kloß im Hals, und wieder zog sich ihr Herz schmerzhaft zusammen. *Immer das Herz*, dachte sie bekümmert, straffte dann jedoch die Schultern. *Reiß dich zusammen! Für ihn ist es weit schlimmer als für dich.*

»Komm, ich schneide dir eine Scheibe Brot und ein dickes Stück Käse ab.«

»Ich hab keinen Hunger.« Seine Augen blickten umher, als frage er sich, was er hier zu suchen hatte. Und ob er es hier eine Weile aushalten könnte –, und wie lang diese Weile wäre. »Kommt Mama bald und holt mich ab?« Es klang bange, als ahne er, wie die Antwort ausfallen würde und dass er sie nicht hören wollte.

»Marie ist sehr krank, Lasse«, erwiderte Astrid sanft.

Es war das Herz. *Ist es nicht immer das Herz?*, hatte sie gedacht, als seine Pflegemutter sie über ihren Zustand unterrichtet hatte. Entweder es war klinisch krank, oder man litt aus ganz anderen Gründen an Herzweh: aus Traurigkeit, Alleinsein, Schuldgefühlen, Scham, unglücklichem Verliebtsein. Allem zusammen.

Astrid schnitt zwei Scheiben Brot ab, bestrich sie mit Butter und legte sie auf zwei Teller. Dann nahm sie den Käselaib und betrachtete ihn nachdenklich. *Wie soll es bloß weitergehen? Wie soll ich mich um meinen Sohn kümmern, der mich jetzt so dringend braucht?*

Sie hob den Blick und schaute zu ihm, wie er dort auf dem Bett saß und mit den Beinchen baumelte. Er war schon wieder gewachsen, jedes Mal, wenn sie ihn in Kopenhagen besucht hatte, war er wieder ein Stückchen größer. »Irgendwann wirst du noch an die Zimmerdecke stoßen«, hatte sie ihn beim letzten Besuch geneckt.

Nein, beim vorletzten, korrigierte sie sich. Bei ihrem letzten Besuch hatte sie seinen kleinen Koffer gepackt und hilflos mitangesehen, wie er sich erst von Carl und Esse und schließlich von Maries Schwester verabschiedete, die ihn vorübergehend aufgenommen und leise gesagt hatte: »Du musst jetzt ein großer, vernünftiger Junge sein, ja?«

Astrid hatte in der Tür gestanden, im Hals einen hühnereigroßen Kloß, im Magen ein heißes Brennen und das Herz wund vor Kummer. Vernünftig. War sie je vernünftig gewesen?

Sie schnitt Käse ab, zerteilte ihn in Stücke und legte ihn auf die Teller. Als sie damit zu Lasse ging, schüttelte er den Kopf.

»Aber du musst etwas essen.«

»Kein Hunger.« Ihr Sohn drehte den Kopf in die andere Richtung, und sie stellte den Teller neben ihn aufs Bett.

»Ich muss gar nichts«, hätte sie als kleines Mädchen erwidert.

Mit »müssen« und »das macht man so« hatte man ihr gar nicht zu kommen brauchen. Und ihre Mutter hatte es auch nicht erst versucht. »Wenn du mit knurrendem Magen schlafen gehen willst, bitte sehr«, hätte sie gesagt. »Dann wirst du bis zum Frühstück warten müssen.«

Astrid hatte oft genug Lehrgeld zahlen müssen, weil sie sich etwas in den Kopf gesetzt hatte, unbedingt etwas ausprobieren wollte. Beschwert hatte sie sich hinterher nie, sondern es stets als Erfahrung verbucht.

Lasse starrte die gegenüberliegende Wand an, an der ein schmales Bücherregal stand.

»Wenn du möchtest, lese ich dir später etwas vor.« Sie ließ es heiter klingen, fröhlich, als seien sie zu einer Übernachtungsparty verabredet. »Ach nein«, sagte sie dann. »Ich fürchte, ich habe gar kein Kinderbuch da. Aber ich könnte dir eine Geschichte erzählen.«

Lasses blauen Augen blitzten, und sie spürte, wie sich der Knoten in ihrem Hals etwas lockerte. »Du magst doch Geschichten, nicht wahr?«

Ein zögerliches Nicken, und ihr Herz machte einen kleinen übermütigen Satz. Vielleicht würde sie es ja doch schaffen, vielleicht konnte sie ihm ja doch eine richtige Mutter sein.

In der Nacht saß sie im Bett, den Rücken an die Wand gelehnt, die Decke über den Knien, und lauschte Lasses Atem.

Er hatte lange gebraucht, bis er endlich eingeschlafen war.

Sie sollte wenigstens versuchen, noch zwei, drei Stunden zu schlafen, aber sie wusste, dass es zwecklos war.

Wie oft hatte sie sich in den vergangenen drei Jahren gefragt, ob Lasse wohl gerade an sie dachte, sie vermisste oder sich nach und nach von ihr entfremden würde. Als er Marie das erste Mal in ihrer Gegenwart »Mama« genannt hatte, hatte sie sich schnell umgedreht und die Hand vor den Mund gepresst.

Lasse murmelte etwas im Schlaf und drehte sich um. Sein Bettzeug raschelte, und Astrid stellte sich vor, wie sie zu ihm unter die Decke kroch und sich an ihn kuschelte. Irgendwann würde sie sich trauen.

Ihr Leben, ihr Alltag, würde sich komplett ändern. Sie war nun eine alleinerziehende Mutter, die für ihr Kind sorgen musste. Drei lange Jahre hatte sie es sich sehnlich gewünscht, und nun, da es so weit war, zog sich ihr Magen vor Furcht und Anspannung zusammen.

Astrid schloss die Augen. *Ich schaffe das. Wie ich bisher alles geschafft habe, was ich schaffen musste.*

Auch wenn sie beinahe jedes Mal einen Umweg hatte machen müssen.

Kapitel 2

Astrid schreckte auf – noch immer saß sie an die Wand gelehnt im Bett –, als Lasse plötzlich vor ihr stand und ihre Schulter berührte. »Kann ich heute wieder heim?«

Sie musste sich eisern beherrschen, nicht aufzuschluchzen, und nur mit großer Mühe brachte sie hervor: »Nein, mein Kleiner. Ich werde von nun an für dich sorgen.«

So lange hatte sie diesen Satz nicht aussprechen dürfen. Nun konnte sie es, und es fühlte sich schrecklich an. Weil sie ahnte, was gerade in ihrem Sohn vorging, wie groß seine Angst war und wie sehr er sein altes Leben herbeisehnte. Sein kleines Herz musste sich noch viel wunder anfühlen als ihres.

Ich müsste doch eifersüchtig sein, dachte sie, *mein Herz müsste brennen vor Eifersucht.*

Aber alles, was sie fühlte, waren Traurigkeit, weil es ihrem Sohn schlecht ging, und ein schlechtes Gewissen, weil sie dafür verantwortlich war.

Eine Träne quoll aus seinem Auge und rann über seine Wange.

Bevor Astrid sich besinnen konnte, hatte sie die Hand ausgestreckt und sacht mit dem Daumen darüber gewischt. »Nicht weinen, Lasse.« Ihre Stimme brach, und sie schluckte.

Kein Laut, nicht ein einziger Ton kam aus seiner Kehle, nur ein paar Tränen liefen ihm übers Gesicht. Tränen, die für Astrid wie eine stumme Anklage waren.

Das Gesicht ihres Sohnes, der vor ihr stand und lautlos weinte, würde sich auf ewig in ihr Gedächtnis brennen.

Lasse ließ sich klaglos und stumm anziehen und wehrte sich auch nicht, als Astrid ihn anschließend an der Hand nahm und in die Küche brachte, wo Frau Berglund, ihre Zimmerwirtin, gerade Frühstück machte. Sie hatte versprochen, auf ihn aufzupassen.

»Da sind Sie ja, Astrid.« Sie drehte sich zu ihnen um, ein breites, herzliches Lächeln im Gesicht. »Du bist also Lasse, deine Mama hat mir viel von dir erzählt.«

Was nicht stimmte, im Gegenteil, Astrid hatte kaum etwas gesagt, sondern nur gefragt, ob sie ihn vorerst bei ihr lassen könnte, bis sie eine andere Lösung gefunden hätte.

Frau Berglund strich Lasse übers Haar. »Du darfst mich Vera nennen.«

Keine Reaktion, nur ein scheuer Blick aus seinen großen Augen.

Astrid rang sich ein Lächeln ab. »Vielen Dank, Frau Berglund, ich weiß das wirklich sehr zu schätzen, dass Sie so freundlich sind und sich um ihn kümmern.« Sie beugte sich zu Lasse herunter und legte die Hände auf seine Schultern. Wie zart und zerbrechlich er wirkte. »Bis heute Abend. Ich verspreche dir, dass ich ganz pünktlich sein werde. Und du suchst dir aus, was wir spielen, ja?«

Noch immer reagierte er nicht, nur seine Unterlippe bebte leicht.

Astrid gab ihm einen Kuss auf die Stirn. Ein »Sei brav, ja?« konnte sie gerade noch rechtzeitig verschlucken. Wie sehr hätte sie es gehasst, wenn es jemand zu ihr gesagt hätte –, und wie überrascht sie war, dass sie es überhaupt gedacht hatte. Abrupt wandte sie sich ab und lief aus der Tür.

Astrid war froh, die Stelle als Sekretärin im Königlichen Automobilclub ergattert zu haben. Meistens ging es dort lustig zu, die Arbeit machte ihr Spaß, und sie mochte ihre Kollegen, die freundlich und umgänglich waren. Den Weg zur Redaktion genoss sie stets, weil sie gern früh am Morgen unterwegs war, wenn Stockholm erwachte und die Luft frisch und klar war.

Heute jedoch nahm sie den Weg kaum wahr. Sie hatte die Arme um ihren Oberkörper geschlungen, und das Geräusch ihrer Absätze auf dem feuchten Asphalt hallte unwirklich in ihren Ohren.

Es war, als beobachte sie sich von außen: Eine junge Frau mit Bubikopf, die eilig und weit ausschritt, gehüllt in einen hellen Mantel, der schon bessere Zeiten gesehen hatte.

Weinte Lasse? Stand er am Fenster und hatte ihr hinterhergeblickt?

Astrid musste an ihren Besuch im Smaländer Kinderheim vor gut einem Jahr denken. Britta, die dreijährige Tochter einer Freundin, lebte dort. Ebba schien es nicht das Herz zu zerreißen, ihr Kind dort untergebracht zu wissen. Das wirklich Schlimme aber war, dass sie immer wieder neue Ausreden hatte, um ihr kleines Mädchen nicht besuchen zu müssen.

Also hatte Astrid beschlossen hinzufahren, um zu sehen, wie es ihr ging. Das Kinderheim war ein Haus aus rotem Backstein und einer breiten Holztür. *Es sieht doch ganz einladend aus*, hatte sie gedacht. Es war merkwürdig still im Gebäude gewesen, keine Stimmen, keine Schritte, kein Lachen.

Astrid hatte an eine Tür geklopft und nach Britta gefragt, und man hatte sie in einen Raum gebracht, der karg und trostlos aussah. Um einen großen Tisch saßen Kinder und blickten auf, als sie hereinkam. Die Frau, die sie hergeführt hatte, zeigte auf ein kleines

Mädchen mit blonden Ponyfransen. »Das ist Britta. Komm her, Kind!«

Das Mädchen stand auf, sein Stuhl knarzte, als er über den Boden geschoben wurde.

»Gib Fräulein Ericsson die Hand. Sie ist extra hergekommen, um zu sehen, dass du es gut hast.«

Astrid hob das Mädchen hoch und setzte es auf ihre Hüfte. »Ich bin eine Freundin deiner Mama. Sie kann heute nicht kommen, deshalb bin ich da.« Sie wurde nicht einmal rot.

Auch die anderen Kinder waren aufgestanden und zu ihr gekommen. Ein Dutzend Augenpaare blickten sie an, und sie meinte außer Neugier noch etwas in den Blicken zu erkennen: Hoffnung.

Im Raum gab es außer dem Tisch und mehreren Stühlen nur ein schmales Regal mit einer Handvoll Büchern darin und auf dem Fußboden eine Holzkiste mit bunten Bauklötzen und zwei Stoffpuppen, die genauso jämmerlich und traurig aussahen wie die Mädchen, die mit ihnen spielten.

Astrid hatte nie viel Spielzeug besessen, warum auch, sie und ihre Spielkameraden – ihre Geschwister, die Kinder der Mägde und Knechte auf Näs und die Nachbarskinder – hatten mit allem gespielt, was die Natur ihnen schenkte. Sie hatten Baumhäuser gebaut und Kuhlen für Höhlen gegraben, waren vom Heuboden ins Stroh gesprungen und auf dem Dachboden auf Entdeckungstour gegangen. Irgendetwas hatten sie immer gefunden, so wie in jedem Frühjahr kleine Kätzchen, die übereinander purzelten. Astrids Bruder Gunnar war ihr Sachensucher gewesen. Er war wie ein Spürhund, und Astrid hatte ihn aufgezogen, dass er doch eigentlich auch auf allen vieren laufen könnte. Das hatte er prompt getan, und die anderen hatten sich vor Lachen gar nicht mehr eingekriegt.

Das alles ging ihr durch den Kopf, als sie mit Britta auf der Hüfte dastand und in die sehnsüchtigen Augen der Kinder schaute. Beklemmung überkam sie, und das Mitgefühl für diese armen kleinen Geschöpfe, die ohne liebevolle Bezugsperson aufwachsen mussten, machte ihr das Herz schwer. Sie empfand aber auch Empörung über die Zustände, die in diesem Kinderheim herrschten.

»Spielst du mit uns? Hast du uns was mitgebracht?«, kam es plötzlich von allen Seiten.

Astrid stellte Britta auf die Füße und fasste in ihre Manteltasche, in der sich ein paar Bonbons befanden, die sie vorsorglich eingesteckt hatte.

Wie dumm von mir, so dumm! Ich habe viel zu wenig eingepackt.

Erst da bemerkte sie eine weitere Frau, jünger als die andere, die in der Ecke an einem kleinen Tisch saß und etwas auf ein Blatt Papier schrieb. Ob sie die Kinder beobachten sollte und alles peinlich genau dokumentierte?

Astrid fühlte sich unbehaglich und murmelte einen leisen Gruß, der nicht erwidert wurde.

Aber oh, als sie die Bonbons aus der Manteltasche nahm, kam die Frau plötzlich herbeigeeilt, schnappte sich die Bonbons und verteilte sie ruckzuck an die Kinder. Das geschah so schnell, dass Astrid nicht sehen konnte, wer leer ausgegangen war. »Das ist aber nett von Fräulein Ericsson, nicht wahr, Kinder?«

Ein weizenblonder Junge hatte kein Bonbon abbekommen, und er war sicher nicht der einzige. Er sah den anderen dabei zu, wie sie ihres auspackten und in den Mund schoben, und begann zu schluchzen. Seine Unterlippe zitterte.

»Sei nicht albern, Rune«, sagte die Frau zu ihm. »Es war halt keins mehr übrig.«

»Aber ich will auch eins!«, heulte er und stellte sich vor Astrid, die Hand ausgestreckt.

»Das macht man nicht!«, schimpfte die Frau und wollte ihn wegziehen.

»Tut mir leid«, hatte Astrid zur gleichen Zeit gesagt und sich hingehockt. »Ich komme wieder und bringe mehr mit, versprochen.«

Der Kleine wischte sich den Rotz mit dem Ärmel seines Pullovers weg. »Kriege ich dann zwei? Weil ich doch heute gar keins gekriegt habe?«

»Wirst du wohl brav sein!«, schimpfte die Frau und zog ihn kurzerhand weg. Sie setzte ihn auf einen Stuhl und sprach mit ihm. Ihre Worte klangen tadelnd, schroff und hartherzig, und Astrid krampfte sich der Magen zusammen. Am liebsten würde sie die Kinder nehmen und mit ihnen davonrennen. Wie konnte Ebba ihre Tochter nur hierlassen und sie nicht einmal besuchen?

Astrid war einmal mehr froh, Marie gefunden zu haben. Ihr kleiner Sohn hatte nicht in einem Kinderheim aufwachsen müssen.

Auch jetzt, als sie die Straße überquerte und auf das Haus zusteuerte, in dem sich der Königliche Automobilclub befand, waren die Emotionen von damals wieder so präsent, dass ihr übel wurde.

Bevor sie die Tür öffnete, straffte sie die Schultern und betete den Leitsatz ihrer Mutter herunter, der mittlerweile auch zu ihrem geworden war: Zusammenreißen und weitermachen.

»Du bist heute so schweigsam«, meinte ihre Kollegin Ingrid, als sie sich später im Büro gegenübersaßen, beide den Kopf über die Schreibmaschine gesenkt. »Du wirst doch nicht krank?«

»Ich und krank.« Astrid setzte ein heiteres Gesicht auf. Darin war sie gut, sogar so gut, dass ihre Mutter dann und wann darauf hereinfiel. »Ich habe nur schlecht geschlafen.«

Ingrid stand auf, blickte sich rasch um und setzte sich auf die Ecke von Astrids Schreibtisch. Mit einem Bein baumelnd fragte sie: »Warum sagst du Herrn Lindgren nicht, dass du dich nicht gut fühlst? Ich kann deine Arbeit übernehmen.«

»Das ist lieb, aber nicht nötig. Ich schaffe das schon.«

»Wie du meinst.« Ihre Kollegin zuckte mit den Schultern, ging zurück zu ihrem Tisch und arbeitete weiter.

Astrid unterdrückte ein Seufzen und versuchte sich wieder auf den Brief zu konzentrieren, den sie abtippen sollte.

Sie mochte Ingrid sehr, aber sie konnte und durfte ihr Geheimnis nicht preisgeben. Es war nicht leicht, und so manches Mal hatte sie sich schon gewünscht, sich jemandem anvertrauen zu können.

Vielleicht sollte ich mich Ingrid gegenüber doch öffnen, überlegte sie, während sie ihrer Kollegin einen Blick zuwarf.

Sture Lindgren, ihr Chef, ein gutaussehender Mann mit einem erfrischenden Lächeln, das dann und wann ihr Herz zum Flattern brachte, kam aus seinem Büro. »Fräulein Ericsson? Ist der Brief an Olsson schon fertig?«

»Nein, aber ich bin gleich so weit.«

»Hatten Sie heute schon einen starken Kaffee?«

Astrid stutzte. Sah sie so übernächtigt aus? »Nein, ich …«

»Kommt gleich.« Sture zwinkerte ihr zu und verließ das Zimmer.

»Du hast einen Stein bei ihm im Brett.« Ingrid hatte einen Klappspiegel aus ihrer Handtasche genommen und richtete ihre Frisur. Sie drehte einen Lippenstift auf und zog ihre Lippen nach. »Ich wünschte, er würde mich mal so ansehen.«

Astrid lachte. »Also wirklich, Ingrid! Er ist verheiratet.«

»Na und? Würde er dich so ansehen, wenn er nur seine Frau im Kopf hätte?«

Astrid tippte weiter, spürte jedoch, wie ihr das Blut in die Wangen kroch. Sie fand Sture attraktiv, ja, und sie mochte ihn. Er war ein freundlicher, geduldiger Chef, der Humor hatte und viel lachte. Das gefiel ihr. Wieso auch nicht?

Ingrid grinste. »Wusste ich's doch! Er gefällt dir.«

»Was du immer hast.« Astrid senkte hastig den Blick, ihre Finger flogen über die Tasten.

»Soll ich dir meinen Spiegel geben?«, raunte Ingrid und hob bedeutungsvoll die Augenbrauen. »Du glühst, Astrid.«

Sture kam wieder herein, in der Hand einen Becher mit dampfendem Kaffee. »Mit einem Schuss Milch, ohne Zucker.« Er stellte Astrid den Becher auf den Tisch. »Genau so wie Sie ihn mögen.«

Dass er sich das gemerkt hatte! *Oh bitte, werde jetzt bloß nicht wieder rot, Astrid!* »Danke, Herr Lindgren«, stammelte sie.

Er lächelte sie an und ging zurück in sein Büro. »Bringen Sie mir den Brief, wenn er fertig ist!«, rief er noch, bevor er die Tür schloss.

Ingrid legte die Hand auf ihr Herz und sagte mit theatralischer Stimme: »Ach, wie wünschte ich mir, er hätte mich auserkoren!« Sie warf dramatisch den Kopf zurück, und Astrid musste so lachen, dass sie etwas Kaffee auf ihren Rock verschüttete.

Ihr Magen grummelte. Seit dem eher kärglichen Frühstück hatte sie nichts mehr gegessen. Für einen Zuckerkringel ihrer Großmutter würde sie alles geben!

Ingrid zog eine Schublade ihres Schreibtischs auf und nahm ein in Papier eingewickeltes belegtes Brot heraus. »Hier. Für dich.«

»Kommt ja gar nicht infrage.« Astrid schüttelte den Kopf. »Ich esse dir doch nicht dein Brot weg.« Wieder knurrte ihr Magen.

Ingrid deutete auf ihren Bauch. »Nun nimm schon und lass es dir schmecken. *Smaklig måltid.*«

Astrid wickelte es aus und seufzte genüsslich. Sie biss zweimal ab, wickelte es sorgsam wieder ein und legte es in ihre Schreibtischschublade. Für später. Erst würde sie den Brief zu Ende tippen.

Als er fertig war, zog sie ihn aus der Maschine und ging zu Sture.

Er saß, ihr den Rücken zugewandt und gemütlich zurückgelehnt, auf seinem Stuhl, die Füße auf der Fensterbank.

»Der Brief, Herr Lindgren.« Schüchtern war Astrid nie gewesen, doch in Stures Gegenwart fühlte sie sich immer ein wenig verunsichert. Er hatte etwas Verschmitztes und zugleich Herausforderndes an sich, das ihr ungeheuer gefiel, sie zugleich aber auch verwirrte.

»Haben Sie Lust auf etwas Süßes?« Er hatte sich noch nicht zu ihr umgedreht. Er schien sich auch nicht ertappt zu fühlen, weil er so leger dasaß.

»Ich verstehe nicht …«

Er stieß sich vom Fensterbrett ab, drehte sich um und öffnete die untere Schublade in seinem Schreibtisch. Das alles in einer einzigen geschmeidigen Bewegung, wie Astrid fasziniert bemerkte.

Sture nahm eine Packung Mürbekekse heraus und hielt sie ihr hin. »Greifen Sie zu, Astrid.« Es war das erste Mal, dass er sie so nannte.

»Vielen Dank.«

»Sture.« Ein Lächeln und wieder dieser herausfordernde Blick.

»Ich kann Sie doch nicht Sture nennen.«

»Nur, wenn wir allein sind. Einverstanden?«

Astrid schluckte. »Na schön.« Sie nahm einen Keks aus der Packung und schob ihn sich in den Mund.

Sture überflog den Brief, nickte und legte ihn zu den anderen vor sich. »Sind Sie zufrieden mit Ihrer Arbeit, Astrid?«

Wieso fragte er sie so etwas? »Ja, sehr.«

»Ich habe gehört, dass Sie ein Volontariat bei einer Zeitung gemacht haben.«

Wieder stieg Astrid die Hitze ins Gesicht. »Das stimmt.«

»Sie sollen sehr talentiert sein.«

Nach langer Zeit hatte sie wieder Reinholds Stimme im Ohr. ›Du bist eine äußerst talentierte Schreiberin.‹ Sie spürte sogar seine Hand auf der Schulter. ›Aus dir kann mal was werden.‹

Sie hatte gelacht. ›Und was zum Beispiel?‹

Er hatte den Kopf schief gelegt und sie betrachtet. ›Eine Schriftstellerin‹.

Sie hatte sich unter seinem Blick unbehaglich gefühlt. Gleichzeitig jedoch hatte sie noch etwas gespürt: Sie war kein Kind, kein hässliches Entlein mehr, für das sie sich immer gehalten hatte. *Vielleicht bin ich ja doch ein Schwan geworden,* hatte sie verblüfft und ein wenig stolz gedacht.

›Ich und Schriftstellerin.‹ Ihre Stimme hatte gekiekst.

»Astrid?«

Sie fuhr schuldbewusst zusammen. »Verzeihung.« Sie schüttelte den Kopf, um Reinholds Gesicht zu verscheuchen.

»Schreiben Sie gern?«, wollte Sture wissen.

»Kurze Geschichten, ja. Zum Bücher schreiben tauge ich ganz bestimmt nicht.«

Er sah sie verwundert an. »Vom Bücher schreiben habe ich nichts gesagt.«

»Oh, ich …« Sie musste sich räuspern. »Verzeihung, ich musste nur gerade an etwas denken.«

»An etwas oder an jemanden?«

Astrid blieb die Antwort schuldig, nahm einen weiteren Keks, bedankte sich und floh aus seinem Büro.

»Laufen Sie etwa vor mir davon?«, hörte sie ihn noch fragen, bevor die Tür hinter ihr ins Schloss fiel.

Sie hätte keine Antwort darauf gehabt.

Kapitel 3

Seit drei Tagen hustete Lasse, besonders nachts war es schlimm. Astrid machte ihm Brustwickel, so wie sie es von ihrer Mutter kannte, doch die hatten nicht viel geholfen.

Auch in dieser Nacht lag sie wach und wartete darauf, dass er endlich einschlafen konnte.

Als er wieder hustete, stand sie auf und ging zu ihm. Sein Atem ging keuchend und rasselnd, und sie nahm seine warme Hand. »Ganz ruhig, mein Kleiner.«

»Mama?«, flüsterte er.

»Ja, ich bin hier, *min son*. Ich bin da.« Ob er sie oder vielleicht doch Marie meinte, war ihr in diesem Augenblick egal. Sie wollte einfach nur für ihn da sein.

Ein weiterer Hustenanfall schüttelte ihn, und Astrid half ihm, sich aufzusetzen, und stopfte ihm ein zusätzliches Kissen in den Rücken. Wenn er aufrecht saß, wurde es etwas besser.

»Muss ich jetzt sterben?«, wisperte er.

»Aber nein, Lasse.«

»Und wenn doch?«

Sie führte seine Hand an ihre Lippen und hauchte Küsse darauf. »Du wirst nicht sterben. Dafür werde ich schon sorgen.«

»Und wie?«

»Ich bin stark wie eine Löwenmutter und werde alle Gefahren verscheuchen, wart's nur ab.«

Es blieb einen Moment still, dann kam ein zögerliches, ängstliches »Wirklich?«

»Natürlich. Was dachtest du denn? Du bist doch mein kleiner Lasse, und weißt du was? Du bist fast genauso stark wie ich, denn du bist ja mein Löwenkind.«

Er lachte, musste zugleich wieder husten.

Astrid strich ihm über den Rücken. »Möchtest du einen Schluck Wasser?« Sie gab ihm das Glas, das auf dem Nachtschrank stand, und hielt es an seine Lippen. »Schön vorsichtig. So ist es gut.«

»Ich bin so müde, Mama.«

Er hatte es wieder gesagt! Astrid legte die Hand auf ihr stolperndes Herz, wollte ihn an sich drücken, an ihrer Brust wiegen und ihm versichern, dass sie alles Böse von ihm fernhalten würde. Jetzt und für alle Zeiten.

»Du wirst gleich einschlafen«, sagte sie mit rauer Stimme.

»Versprochen?«

»Versprochen.« Wieder küsste sie seine Hand.

»Erzählst du mir eine Geschichte?«

Herz und Magen machten einen Satz, überboten sich geradezu.

Astrid musste schlucken, bis sie sprechen konnte. »Soll sie spannend oder lustig sein?« Sie hatte sich an ihn geschmiegt, und er war ganz selbstverständlich etwas zur Seite gerutscht.

»Geht auch beides?«

»Natürlich.« Astrid schloss kurz die Augen. Sie war so glücklich. Sie und Lasse kamen sich mit jedem Tag ein winziges Stückchen näher. Er schob sie nicht mehr weg oder drehte sich zur Seite, wenn sie ihn ansah. Er fragte auch nicht mehr ständig nach Marie.

Aber wie kann ich glücklich sein, wenn er so krank ist?

Sie räusperte sich. »Ich erzähle dir die Geschichte vom Riesen Bam-Bam und der Fee Viribunda.«

Astrid hatte erzählt und erzählt, bis sie irgendwann bemerkte, dass Lasse eingeschlafen war. Sein Kopf lehnte an ihrer Schulter, seine Hand noch immer in ihrer. Sein Atem ging pfeifend, aber einigermaßen ruhig.

Behutsam löste sie seine Hand aus ihrer, nahm das zweite Kissen weg und deckte ihn bis zum Kinn zu. Dann gab sie ihm einen Kuss und kroch unter ihre Bettdecke.

Die Geschichte von Bam-Bam und Viribunda hatte Edit, die Tochter des Kuhknechts, ihr erzählt, als sie klein gewesen war. Sie hatten in der Küche gesessen – oh, diese Küche! Es war herrlich dort gewesen, heimelig und warm, und sie träumte davon, selbst einmal eine solche Küche ihr eigen nennen zu können –: Edit auf der Küchenbank, die abends zur Schlafstelle ausgeklappt wurde, und Astrid auf einem Stuhl, die Arme um die angezogenen Knie geschlungen.

Sie seufzte wehmütig. Wie lange das her war! Manchmal wünschte sie, sie könnte die Zeit zurückdrehen und wieder ein kleines Mädchen sein. Ohne Sorgen und Furcht vor dem nächsten Tag, weil man nicht wusste, was er brachte. Sie wünschte sich oft in diese heimelige Küche zurück, hatte wieder den Duft von überreifen Äpfeln und Käse in der Nase, den Edits Mutter gemacht hatte. Sah wieder Edit vor sich, wenn sie ihr vorlas, das Buch auf dem Tisch, die Ellbogen aufgestützt.

Astrid drehte sich auf die Seite und lächelte. Innerhalb kurzer Zeit schlief auch sie.

Lasse war in der Nacht wieder aufgewacht, von Hustenkrämpfen geschüttelt, und sie hatte neben ihm gesessen und sein Haar gestreichelt. Viel Schlaf hatte sie nicht bekommen, aber was war eine Mütze voll Schlaf schon gegen das himmlische, absolut berauschende Gefühl, Mutter sein zu dürfen?

Beseelt vor Glück und seiner Krankheit zum Trotz war Astrid in die Redaktion geschwebt, hatte allen mit fröhlicher, wenn auch durchwachter Stimme einen Guten Morgen gewünscht und sich an ihren Schreibtisch gesetzt.

Die Müdigkeit kam wie ein Paukenschlag, als sie den zweiten Bogen Papier in die Maschine einspannte. Sie gähnte und gähnte.

»Herrje, das kann man ja nicht mitansehen.« Ingrid schnalzte mit der Zunge. »Ich übernehme deine Arbeit, und du gehst nach Hause und legst dich aufs Ohr.«

»Bist du übergeschnappt?« Astrid hatte nach ihrem Wasserglas gegriffen und spritzte sich ein paar Tropfen ins Gesicht. »Ich kann doch nicht einfach nach Hause gehen.«

»Und ob du kannst. Ich werde dich sogar höchstpersönlich zur Tür bringen.« Ingrid war bereits aufgestanden.

»Lass das«, wisperte Astrid und musste lachen. Ingrid war zuzutrauen, dass sie sie sogar aus dem Büro tragen würde. »Ich werde einfach ein bisschen früher gehen.«

Ihre Kollegin seufzte ergeben. »Versprichst du's?«

»Hoch und heilig.«

»Wieder schlecht geschlafen?«

»Miserabel. Ich glaube, ich habe mir eine Erkältung eingefangen«, improvisierte sie. »Ich bin neulich vom Regen überrascht worden.«

»Vielleicht solltest du mal zu einem Arzt gehen, Astrid. Du schläfst seit Wochen schlecht, und wenn du jetzt auch noch krank wirst …«

»Nein, nein, das wird nicht nötig sein.«

Ingrid kramte in ihrer Schublade. Astrid hatte sich längst daran gewöhnt, dass sie dort so einiges aufbewahrte und in den erstaunlichsten Momenten zutage förderte. »Wenn du Geld brauchst … Ich hab ein bisschen was gespart.«

Astrid hob die Hand. »Lass gut sein, Ingrid.«

»Wenn du mein Geld nicht annimmst, werde ich dich bei Herrn Lindgren verpetzen und sagen, dass du dich nach ihm verzehrst.«

Astrid blieb die Spucke weg. »Das bringst du fertig!«

»Na, und ob. Ich mein's ernst, Astrid. Nimm die paar Kröten und geh zu einem Doktor.«

»Danke.« Astrid schluckte. Sie war gerührt. Hoffentlich würde sie nicht anfangen zu heulen.

»Auf einen Tag mehr oder weniger ohne Essen kommt's nicht an«, sagte sie, als sie sich setzte. Als sie Astrids Gesicht sah, hob sie die Hand. »Schon gut, war nur Spaß.«

Astrid hatte im Geiste bereits ihre eigenen paar Kronen und Ingrids Erspartes zusammengerechnet. Es reichte noch nicht für einen Doktor.

Aber das war nicht das Einzige, was ihr durch den Kopf ging. Sie würde Ingrid alles sagen, das hatte sie in diesem Moment feierlich beschlossen.

Die Gelegenheit dazu ergab sich in der Mittagspause. Für gewöhnlich saßen sie zusammen in der kleinen Teeküche oder auf der Bank vor dem Haus, wenn das Wetter schön war.

An diesem Tag pfiff ein ungemütlicher Wind, und Ingrid war aufgestanden, um das Fenster zu schließen.

»Ich muss dir etwas sagen«, begann Astrid.

»Raus mit der Sprache.«

»Du hast irgendwann mal zu mir gesagt, ich wäre eine Geheimniskrämerin …« Ingrid nickte, und sie sprach weiter. »Stimmt, ich habe ein Geheimnis, von dem nur eine Handvoll Menschen wissen.«

»Du machst mich neugierig. Warte, ich setze nur rasch Wasser auf.« Ingrid ließ Wasser in den Kessel laufen.

Als sie sich wieder an den Tisch setzte, hätte Astrid um ein Haar doch wieder der Mut verlassen. Sie knetete ihre Finger und überlegte, wie sie beginnen sollte. »Ich habe einen kleinen Sohn«, sagte sie dann ohne Umschweife.

Ingrid sah sie verblüfft an. »Donnerwetter, du verstehst es, mit der Tür ins Haus zu fallen. Du bist also Mutter. Willst du mir mehr erzählen?«

»Über den Vater werde ich nicht sprechen.«

Ingrid hob die Hand. »Schon gut, schon gut. Das meinte ich auch gar nicht. Wo lebt dein Sohn? Wie heißt er überhaupt?«

»Lars, aber ich nenne ihn nur Lasse. Er wohnt jetzt bei mir.«

»Jetzt? Und vorher?«

»Bei Marie, seiner Pflegemutter. Sie ist krank geworden, und ich habe Lasse zu mir genommen.« Dann erzählte sie weiter. Nur von Reinhold sagte sie kein Wort. »Ich war erst achtzehn, als ich schwanger wurde, und wie du weißt, komme ich aus einem kleinen Ort, wo die Leute sehr gottesfürchtig sind. Meine Eltern hätten das reinste Spießrutenlaufen vor sich gehabt, und ich wollte ihnen keine Schande machen. Also bin ich fortgegangen.«

»Ganz allein?« Ingrid hatte sich vorgebeugt, ihr angebissenes Brot in der Hand, und schaute Astrid ungläubig an.

Als der Wasserkessel pfiff, fuhren sie beide zusammen.

Ingrid erhob sich und goss Wasser in die Teekanne auf dem Tisch. Dass sie vergessen hatte, Tee einzufüllen, schien ihr erst jetzt aufzufallen. »Ach, verflixt!« Sie gab ein paar Löffel in die Kanne und füllte Wasser nach.

Mit jedem Wort, das Astrid gesagt hatte, war ihr leichter und leichter geworden. Nachdem Ingrid wieder Platz genommen hatte, erzählte sie weiter. »Hier in Stockholm habe ich eine Frau kennengelernt, Eva Andén, sie ist Anwältin und setzt sich für junge, alleinstehende Mütter ein. Sie war mein Glück, mein rettender Engel. Wäre sie nicht gewesen, hätte ich nicht gewusst, wie es weitergehen soll.« Astrid schluckte und drehte die Tasse in ihren Händen. Selbst jetzt tat es noch weh, und sie fühlte sich für einen Moment wieder wie die junge, unbedarfte Frau, die kopflos ihr Heimatdorf verlassen hatte. Ohne zu wissen, wie es weitergehen sollte. Die nur wusste, dass es irgendwie weitergehen *musste*. Weil sie bald ein Kind haben würde. Und sie empfand Schuld, weil sie ihr Kind hatte weggeben müssen. »Aber es …« Sie schluckte erneut. »Es geht ja immer irgendwie weiter, nicht wahr? Eva, mein rettender Engel, hat mir von einer Klinik in Kopenhagen erzählt, in der man sein Kind anonym zur Welt bringen kann. Und sie hat gesagt, dass sie mir dabei hilft, eine Pflegefamilie für mein Kind zu finden. Ich konnte es ja nicht selbst großziehen, wie hätte ich das tun sollen?«

»Tut mir leid, Astrid«, sagte Ingrid leise. »Es muss schrecklich für dich gewesen sein.«

»Ja, es war … nicht leicht. Ich verdiente ja gerade genug, um mich durchzubringen. Ach, ich glaube, ich habe vergessen zu erzählen, dass ich auf eine Sekretärinnen-Schule gegangen bin.« Sie behielt für sich, wie einsam und verloren sie sich damals gefühlt hatte, wie oft sie an daheim hatte denken müssen, wenn sie allein am Tisch saß, einen dicken Kloß im Hals, der nicht rutschen wollte. Künftig würde sie nie mehr allein sein müssen. Eine Welle der Erleichterung und des puren Glücks durchflutete sie.

Ingrid schien nachzudenken. »Dann müsste dein Sohn – warte – ungefähr drei Jahre alt sein, richtig?«

»Ja, er ist im Dezember drei geworden. Bis er auf die Welt kam, konnte ich bei Marie wohnen, und nach seiner Geburt …« Sie musste sich räuspern. »Ich durfte noch eine Weile bei ihm bleiben und anschließend …« In ihrem Hals war es rau und eng.

»Ich versteh' schon.« Ingrid nickte und schenkte ihr Tee ein.

Eine Zeitlang schwiegen sie, dann sagte Ingrid in die Stille hinein: »Was musstest du durchmachen, Astrid! Wie schlimm musste es für dich sein, so allein zu sein, mit niemandem reden zu können, sich verstoßen zu fühlen.«

»O nein, ich habe mich nicht verstoßen gefühlt, ich bin freiwillig gegangen.«

»Aber ist das nicht irgendwie dasselbe?«

»Nein.« Astrid schüttelte den Kopf. »Ist es nicht. Meine Eltern haben nicht von mir erwartet, dass ich gehe.« Ob dem wirklich so war, wusste sie nicht. Sie hatte mit ihren Eltern bis heute nie darüber gesprochen.

»Aber sie werden erleichtert gewesen sein.«

Vermutlich hatte Ingrid recht.

»Ich bin nach Stockholm zurückgefahren und habe meine Ausbildung beendet.« Es fühlte sich an, als wäre es erst gestern passiert. »Ich habe versucht, so oft wie möglich nach Kopenhagen zu fahren, um Lasse sehen zu können. Aber viele Wochenenden musste ich in Stockholm bleiben, weil ich das Geld für die Fahrkarte nicht aufgetrieben hatte.«

»Das muss schwer für dich gewesen sein.«

»O ja, sehr schwer. Ich musste ständig an Lasse denken, ob er mich wohl noch erkennen wird, wenn ich das nächste Mal bei ihm bin.« Astrid trank einen Schluck. »Und nun ist er bei mir, endlich.«

»Jetzt verstehe ich auch, wieso du dauernd so müde bist.«

»Lasse hustet seit einiger Zeit, vor allem nachts ist es schlimm.«

Die beiden schwiegen wieder eine Weile, bis Ingrid irgendwann leise sagte: »Wenn ich irgendwas für dich tun kann ...«

»Du hast gerade etwas für mich getan. Du hast mir zugehört, und ich konnte mal alles aussprechen.«

»Umso froher bin ich, dass du meine paar Kröten angenommen hast. Dein Kleiner braucht einen Arzt.«

»Es reicht aber noch nicht. Ich muss noch ein bisschen weitersparen.«

»Ich auch, wenn du erlaubst.«

Astrid drehte den Kopf und sah sie sprachlos an.

»Möglicherweise tauge ich ganz gut als Aufpasserin.« Ingrid zuckte mit den Schultern. »Ich hab's nie ausprobiert, aber ich würde es versuchen. Wenn du mal etwas Zeit für dich brauchst.«

Astrids Stimme war rau, als sie »Danke« sagte.

Kapitel 4

Am Tag darauf lief Astrid beinahe in ihren Chef, als sie gerade ihre Pause beendet hatte und aus der Teeküche kam. Sie war in Gedanken versunken wie so oft.

»Hoppla, Fräulein Ericsson!«

»Entschuldigung, Herr Lindgren, ich war ganz in Gedanken.«

»Ist ja nichts passiert.« Er war fesch gekleidet wie immer, gut frisiert und noch besser duftend.

Astrid wollte ihn nicht anstarren, tat es aber doch. Er gefiel ihr einfach viel zu gut, als dass sie hätte wegschauen können. Sture strahlte so viel Fröhlichkeit aus, dass er alle in der Redaktion damit ansteckte. In seiner Gegenwart konnte man gar keine Trübsal blasen, das wäre, als würde man bei strahlendem Sonnenschein geduckt unter einem Regenschirm spazieren.

»Sie sehen müde aus, Fräulein Ericsson.« Er schenkte ihr ein Lächeln. »Schlecht geschlafen?«

»Ja«, gab sie kleinlaut zu.

»Dann gehen Sie heute früher heim. Das ist keine Bitte, sondern eine Anordnung.«

»Jawohl, Herr Lindgren.«

Er hob die Augenbrauen und sah sie überrascht an, dann nickte er. »So ist's recht.« Damit ging er weiter.

Ingrid war in der Buchhaltung, um etwas abzuholen, als Sture Astrid zu sich rief. Wie immer war sie ein wenig nervös.

Unwillkürlich strich sie ihr Haar glatt und zupfte an ihrem Rock.

Als es ihr bewusst wurde, wuschelte sie sich mit einer Hand durchs Haar und klopfte kopfschüttelnd an seine Tür. »Sie wollten mich sprechen, Herr Lindgren?«

Er saß an seinem Schreibtisch und winkte sie herein. »Setzen Sie sich.«

Darum hatte er sie noch nie gebeten, aber wahrscheinlich war auch das eine Anordnung, und Astrid setzte sich brav.

»Sie sind ja immer noch da.«

Sie blinzelte, wusste nicht, was er meinte. »Aber ich … Sie haben mich doch zu sich gerufen.«

»Das meinte ich nicht. Ich spreche davon, dass Sie längst zu Hause sein sollten.«

»Ich hatte noch zu tun.«

»Sie hätten es Ihren Kollegen übergeben können.«

»Ich kümmere mich selbst um meine Arbeit.« Es klang patzig, was gar nicht ihre Absicht gewesen war. »Was ich damit sagen wollte … Ich drücke ungern meinen Kollegen meine Arbeit aufs Auge.«

Mit einem Grinsen warf er einen Blick auf seine Armbanduhr, die vermutlich teuer gewesen war. »Dann schlage ich vor, dass Sie jetzt Feierabend machen.«

Astrid rang mit sich. »Wie Sie meinen, Herr Lindgren«, sagte sie schließlich.

»Wollten Sie mich nicht Sture nennen?«

»Ich wollte nicht, Sie haben darauf bestanden.«

Er lachte. »Ich mag Ihren Humor.« Er wurde ernst. »Verraten

Sie mir, was Ihnen so zu schaffen macht?«, fragte er dann unvermittelt.

»Ich schlafe zurzeit sehr schlecht.«

»Das weiß ich bereits.« Er stützte die Ellbogen auf. »Ich wüsste aber gern die Wahrheit.«

»Das ist die Wahrheit.«

»Aber nicht die ganze.«

Für einen winzigen Moment war Astrid drauf und dran, ihm alles zu erzählen, ihm ihr Herz auszuschütten. In Ingrid hatte sie nun eine Verbündete, jemanden, dem sie ihr Geheimnis anvertraut hatte. Es auch mit ihrem Chef zu teilen, war unvorstellbar.

»Ich bin Ihr Vorgesetzter, und Chefs darf man nicht anlügen.« Seine Augen blitzten.

Astrid schluckte schwer und stellte bestürzt fest, dass ihr Herz einen übermütigen Salto machte. War sie etwa dabei, sich Hals über Kopf in ihn zu verlieben? War sie es womöglich längst?

»Was haben Sie denn?« Seine Mundwinkel zuckten belustigt.

»Gar nichts, ich bin viel zu müde, um mich Ihnen zu widersetzen.«

Er lachte wieder, während sie keine Miene verzog.

»Oh, Sie meinen es ernst«, sagte er nach einer Weile, in der sie sich nur angesehen hatten. »Schön, dann werden Sie sich ja auch nicht meiner Anweisung widersetzen, sofort nach Hause zu gehen und sich auszuschlafen.«

»Wie Sie meinen, Herr Lindgren.« Sie zuckte mit keiner Wimper. »Sture.« Wieder ein Blitzen in seinen Augen.

Auf wackligen Beinen stand Astrid auf und stolperte zur Tür. Dort angekommen, die Hand auf dem Knauf, sprudelte es aus ihr heraus, bevor sie es zurückhalten konnte: »Es geht um meinen

Sohn. Lasse ist krank. Er hustet seit Tagen.« *Bist du zu retten, du Wahnsinnige?*

Sie hatte ihm den Rücken zugewandt, hörte, wie er aufstand und zu ihr kam.

»Astrid.« Seine Stimme klang sanft, fast liebevoll. »Warum haben Sie das nicht gleich gesagt?«

»Weil … es niemanden etwas angeht.« Ihr Blick ruhte auf dem Türknauf, prägte sich seine Form und Farbe ein, bis ihr die Augen tränten.

»Was reden Sie denn da? Natürlich geht es mich etwas an. Wenn Sie ständig müde sind, können Sie nicht vernünftig arbeiten.« Seine Hand lag plötzlich auf ihrer Schulter, eine Berührung, die federleicht und zugleich bleischwer war.

»Vernünftig.« Sie schnaubte. »Denken Sie nicht, dass ich jemals in meinem Leben vernünftig war.«

Er drehte sie zu sich um und sah ihr ins Gesicht. Dann streckte er die Hand aus und strich ihr eine Haarsträhne hinters Ohr. »Sie versuchen so verzweifelt, mir und der Welt etwas vorzumachen, dass Sie es wahrscheinlich selbst glauben. Astrid.« Er hatte ihren Namen ausgesprochen, als sei er ein Brausebonbon, das auf der Zunge prickelte, sich ganz langsam auflöste und einen herrlich sauren Geschmack hinterließ.

»Ich bin eine alleinerziehende Mutter, ich mache Ihnen nichts vor. Und mir auch nicht.« Es klang trotzig, auch das war nicht beabsichtigt.

»Ich bin froh, dass Sie es mir gesagt haben.«

»Jetzt halten Sie mich sicher für liederlich.«

»Nein, das tue ich keineswegs.«

Sie hatte sich schon etwas zurechtgelegt, eine heftige Erwiderung, eine Rechtfertigung, und hielt nun ungläubig inne. »Ihr Sohn ist also krank.« Seine Hand kam wieder näher, und Astrid wollte erschrocken einen Schritt zurücktreten, nur stand sie bereits mit dem Rücken an der Tür. »Darf ich etwas für Sie, für Ihren Sohn tun?«

»Was wollen Sie schon tun?« Diesmal lag Verzweiflung in ihrer Stimme, vielleicht auch etwas Wut. Auf sich, weil sie ihre dummen, dummen Gefühle nicht in den Griff bekam. Weil sie sich in einen verheirateten Mann verlieben musste. Schon wieder.

»Das lassen Sie mal meine Sorge sein.« Sture öffnete die Tür, schob sie zu ihrem Schreibtisch und verlangte, dass sie sich anzog und ihre Tasche nahm. »Und nun gehen Sie heim und kommen erst wieder, wenn Ihr Sohn gesund ist.«

Astrid wollte etwas entgegnen, etwas wie »Ich weiß doch gar nicht, wie lange das dauern wird«, aber sie sagte nichts.

Mit holperndem Herz und flatterndem Magen ging sie nach Hause, die Handtasche wie einen Schutzschild vor sich hertragend.

Astrid hatte Lasse gerade ein Butterbrot gemacht, als es an der Tür klopfte. Sie überlegte erst, nicht aufzumachen, ging dann aber doch hin.

Frau Berglund stand vor ihr, dahinter ein Mann in dunklem Mantel und Hut, eine Ledertasche unterm Arm. »Das ist Doktor Gustafsson, er sagt, er möchte sich Lasse ansehen.«

»Was? Aber das … geht nicht«, stammelte sie.

Der Mann trat vor, lupfte seinen Hut und schenkte ihr ein freundliches, gutmütiges Lächeln. »Lassen Sie mich zu ihm, Fräulein Ericsson.« Er ging einfach an ihr vorbei und schnurstracks zu Lasse, der auf dem Bett saß und ihn genauso verdutzt ansah wie sie.

Sie war viel zu müde und erschöpft, um ihn aufzuhalten oder einfach wieder wegzuschicken. »Danke, Frau Berglund«, murmelte sie matt und schloss die Tür.

Doktor Gustafsson hatte Lasses Hemdchen hochgehoben und ein Stethoskop aus der Tasche genommen. Er horchte die Brust ab, runzelte die Stirn, horchte wieder, bat Lasse zu husten, horchte erneut und packte das Stethoskop schließlich ein.

Astrid stand die ganze Zeit daneben wie bestellt und nicht abgeholt. »Ist es sehr schlimm?«, fragte sie, als er seine Tasche zuklappte.

»Er hat Keuchhusten.«

Sie warf einen Blick auf ihren Sohn, der beinahe vergnügt dasaß und mit den Beinen baumelte.

»Er muss viel trinken, am besten Tee, und legen Sie ihm beim Schlafen ein zweites Kissen hin. Es wird noch eine Weile dauern.«

»Und sonst kann ich nichts tun?«

»Nur hoffen und abwarten.« Im Vorbeigehen nickte er ihr zu. »Das wird schon wieder.«

Astrid folgte ihm und räusperte sich. »Ich weiß nicht, ähm, wovon ich Sie bezahlen soll«, wisperte sie. Es war ihr furchtbar unangenehm.

»Das ist bereits erledigt.« Er nickte erneut. »Fräulein Ericsson.« Damit schloss er die Tür hinter sich.

Astrid stand wie erstarrt da. Einen Wimpernschlag lang wünschte sie, wieder ein kleines Mädchen zu sein, das ins Bett kriechen und von den Dingen träumen würde, die es am Tag erlebt hatte. Das keine Furcht vor dem Leben und keine Hoffnungslosigkeit kannte.

Aber sie war eine erwachsene Frau, eine Mutter, die ein Kind zu versorgen hatte, ein krankes Kind.

Sie atmete tief durch und ging zu Lasse. »Das wird schon wieder, mein Schatz. Das hat der Doktor auch gesagt.«

»Dann werde ich also nicht sterben?«

Astrid setzte sich neben ihn und legte den Arm um seine zarten, knochigen Schultern. »Nein.«

Er lehnte den Kopf an ihre Brust, und diese Geste ließ sie innerlich jauchzen und frohlocken. »Ich hab dich ganz schrecklich lieb, mein kleiner Lasse«, flüsterte sie.

Er sagte nichts, blieb nur stumm neben ihr sitzen.

Die Zeit schien stillzustehen und hatte keinerlei Bedeutung. Die Beine schliefen ihr ein, auch das spielte keine Rolle. Ihr Arm, der noch immer um Lasses Schulter lag, wurde schwerer und schwerer, doch sie spürte nichts weiter als die Nähe ihres Sohnes, sein Schutzbedürfnis und das unbändige Verlangen für ihn da zu sein, ihm eine gute, eine richtige Mutter zu sein.

Irgendwann war er eingeschlafen, und Astrid stand vorsichtig auf, trug ihn ins Bett und deckte ihn zu.

Dann schlüpfte sie aus ihren Sachen, zog das Nachthemd über und kroch unter ihre Bettdecke.

Was hatte der Arzt gemeint mit »Das ist bereits erledigt«?

Ob Ingrid etwas damit zu tun hatte?

Als ihr die Augen zufielen und sie kurz davor war einzudösen, hatte sie mit einem Mal die Antwort. Als wollte ihr Unterbewusstsein ihre Frage beantworten, um sie sanft in den Schlaf gleiten zu lassen.

Sie blinzelte und setzte sich auf.

Sture.

Er hatte den Doktor geschickt und bezahlt.

Kapitel 5

Stockholm, 1930

Das Jahr hatte gerade begonnen, und Lasse ging es besser.

Vorbei waren die durchwachten Nächte, in denen Astrid besorgt und aufgewühlt neben ihm lag und seinem pfeifenden Atem lauschte.

Als sie sich bei Sture bedanken wollte, hatte er zunächst so getan, als wüsste er nicht, wovon sie sprach. Doch sie hatte nicht lockergelassen. »Sie waren es, der Doktor Gustafsson geschickt hat, oder etwa nicht?«

»Hauptsache, Ihrem Sohn geht es bald besser.«

»Herr Lindgren!« Sie hatte lachen müssen. »Warum geben Sie es nicht einfach zu?«

»Erst, wenn Sie mich Sture nennen.«

»Sture.«

»Schön, ja, ich habe Doktor Gustafsson zu Ihnen geschickt.«

»Danke, Sture, vielen, vielen Dank.« Für den Bruchteil eines Moments hatte sie sich vorgebeugt und darüber nachgedacht, ihn auf die Wange zu küssen. Dann war sie herumgewirbelt und aus seinem Büro gestürmt.

Nachdem Astrid ihrem Sohn das erste Mal eine Geschichte erzählt hatte, war es ihr abendliches Ritual geworden. Lasse kuschelte sich an sie, den Kopf auf ihrer Brust, und sie erzählte ihm Abenteuer vom Riesen Bam-Bam.

Dann und wann erfand sie neue Geschichten; von kleinen Jungen, die auf Schatzsuche gingen – dabei musste sie an ihren Bruder denken, den Sachensucher –, übermütigen Kindern, die vom Heuboden hopsten und Purzelbäume schlugen, in den See sprangen, obwohl sie nicht schwimmen konnten, und von abenteuerlustigen Mädchen – wie sie selbst eins gewesen war –, die sich von niemandem und schon gar nicht von anderen Jungen etwas sagen ließen. Die meisten Geschichten musste Astrid nicht erfinden, weil sie so oder so ähnlich geschehen waren. Weil sie sie selbst erlebt hatte.

Manchmal lachte Lasse laut, oder er erschrak, wenn es allzu spannend wurde. Hin und wieder stellte er Fragen, wollte alles ganz genau wissen. Einmal schluchzte er, als sie erzählte, wie Gunnar wieder Kätzchen im Stroh gefunden hatte. Eines war gestorben, das kleine Schnäuzchen geöffnet. »Wir waren damals auch furchtbar traurig. Aber weißt du, wenn man im nächsten Frühjahr neue Kätzchen findet, hat man es fast schon wieder vergessen.«

»Ich nicht.« Er schüttelte heftig den Kopf. »Ich würde so was nie, nie, nie vergessen.«

»Doch, mein kleiner Lasse. Und es ist gut, dass man sehr traurige oder furchtbare Dinge wieder vergisst, sonst würde man es nicht aushalten können.«

»Meinst du?«

Sie legte die Hand auf sein Herz. »Dort kannst du all die wunderbaren, herrlichen und lustigen Dinge aufbewahren und verschließen, um dich immer wieder an sie zu erinnern.«

»Machst du das auch?«

»Ja, das tue ich. Ich versuche die schlimmen Dinge schnell wieder zu vergessen und die schönen festzuhalten.«

Was nicht immer gelingt, hatte sie gedacht, *aber ich versuche es jedes Mal aufs Neue.*

Der Januar verging, ein eisiger, windiger Monat, und eines Tages Anfang Februar kam Frau Berglund zu Astrid und verkündete, dass sie künftig nicht mehr auf Lasse aufpassen könne. »Es wird mir zu viel. Sie müssen das verstehen, Fräulein Ericsson, ich bin nicht mehr die Jüngste. Es strengt mich zu sehr an. Ich will mich wieder anderen, schönen Dingen widmen.« Das sagte sie tatsächlich. Als wäre es nicht schön, sich um ein Kind zu kümmern. Offenbar fiel es ihr selbst auf, denn sie beeilte sich »Nichts für ungut, Sie wissen bestimmt, wie ich's meine« hinzuzufügen.

Astrid war wie vor den Kopf geschlagen. Was nun? Wie sollte es weitergehen?

Nachdem sie Lasse eine Gute-Nacht-Geschichte erzählt hatte und er eingeschlafen war, setzte sie sich hin und schrieb ihren Eltern einen langen Brief. Er war längst überfällig, normalerweise schrieb sie regelmäßiger.

Liebe Mama, lieber Papa,
es ist gekommen, wie es wohl kommen musste, früher oder später. Frau Berglund mag nicht mehr auf Lasse aufpassen, sie fühlt sich überfordert. Ich verstehe sie ja, wenigstens ein bisschen, aber was soll ich nun machen? Mir fehlt das Geld, um jemanden dafür zu bezahlen.

Ihr fehlte ja sogar das Geld, um ihm die Sachen kaufen zu können, die er sich wünschte und die er brauchte. Neue Schuhe zum

Beispiel. Er stieß mit dem großen Zeh bereits an, aber er klagte nie. Als wüsste er, dass sie kein Geld für neue Schuhe hatte.

Lasse ist sehr lieb, wir stehen uns inzwischen sehr nahe.
Abends erzähle ich ihm Geschichten, und ich erzähle ihm viel von Vimmerby und unserem Hof. Wie schön es dort ist.

Wie sehr sie sich danach sehnte, schrieb sie nicht.

Sie beendete den Brief mit *Ich sende Euch meine herzlichsten und allerliebsten Grüße, Eure Astrid aus Stockholm.*

Den Brief gab sie gleich am nächsten Morgen im Postamt auf und beeilte sich, zur Arbeit zu kommen.

Ingrid trug ein neues, bildhübsches Kleid, dessen Farbe hervorragend zu ihrem Haar passte. Und sie war bester Laune.

Ein Mann, dachte Astrid. Es musste sich um einen Mann handeln, wenn sie so aufgekratzt war.

»Wie heißt er?«, fragte sie ihre Kollegin in der Mittagspause.

Sie saßen auf einer Bank vor dem Haus, beide eingehüllt in dicke Mäntel, Schal und Mütze. Die Sonne schien, aber es war noch immer eisig kalt.

»Woher weißt du …?« Ihre Kollegin winkte ab. »Ich sollte mir abgewöhnen, dass du einem manchmal mitten ins Herz schaust. Wie machst du das bloß?«

»Ich erklär's dir bei Gelegenheit.«

»Er heißt Gunnar.« Ingrid seufzte. Sie musste wirklich sehr verliebt sein.

»Wie mein Bruder.«

»Ist er nett? Sieht er gut aus?«

»Beides. Und er ist vergeben.«

Ingrid hob die Augenbrauen, dann prustete sie vor Lachen. »Ach je, da hast du mich offenbar missverstanden.«

»Na, das will ich doch hoffen.«

Ingrid knuffte sie in die Seite, und sie zwickte zurück.

Sie kicherten albern wie Backfische, dann wickelte Ingrid ihr Brot aus und gab es Astrid. »Roggenbrot mit Speck, das liebst du doch so.«

»Das kann ich nicht annehmen.« Trotzdem schielte Astrid sehnsüchtig auf das appetitlich aussehende und köstlich duftende Brot. Für Roggenbrot mit Speck würde sie beinahe alles tun –, nur nicht, es ihrer Kollegin wegessen.

»Nun nimm schon. Hab's doch extra für dich eingepackt.« Ingrid nahm ein weiteres eingewickeltes Brot aus der Manteltasche.

Astrid zögerte kurz und biss hinein. Sie wollte es genießen, auskosten, doch mit wenigen Bissen war es verschwunden. »Schade.« Sie betrachtete das Einwickelpapier, strich es sorgfältig glatt, faltete es zusammen und reichte es Ingrid. Nur nichts verschwenden, auch das hatte sie von ihrer Mutter gelernt, die noch heute akribisch das Eiklar aus der Schale strich und ihr auch das allerletzte Tröpfchen abzwackte.

Ingrid kannte Astrids Sparsamkeit inzwischen. »Ich sollte mir eine Scheibe von dir abschneiden.«

»›Von nichts kommt nichts‹, sagt meine Mutter gern. ›Wer es zu etwas bringen will, muss sparsam sein.‹«

»Weißt du, was meine Mutter immer sagt? ›Verwechsele nie Geiz mit Sparsamkeit.‹«

Sie schauten einander an, beide mussten grinsen.

»Tja, von wem schneiden wir uns nun eine Scheibe ab?«, fragte Ingrid.

»Für mich ist es wohl zu spät, da sind die Würfel längst gefallen.« Astrid deutete auf das Einwickelpapier. »Aber bei dir ist noch nicht alles verloren.«

Sie kicherten wieder, bis Ingrid plötzlich den Kopf senkte und raunte: »Er kommt.«

»Wer?«

»Herr Lindgren«, zischte sie. »Und wie gut er wieder aussieht.«

»Denk dran: Du bist verliebt. Du wolltest mir noch von ihm erzählen«, wisperte Astrid, die ebenfalls den Kopf gesenkt hatte.

»Später, versprochen. Jetzt müssen wir wieder ins Büro, unsere Pause ist um.«

Sie erhoben sich gleichzeitig. Astrid nestelte an ihrem Mantelkragen und vergewisserte sich hastig, ob ihr die Mütze in die Stirn gerutscht war. Sehr vorteilhaft sah sie damit nämlich nicht aus.

»Warten Sie, meine Damen.« Sture kam angelaufen, um ihnen die Tür aufzuhalten. »Ist das nicht ein herrliches Wetter?«

»Nur viel zu kalt.« Astrid war zusammengezuckt, als er die Hand auf ihren Rücken legte.

Sie ging vor ihm her und spürte seine Blicke im Nacken.

Schlag ihn dir aus dem Kopf, dumme Pute! Er ist und bleibt ein verheirateter Mann, und damit hast du nun wirklich ausreichend Erfahrung gemacht.

»Auf ein Wort, Fräulein Ericsson?«

Sogar seine schöne dunkle Stimme brachte sie ganz durcheinander.

Wie auf rohen Eiern stakste sie in sein Büro und blieb unentschlossen vor seinem Schreibtisch stehen.

»Setzen Sie sich, Astrid.« Er schloss die Tür. »Wie geht es Ihnen?«

Ihre Knie zitterten, als sie Platz nahm.

Sture setzte sich auf seinen Drehstuhl. »Nun?«

»Wie bitte?«

»Wie es Ihnen geht?«

»Oh, danke, es geht mir sehr gut.«

»Sie übertreiben doch wieder, Astrid.«

»Nein, überhaupt nicht. Es geht mir wirklich gut.«

»Wann hatten Sie das letzte Mal Urlaub?«

»Als ich meinen Sohn aus Kopenhagen geholt habe.«

Er nickte, schien über etwas nachzudenken. »Ich glaube, Sie sollten mal so richtig ausspannen.«

Astrid musste lachen. »Ausspannen? Wie geht das gleich noch mal?«

»Sie haben recht, ich bin ein Dummkopf. Als alleinerziehende Mutter weiß man das vermutlich wirklich nicht.« Wieder schien Sture zu überlegen, machte ab und an »Hmm«, schaute aus dem Fenster und dann wieder zu ihr. »Was halten Sie von einem Abendessen?«

»Abendessen sind wichtig, hat meine Mutter immer gesagt. Genau wie ein ordentliches Frühstück.«

Sture lachte schallend. »Ich mag Ihren Humor, Astrid, aber ich glaube, das sagte ich schon mal.«

»Allerdings.«

»Also?«

»Was also?«

»Abendessen? Wir beide?«

Astrid schnappte nach Luft, wollte das eigentlich nicht so offensichtlich tun, aber nun war es passiert. »Sie sind verheiratet, Herr Lindgren.«

»Ich weiß.«

»Finden Sie das nicht eigenartig, dass Sie mich zum Essen einladen, wo doch zu Hause Ihre Frau mit dem Essen auf Sie wartet?«, meinte sie spitz.

»Woher wollen Sie das wissen?«

»Ich dachte, das ist so, wenn man verheiratet ist.« Astrid schaute an ihm vorbei aus dem Fenster. Der Wind trieb Blätter über die Straße, wirbelte sie auf.

»Ich lebe in Trennung«, sagte Sture nach einer halben Ewigkeit, in der sie schon geglaubt hatte, dass er ihre Worte vergessen hatte.

Und ihr fiel nichts Klügeres ein als »Ach so?«

»Ja, ach so«, erwiderte er ungerührt. »Und deshalb möchte ich Sie gern zum Essen einladen.«

Astrid sah hierhin und dorthin, ihr Blick verweilte nie länger als ein paar hastige, unruhige Sekunden. Verteufelt noch eins, konnte Sture Lindgren nicht ein unansehnlicher, unhöflicher Mann mit breiter Zahnlücke und Glubschaugen sein? Musste er so gut aussehen? So nett und aufmerksam sein?

»Ich glaube, ich möchte schon, aber ich finde es trotzdem etwas … seltsam«, hörte sie sich sagen und hätte kaum erstaunter sein können.

Sture lächelte. »Also sagen Sie ja.«

»Das habe ich nicht gesagt.«

»Aber gemeint. Also?«

»Also was?«

Sie schauten einander an und mussten gleichzeitig lachen.

Wir passen zueinander, dachte sie, auch wenn sie es nicht wollte. Sie wollte lieber gehen, aus dem Zimmer rennen und niemals wieder hereinkommen. Gleichzeitig wollte sie Sture umarmen, sich an ihm festhalten, seinen verlockenden Mund, der so gern und viel lachte, mit Küssen bedecken. Nie damit aufhören.

»Schön. Dann morgen Abend um sieben bei mir. Ich koche für Sie.« Sture stand auf und brachte sie zur Tür.

Wo er ihr wieder die Hand auf den Rücken legte, und ein Schauer nach dem nächsten ihre Wirbelsäule hinabjagte.

»Ich habe noch nicht ja gesagt«, wagte sie einen letzten, einen verzweifelten Versuch.

»Noch nicht«, erwiderte er leise. »Aber das werden Sie noch, Astrid. Und ich werde mich ungeheuer auf unseren Abend freuen.«

Kapitel 6

Weit war es nicht bis zu Stures Wohnung, sie lag praktisch gleich um die Ecke. Weil Astrid zu früh aufgebrochen war, machte sie noch einen kleinen Umweg. Sie war nervös und aufgeregt, überlegte hin und her, ob sie nicht besser wieder kehrtmachen sollte.

Ingrid hatte sich angeboten, auf Lasse aufzupassen, ein Angebot, das sie gern angenommen hatte. Er hatte geweint, als sie ihm sagte, dass sie am Abend ausgehen würde. Nicht, weil sie fortging, sondern weil sie dann ihr liebgewonnenes Ritual unterbrechen und eine Geschichte schuldig bleiben würde. Erst als sie versprochen hatte, am nächsten Abend zwei Geschichten zu erzählen, hatte er sich beruhigt. »Ist gut«, hatte er gemeint, und plötzlich war er ihr richtig erwachsen vorgekommen. Wie ein großer Junge.

Als Astrid nun durch den Vasapark spazierte, die Hände auf dem Rücken, ging ihr durch den Kopf, dass es verantwortungslos war, wenn man Kinder ständig vor vollendete Tatsachen stellte. Wenn man sie von einer Familie in die nächste reichte, in der Hoffnung, dass sich jemand fand, der sich des Kindes annahm, oder wenn man sie zu wildfremden Menschen brachte, ohne sie vorher zu fragen, ob sie das überhaupt wollten. Wahrscheinlich, weil man die Antwort ahnte. Also schob man sie hierhin und dorthin, duldete keinen Widerspruch und forderte Gehorsam. Fragte sich ein Erwachsener jemals, wie sich das Kind dabei fühlte? Ob es litt, sich überflüssig vorkam? Ob es sich ängstigte?

Wenn Astrid nur daran dachte, wie kläglich, jämmerlich und leise Lasse geweint hatte, als er begriff, dass er von nun an bei ihr leben sollte, zog sich erneut ihr Herz zusammen. Er hatte begriffen, dass er sich in sein Schicksal zu fügen hatte. Weil er ein Kind war, und Kinder wurden nicht gefragt, man handelte und dachte für sie, fasste Entschlüsse und fällte Entscheidungen.

Es lag Astrid noch immer schwer auf der Seele, dass sie ihren Sohn nicht hatte aufziehen können. Es würde ihr wohl für immer und ewig auf der Seele liegen. Was hatte es mit Lasse gemacht, dass sie ihn nicht zu sich nehmen konnte? Was hatte es auf seiner Seele hinterlassen? War es ein wunder Punkt, eine Narbe, die er für alle Zeiten behalten würde?

Ihre Schritte wurden ausladender, als marschiere sie, und sie setzte den Fuß immer heftiger auf, bis sie stehen bleiben musste, weil sie Seitenstechen bekam. Atemlos stand sie da und presste eine Hand auf ihre rechte Seite.

Ich werde meinen Sohn nie, niemals mehr irgendwohin schieben, als wäre er ein Möbelstück.

Langsam ging sie weiter, tief durchatmend.

Es fing an zu regnen, und sie hatte wieder mal weder einen Regenmantel an noch einen Schirm dabei.

Und dann kam ihr ein Gedanke, eine Idee: Sie könnte Lasse nach Vimmerby zu ihren Eltern und Geschwistern bringen. Dort könnte er das Zuhause, das Heim haben, das er so dringend brauchte.

Von Weitem sah sie das Haus, in dem Sture eine Wohnung hatte. Ob er schon am Fenster stand und auf sie wartete?

Ich bringe Lasse nach Hause, dachte sie und spürte eine kribbelnde Vorfreude aufkommen. Doch zuerst würde sie ihn fragen, mit ihm in Ruhe darüber sprechen, ihn nicht überrumpeln. Er sollte sich nicht abgeschoben fühlen, nie wieder!

Er soll sich aufgehoben fühlen, ernst genommen.

Astrid lächelte, fühlte sich mit einem Mal erleichtert und befreit. Ihr Lächeln wurde noch breiter, als sie Sture am Fenster sah, der ihr zuwinkte.

Auf dem kleinen Küchentisch am Fenster lag eine bestickte Tischdecke. »Ein Geschenk meiner Mutter«, hatte er erklärt und das Gesicht verzogen. Offensichtlich machte er sich nichts aus hübschen bestickten Decken.

Dem schlichten weißen Geschirr und dem Besteck sah man an, dass sie häufig benutzt worden waren. Sture hatte Astrid erzählt, dass seine Frau und er bei der Trennung übereingekommen waren, alles, was sie besaßen, aufzuteilen. »Wir sind ganz freundschaftlich auseinandergegangen«, hatte er gemeint.

Konnte man das, freundschaftlich auseinandergehen? Wenn man sich vorher geliebt hatte?

Sie hatten über Belangloses wie die Arbeit gesprochen, aber auch über Musik, besonders Jazz, den sie beide liebten.

Beim Birnenkompott schenkte Sture ihr großzügig Wein nach und fragte sie: »Was lieben Sie noch, Astrid?«

Sie spürte, wie ihr die Hitze den Hals hinaufstieg. »Bücher. Ich liebe sie seit meiner Kindheit.«

Hoffentlich würde Sture den Satz nicht umdeuten in »Ich liebe *Sie*«.

Astrid trank rasch einen kleinen Schluck. *Sei nicht albern!*

»Ich mag Bücher auch, habe immer gern gelesen. Welche Bücher haben Sie als Kind gemocht?«, wollte er wissen.

»Ich habe eigentlich alle verschlungen, die ich in die Hände bekam. Ich mochte ›Tom Sawyer und Huck Finn‹, ›Die drei Musketiere‹, ›Die Schatzinsel‹, alles von Jules Verne, ›Robinson Crusoe‹, aber auch Sagen und klassische Märchen, auch wenn sie mir oft einen gehörigen Schrecken eingejagt haben.«

Sture hatte die ganze Zeit gelächelt, als erinnere er sich ebenfalls noch gut an all die Bücher, die er als Junge gelesen hatte. »Ich mochte vor allem die Abenteuergeschichten und griechischen Sagen. Ich wollte sein wie Aeneas, der seinen Vater auf den Schultern aus Troja getragen hat.«

Astrid sah ihn an. Wie schön, dass auch er sich mit einem Helden aus einer Geschichte identifizierte. Es rührte sie zutiefst, und um ihre Verlegenheit zu überspielen, nippte sie wieder an ihrem Wein. Sie machte sich nichts aus Alkohol, hin und wieder vielleicht ein kleines Glas zum Essen.

Sture hatte bereits drei oder vier Gläser getrunken, die Flasche war bereits leer.

Er stand auf, um eine neue zu holen.

»Für mich nicht mehr!«, rief sie ihm nach. Wollte er sie betrunken machen?

Er kam zurück, stellte die Flasche auf den Tisch und setzte den Korkenzieher an. »Ich wusste, dass Sie hier ganz in der Nähe wohnen, Astrid.«

»Ach ja?« Natürlich wusste er das, schließlich hatte er ihr den Arzt vorbeigeschickt.

»Deshalb war ich froh, als diese Wohnung frei wurde.«

Astrid hielt sich an ihrem Glas fest. Sie sollte nicht hier sein. Andererseits wollte sie nicht woanders sein. Es war verwirrend – und himmlisch, ihn die ganze Zeit anschauen zu können.

»Darf ich Du zu Ihnen sagen?«

Sie nickte zögernd und ein wenig unschlüssig. War das klug? Wie würden sie Montag in der Redaktion miteinander umgehen?

Sture stieß sein Glas an ihres. »Ich würde gern mehr über dich wissen, am liebsten alles.«

»Alles?« Sie musste lachen. »Ich fürchte, so aufregend war mein bisheriges Leben nicht.«

»Du hast einen Sohn, und du bist nicht verheiratet.« Mehr sagte er nicht. Das war auch nicht nötig, sie wusste auch so, dass er sie herausfordern, die Wahrheit, die ganze Geschichte aus ihr herauskitzeln wollte.

»Dazu ist es noch zu früh, Sture«, sagte sie leise.

»Wie du meinst.«

Sie war erleichtert, dass er es dabei beließ. Irgendwann würde sie es ihm erzählen, dann, wenn sie wusste, ob etwas aus ihnen werden würde.

»Dann mache ich einfach mal den Anfang«, sagte er nach einer Weile, in der er geraucht, getrunken und sie nachdenklich betrachtet hatte. »Ich habe früh geheiratet, ich war gerade zwanzig geworden. Ich kannte meine Frau seit vier Jahren, es war irgendwie …« Er suchte nach einem Wort. »Konsequent, dass wir heiraten würden. Es wurde von uns erwartet, und sie erwartete, dass ich ihr einen Antrag machte, genau wie ich erwartete, dass sie ihn annahm.« Wieder rauchte er eine Weile und schaute den Kringeln nach, die an die Decke stiegen. »Aber es funktionierte nicht. Wir mochten uns, und anfangs war ich auch verliebt in sie, doch dann … waren wir eines Tages nur noch gute Freunde.«

»Manchmal genügt das für eine funktionierende Ehe«, warf Astrid ein.

»Möglich, aber mir genügt es nicht. Ich möchte brennen.« Sture legte die Hand auf sein Herz. »Weißt du, was ich meine, Astrid?«

»O ja.« Ihre Stimme war kratzig.

»Dachte ich mir. Du bist auch so ein Mensch, der brennen will, egal, wofür. Manchmal brennt man auch nur für eine Sache, Hauptsache man brennt, nicht wahr?« Er schien keine Antwort zu benötigen. »Wir begannen, immer weniger Zeit miteinander zu verbringen, jeder ging seiner Wege. Und das fühlte sich gut und absolut richtig an.« Er lächelte. »Und dann sah ich dich und brannte wieder.«

Astrid schluckte. Das Gespräch nahm eine Wendung, der sie sich nicht gewachsen fühlte. »Sture, ich …«

»Du musst nichts sagen, Astrid. Schon gut.« Er strich Asche auf die Untertasse, die neben seinem Glas stand.

»Ich wollte nicht … ich wollte nur …«, stammelte sie. Sie kam sich albern, ungeschickt und ungeheuer kindisch vor. Als ob sie sich nie zuvor mit einem Mann unterhalten hätte.

Zögernd streckte Sture die Hand aus und strich sanft über ihre Finger. »Schon gut«, sagte er wieder. »Ich habe dich überrannt, bitte entschuldige. Ich bin manchmal so. Immer gleich mit der Tür ins Haus.«

So wie ich immer mit dem Kopf durch die Wand will, dachte sie. *Es sieht aus, als passen wir wirklich gut zusammen.*

Oder aber sie würden sich gegenseitig die Luft zum Atmen nehmen. Doch das herauszufinden, erschien Astrid mit einem Mal wie eine große Versuchung, und es verursachte ihr ein solches Magenflattern, dass sie begriff, sich nicht länger etwas vormachen zu können: Sie hatte sich bis über beide Ohren in Sture Lindgren verliebt.

Astrid war beschwipst, als sie heimkam, und sie konnte nicht sicher sein, ob es am Wein oder an ihrer Verliebtheit lag.

Ingrid schaute sie mit einer Mischung aus Belustigung und Neugier an. »Sieht aus, als hättest du einen herrlichen Abend gehabt. Habt ihr euch geküsst?«

»Nein!«

»Wieso nicht?«

»Was ist das denn für eine Frage? Wieso sollten wir uns küssen?«

Ingrid schlug sich mit der Hand an die Stirn. »Ja, natürlich, was für eine dumme, irrsinnige Frage. Wo ihr euch doch so unsympathisch seid und kaum anschaut.«

»Wir haben uns sehr nett unterhalten.« Astrid schlüpfte aus ihrer Jacke, und als sie einen Stiefel ausziehen wollte, kippte sie um und blieb auf dem Fußboden liegen; albern kichernd und ungläubig, wie ihr gerade geschah.

»Bist du etwa betrunken?« Ingrid streckte die Hand aus, um ihr aufzuhelfen.

»Nein, nur ein bisschen beschwipst. Schläft Lasse?«

»Selbstverständlich. Ich hab ihm ›Schneewittchen‹ vorgelesen, und als ich fertig war, wollte er wissen, ob alle Toten in einem gläsernen Sarg aufbewahrt werden.«

»Aufbewahrt?« Astrid kicherte wieder.

»Wieso aufbewahrt?«

»Na, du hast gerade aufbewahrt gesagt.«

»Ich meinte natürlich *aufgebahrt*. Er ist ein aufgeweckter Bursche, dein kleiner Lasse.«

»Ja, das ist er.« Astrid umarmte sie. »Danke, du hast was gut bei mir.«

»Ich werde vielleicht darauf zurückkommen.« Ingrid schlüpfte in ihren Mantel und zog ihre Schuhe an. »Wenn ich's nicht vergesse. Gute Nacht, Astrid, du Verliebte.« Sie machte die Tür hinter sich zu, bevor Astrid etwas erwidern konnte.

»Verliebt, tz.« Astrid sah, dass ein Brief auf ihrem Tisch lag. Bestimmt hatte Frau Berglund ihn abgegeben, als sie bei Sture war.

»Sture.« Sie seufzte.

Auf Strümpfen lief sie zu Lasses Bett. Er lag auf der Seite, das Gesicht in die linke Hand gebettet, den Mund halb geöffnet, das blonde Haar ganz wirr. Sie streckte die Hand aus und strich ihm über die Wange. »Gute Nacht, mein kleiner Lasse«, flüsterte sie.

Leise ging sie zum Tisch, nahm den Brief ihrer Mutter und öffnete ihn.

Meine liebe Astrid,
wir hören so selten von Dir. Es geht Dir und Lasse doch gut? Ist sein Husten vorbei?
Dein Vater und ich haben lange darüber gesprochen, und wir haben uns etwas überlegt: Was hältst Du davon, wenn Du Lasse zu uns bringst? Denk in Ruhe darüber nach, ja?
Hier ist alles beim Alten. Dein Bruder macht sich gut als neuer Hofherr, und Deinem Vater und mir tut es gut, mal die Beine hochlegen zu können.
Gib auf Dich acht, meine liebe Tochter, und auf Deinen kleinen Lasse auch, hörst Du?
Die allerherzlichsten Grüße auch von Papa und Deinen Geschwistern. Wir vermissen Dich!
Deine Mama

Als Astrid den Brief zusammenfaltete und in den Umschlag zurücksteckte, liefen ihr die Tränen übers Gesicht.

Sie durfte Lasse nach Vimmerby bringen! Wieder wurde sie von Erleichterung, Glück und Dankbarkeit erfüllt – und zugleich von brennender Scham und einem schlechten Gewissen, das wie Blei auf ihren Schultern lag. Sie würde ihn schon wieder weggeben!

Sie wollte ihm doch eine gute Mutter sein, sie wollte für ihn da sein.

Aber er würde es gut haben auf Hof Näs, viel besser als hier bei ihr in Stockholm. Dort hätte er Großeltern, die auf ihn achtgaben, einen Onkel und Tanten, die ihn umsorgten und wahrscheinlich verhätschelten. Er wäre nie allein, hätte Spielkameraden im Dorf und könnte ein richtiges Landkind sein. So wie sie selbst eins gewesen war. All das musste sie ihm doch ermöglichen! Eine gute Mutter zu sein, bedeutete, das Beste für sein Kind zu wollen.

Und Vimmerby war das Beste.

Kapitel 7

Vimmerby, Hof Näs im Frühjahr

Lasse tollte hinter einem Huhn her, das sich von den anderen entfernt hatte und auf Erkundung gegangen war. »He, kommst du wohl her, du freches Huhn!«

Astrid saß auf der kleinen Treppe vor dem Haus, die Beine unter ihrem Rock, und sah ihm lachend zu.

Überall duftete es nach Kirsch- und Fliederblüten, und die Bäume ringsherum trugen ein sattes grünes Blätterkleid.

Astrid liebte diese Zeit ganz besonders, wenn die Natur wieder erwachte und das Sonnenlicht, das durch die Baumkronen brach, die Umgebung glitzern ließ.

Ihre Schwester Stina kam aus dem Haus und setzte sich zu ihr. Lasse hatte das Huhn beinahe erwischt, im letzten Moment schlug es einen drolligen Haken und stob davon. »Wirst du wohl stehen bleiben!«

»Ein niedlicher Bursche.« Stina lehnte den Kopf an ihre Schulter. »Es ist schön, dass du hier bist. Ich habe dich schrecklich vermisst. Wir alle haben dich vermisst.«

Die Geschwister Ericsson waren bis heute eine eingeschworene Gemeinschaft. Selbst wenn sie sich eine ganze Weile nicht gesehen hatten, war es jedes Mal wieder, als hätten sie erst am Tag zuvor zusammengesessen. Der Gesprächsstoff ging ihnen nie aus, und sie alberten und scherzten miteinander, als wären sie noch immer die Kinder von damals.

Ingegerd, die Jüngste von ihnen, stand auf der Wiese neben dem Schuppen und trieb die anderen Hühner zusammen, die in alle Richtungen davonliefen.

»Brauchst du Hilfe, Nickon?«, rief Stina und lachte.

Als kleines Mädchen hatte Ingegerd sich diesen Namen gegeben, niemand wusste, warum und was genau er bedeutete.

»Der Name ist wohl einfach durch die Luft gesaust, und du hast zugegriffen«, hatte Astrid gemeint, und ihre Schwester hatte mit ernster Miene genickt. »Genau so war's, Astrid, ich schwör's.«

»Ich hab gestern Reinhold getroffen«, erzählte Stina mit gesenkter Stimme. »Er hat nach dir und Lasse gefragt. Aber ich hab gesagt, ich wüsste nichts.«

Astrid unterdrückte ein Seufzen. Sie wollte nichts mehr von Reinhold wissen oder hören, sie wollte ihn aber auch nicht mehr zum Teufel wünschen. Am liebsten wäre ihr, er würde aus ihrem Gedächtnis, ihrer schmerzhaften Erinnerung verschwinden, für immer und ewig.

»Ganz traurig geguckt hat er.«

»Lass gut sein, Stina.«

»Ich meine ja nur.«

»Ja, ja.« Finster starrte Astrid auf den Hahn, der emsig versuchte, seine Hennen wieder um sich zu scharen.

»Auf mich musst du nicht böse sein, Astrid. Ich kann nichts dafür, dass er ein echter Döskopp ist.«

Jetzt musste sie lachen, und sie lachte so laut und lange, bis sie glaubte, all den Schmerz und die Enttäuschung der vergangenen Jahre aus sich herausgelacht zu haben.

Das hätte ich längst mal tun sollen, dachte sie verblüfft, weil es sich so gut anfühlte, so leicht und unbeschwert.

Den Schmerz in der Seele einfach mal rauslassen und weglachen. Einen Versuch ist es allemal wert.

Stina lachte mit, wahrscheinlich glaubte sie, Astrid lache über Nickon und die Hühner.

Astrid wischte sich die Lachtränen weg. »Ach, das hat gutgetan, Stina.«

»Was meinst du?«

»Na, das herzhafte Lachen.«

»Lachst du etwa so selten?«, fragte ihre Schwester ungläubig.

Darüber musste Astrid tatsächlich nachdenken. »Ich weiß es nicht«, gab sie schließlich zu. »Du kennst mich ja, bei mir liegen Weinen und Lachen ziemlich dicht beieinander.«

Stina legte ihr die Hand aufs Knie. »Ich weiß.«

Die beiden schauten einander an, wie sich zwei Menschen anschauen, die sich in- und auswendig kennen.

»Was meinst du, Stina? Ob mein kleiner Lasse mir irgendwann verzeiht, dass ich ihn weggegeben habe?« Astrid hatte es gar nicht aussprechen wollen, es war wie so oft, wenn sie mit ihren Schwestern zusammensaß und das Vertraute sie einlullte.

Stina nahm ihre Hand und drückte sie fest. »Natürlich wird er das. Du musstest ihn weggeben, du hattest keine Wahl.«

»Mama sagt, man hat immer eine Wahl.«

Stina sah sie von der Seite an, die Stirn gerunzelt. »Ich weiß«, sagte sie schließlich mit einem merkwürdigen Unterton. »Aber ich finde nicht, dass es stimmt. Manchmal muss man das tun, was man am allerwenigsten tun will. Weil es die einzige Möglichkeit ist.« Nach einer kurzen Pause fügte sie hinzu: »Nein, Astrid, man hat weiß Gott nicht immer die Wahl.« Astrid holte tief Luft, bevor sie sagte: »Aber man hat die Wahl …«

»Aber man hat die Wahl, das Schicksal anzunehmen und nicht damit zu hadern.«

Ihre Schwester nickte. »So ist es. Vielleicht meint Mama ja auch das, wenn sie behauptet, man habe immer eine Wahl.«

Die Schwestern schauten einander an, bis Stina wieder zu lachen anfing. »Unsere kluge Mutter.«

Astrid nickte in Gedanken versunken. »Ich hoffe, er versteht irgendwann, dass es für mich nur diese Möglichkeit gab.«

Stina legte den Arm um ihre Schultern. »Wenn er alt genug ist, wirst du es ihm erklären. Und er wird es verstehen. Oder aber es ist gar keine Erklärung nötig. Vielleicht steht ihr euch so nahe, dass sie überflüssig geworden ist.«

Astrid dachte einen Augenblick nach. »Ja, das würde ich mir wünschen.« Sie seufzte. »Aber ich fürchte, ich werde das Bedürfnis haben, es ihm zu erklären.« Sie zuckte die Schultern. »Ich bin eben so.«

Stina lächelte und zeigte auf Lasse, der fröhlich und übermütig umhertollte. »Sieh ihn dir an, Astrid. Sieht so ein unglückliches Kind aus?«

Astrid schluckte. Sie wünschte sich nichts mehr, als dass ihr Sohn glücklich war.

Eine Weile saßen die beiden stumm da, dann sprang Astrid auf und zog ihre Schwester mit sich. »Wer als Erste drüben am Gatter ist, hat gewonnen! Und die Letzte muss die ganze Woche das Geschirr spülen!«

Am Abend saßen sie wie immer alle um den Küchentisch versammelt: Astrid, Lasse, ihre Eltern und Geschwister, Anders, der Knecht, und Ylvie, die Magd. Freya, die andere Magd, lag mit Zahnschmerzen im Bett.

Dann und wann warf Gunnar Astrid einen Blick zu, den sie zuerst nicht zu deuten wusste. Dann aber glaubte sie zu wissen, was er meinte: *Wenn du hier bist, sind wir komplett.*

Sie erwiderte den Blick mit einem Lächeln, und er nickte.

Lasse saß neben seiner Großmutter, die Ellbogen aufgestützt, den Löffel in der Hand, mit der er in seinem Eintopf stocherte. »Müssen wir morgen wieder die Hühner einfangen?«

Astrids Vater schmunzelte. »Na, das wollen wir nicht hoffen.«

»Ist der Hahn jetzt böse auf seine Hennen, weil sie ausgebüxt sind?«

»Das ist gut möglich.«

»Dann war sein lautes Gackern ein Schimpfen?«

Sein Großvater grinste breit. »Das könnte sein, mein Junge.«

»Wenn eine Kuh ausbüxt, rennt sie dann den Zaun um?«

»Das ist schon vorgekommen.«

»O ja.« Astrid begann zu lachen. »Ich weiß noch gut, wie wir Lotte einfangen mussten. Sie war ganz übermütig und hat wilde Bocksprünge gemacht.«

Ihr Bruder meinte trocken: »Und ich weiß noch, dass du dir fast in die Hosen gemacht hast, als sie auf dich losgestürmt ist.«

»Du hast gut reden, du standest ja auch seelenruhig *hinterm* Gatter.«

Ihre Schwestern lachten, und auch seine Augen blitzten.

»Ich vermisse die Gespräche mit dir, Astrid.«

Sie streckte die Hand über dem Tisch aus und legte sie auf seine. »Ich vermisse das alles, Gunnar.«

Er war nicht nur ihr Bruder, er war ihr Seelenverwandter, das hatte sich nie geändert. Oft brauchten sie gar keine Worte, sie mussten sich nur ansehen und wussten, was der andere dachte.

»Hast du mit der Kuh geschimpft, Großvater?«, wollte Lasse wissen.

»Aber nein, Junge, wieso sollte ich? Sie würde es nicht verstehen. Sie hat sich ja nur gefreut, einen ausgiebigen Spaziergang machen zu können. Und sie dachte wohl, dass das Gras auf der anderen Weide viel leckerer und saftiger ist.«

Astrid hatte aufgehört zu essen und sah einen nach dem anderen an. Es war so wunderbar wieder hier zu sein, im Kreis ihrer Familie, und es war schön, mitanzusehen, wie ihr Sohn aufgenommen wurde, dazugehörte. Von Anfang an. Er war das erste Enkelkind ihrer Eltern, und er hatte die Herzen aller im Sturm erobert. Das hatte Astrid gehofft, und sie war überrascht, dass ihre Eltern ganz offenbar kein Problem damit hatten, dass er ein uneheliches Kind war. Das Thema Reinhold wurde nach wie vor nicht angeschnitten, und Astrid würde es dabei belassen. Ihr war nur wichtig, dass Lasse sich aufgehoben fühlte.

Anders grinste von einem Ohr zum anderen. »Fast wie früher, was?«

»Ja, Anders, fast wie früher«, entgegnete ihr Vater mit einem tiefen Seufzen.

Astrid wollte den ganzen Monat auf Näs bleiben und sich mit eigenen Augen davon überzeugen, dass ihr Sohn sich einlebte.

Als sie in Stockholm mit Sture über ihren Urlaub gesprochen hatte, war er ganz still geworden. Sie hatten in seinem Büro am Fenster gestanden, und Astrid traute sich und nahm seine Hand. »Es sind ja nur vier Wochen, Sture.«

»Vier Wochen, das ist eine Ewigkeit! Ich werde vor Sehnsucht vergehen.«

In der Woche zuvor hatten sie sich zum ersten Mal geküsst; sacht und vorsichtig, als könnten sie sich gegenseitig verletzen.

Nach diesem ersten Kuss hatte Sture sie so fest an sich gezogen, dass sie sich, ein wenig verlegen noch, losmachte. »Du schnürst mir noch die Luft ab, oder war das etwa deine Absicht? Mich mundtot und gefügig machen?«

»Na, und ob, so sind Frauen mir am liebsten.« Wieder hatte er sie geküsst und geküsst und geküsst.

Und das machte er so ganz anders als Reinhold. Sie wollte nicht an ihn denken, wirklich nicht, aber sein Gesicht hatte sich anfangs mit Stures vermischt. Bis sie die Augen fest zugemacht hatte, um Stures Kuss entschlossen zu genießen.

Er sah in ihr eine Frau, Reinhold hatte in ihr das junge Küken gesehen, das von der Eierschale befreit werden musste, die Volontärin, die er unter seine Fittiche genommen hatte. Und er schien geglaubt zu haben, sich noch etwas anderes nehmen zu dürfen: ihre unschuldige, zarte und unverdorbene Seele.

»Hast du ihn verführt, Astrid?«, hatte ihre Mutter gefragt, als sie ihr bei der großen Wäsche nach vielen Wochen endlich auf die Schliche gekommen war.

»Nein, Mama.«

»Er hat dich aber nicht …«

»Nein, es ist einfach so passiert.« *Und jetzt bin ich schwanger*, hatte sie gedacht, *und eine Schande für meine Eltern, ach was, für ganz Vimmerby.*

Sie hatte ja schon die Torheit besessen, sich das lange Haar abschneiden zu lassen. Wie hatten die Leute geguckt, fassungslos gestiert hatten sie! »Nimm mal die Mütze ab, Mädchen.« Mit offenem Mund hatten sie sie umkreist.

Astrid wusste bis heute nicht, ob ihr Vater sie hinausgeworfen hätte, aber sie wollte es auch nicht herausfinden. Es war ihr ganz lieb, dass das Thema nicht auf den Tisch kam.

Die erste Zeit in Stockholm hatte sie geglaubt, es nicht überleben zu können. Nie zuvor hatte sie sich so einsam, so allein und hundeelend gefühlt. Und ständig war sie hungrig gewesen. Ohne die Essenspakete ihrer Mutter hätte sie vielleicht wirklich nicht überlebt, wer könnte das schon sagen?

Immer wenn Stures Küsse inniger und feuriger wurden, hatte Astrid ihn sanft, aber sehr bestimmt weggeschoben. »Das nicht, Sture. Es geht einfach nicht. Ich hab schon ein Kind, das unehelich auf die Welt kam.«

»Dann werden wir eben heiraten«, meinte er.

»Heiraten? Aber du bist verheiratet.«

»Nicht mehr lange. Ich werde mich scheiden lassen, sie ist einverstanden.« Er sagte immer »sie« und nie »meine Frau«.

Er nahm ihre Hände. »Ich möchte, dass du meine Frau wirst, Astrid. Am besten ganz schnell.«

»Sture, ich …«

»Warte.« Er legte ihr den Finger auf die Lippen. »Ich will dir noch etwas sagen. Ich bin nicht mehr derselbe Mensch wie früher. Du hast mich verändert. Ich fühle mich nicht vollständig, wenn du nicht bei mir bist.«

Noch nie hatte jemand so wundervolle, berührende Dinge zu ihr gesagt. Ihr war ganz flau im Magen geworden. »Ja, ich will deine Frau werden, Sture.«

Es würde alles verändern, ihr ganzes Leben würde sich ändern. Sie wäre versorgt, ein geradezu berauschendes, beglückendes und zutiefst beruhigendes Gefühl. Sie könnte Hausfrau und Mutter sein, ganz und gar für Lasse da sein, ohne sich in ständiger Sorge zu befinden, jeden Öre sparen zu müssen.

Das musste herrlich sein!

Sture zog sie wieder an sich. »Gott sei Dank! Ich dachte schon, du würdest nein sagen.«

»Eine Bitte habe ich aber, Sture …«

»Ich erfülle dir jeden Wunsch.«

»Ich möchte, dass wir Lasse zu uns nehmen.«

»Natürlich tun wir das. Dachtest du etwa, ich würde es nicht wollen?«

Sie wusste nicht, was sie gedacht hatte. »Dann wird er bei uns leben?«

Sture lächelte. »Selbstverständlich, er ist doch dein Sohn.«

Wir wären eine richtige Familie, dachte Astrid glücklich. *Vater, Mutter und Lasse. Vielleicht werden wir weitere Kinder haben.*

Aber ihr ging auch durch den Kopf, dass sich für Lasse erneut alles ändern würde. Wieder würde er sein altes Leben zurücklassen und neu beginnen. Wieder würde sie ihn aus einem vertrauten Umfeld nehmen – zerren, genauso fühlte es sich an – und neue Tatsachen schaffen. Durfte sie das? Wie würde er sich fühlen? Würde sie seine zarte, kindliche Seele verletzen? Wie sie es vielleicht bereits getan hatte?

»Was ist mit dir?« Sture küsste sie aufs Haar.

»Ich musste gerade daran denken, dass sich für Lasse schon wieder alles ändern wird.«

»Dafür bekommt er einen Vater, eine Familie.« Sture hatte gelächelt und die Schultern gezuckt. »Ist das nicht das Allerwichtigste?«

»Du hast recht, das ist es.«

Kapitel 8

Astrid saß im Schneidersitz auf dem Heuboden. Zwei buntgescheckte Kätzchen, erst wenige Wochen alt, krabbelten auf ihr herum, zwickten sie ins Ohr, zupften an ihrem Haar oder versuchten unter ihren Rock zu kriechen.

Am Abend zuvor hatte sie Sture einen langen Brief geschrieben. Sie vermisste ihn, hätte gar nicht gedacht, dass man jemanden so vermissen konnte. In ihrem Magen flatterte es, so wie damals, wenn sie vom Heuboden gesprungen war und nicht wusste, wo genau sie landen würde. Mitten im Heuhaufen, den sie extra dafür aufgeschichtet hatte oder unmittelbar daneben auf dem harten Holz? Es war das aufregende Gefühl, etwas Gefährliches zu tun, von dem man nicht wissen konnte, wie es ausging.

Und gerade das machte den besonderen Reiz aus und war der Grund dafür gewesen, wieder und wieder vom Heuboden zu springen; kreischend vor Anspannung und jauchzend vor Erleichterung und Freude, wenn es gutgegangen war.

Im Nachhinein war es ein kleines Wunder, dass sie ihre Kindheit überlebt hatten. So oft hatten sie sich in Lebensgefahr befunden und nicht den Hauch einer Ahnung davon gehabt.

»Hier bist du.« Ihr Bruder kam die Leiter hoch und ließ sich neben sie ins Stroh fallen. Sein Hemd roch nach Gras, so wie früher. Manche Dinge änderten sich wohl nie.

Sofort kam eins der Kätzchen angeflitzt und sprang auf seinen

Schoß. Er kraulte es gedankenverloren. »Ich komme immer noch oft hierher.«

Astrid lächelte. Sie war nicht im Mindesten überrascht.

»Springst du auch noch immer von hier oben runter?«, neckte sie ihn, und er lachte.

»So verrückt ist man wohl nur als Kind. Weißt du noch, wie wir in den See gesprungen sind, wenn wir bei Großmutter Ida waren?«

Sie verzog das Gesicht. »Ich erinnere mich noch gut, wie ich mit dem Fuß in irgendetwas hängengeblieben bin und wie am Spieß gebrüllt habe, dass es mich runterzieht und ihr mich retten müsst.«

»Was wir getan haben.«

»Sonst säße ich wohl nicht hier.«

Gunnar grinste. Es sah wehmütig aus. »Egal, wie oft wir bei ihr waren, das Erste, was sie uns mit auf den Weg gab, war, bloß nicht runter zum See zu laufen.«

»Und zwei Minuten später sprangen wir hinein.«

»Und kamen immer wieder lebend raus.« Er schüttelte den Kopf. »Ich wundere mich, dass wir noch leben, Astrid.«

»Ja, ich auch. Würdest du mir was versprechen, Gunnar, Lieblingsbruder?«

»Alles, das weißt du doch.«

»Bring meinem kleinen Lasse so schnell wie möglich das Schwimmen bei.«

»Ich versprech's dir.« Er kraulte der kleinen Katze die Ohren, was ihr sehr zu gefallen schien. »Er ist ein lieber kleiner Kerl, dein Lasse. Lass ihn ruhig hier, er wird sich prächtig machen. Bald ist er ein richtiger Småländer.«

»Das hat Mama auch geschrieben.«

»Und du weißt doch: Sie hat immer recht.«

Astrid zeigte ihrem Sohn die Umgebung und jeden einzelnen Ort, an dem sie als Kinder gespielt hatten. Sie erzählte ihm aber nicht nur von ihren Spielen, sie machte auch deutlich, dass sie viel mitgearbeitet hatten. »Erst kam die Arbeit, die wir zu verrichten hatten – und glaub mir, das war ziemlich oft eine ganz schöne Plackerei –, und dann das Spielen.«

An diesem warmen Nachmittag Ende Mai, an dem es überall nach süßem Flieder duftete, stand sie mit Lasse vor dem weißen Holzhaus, das nur ein paar Schritte von ihrem Hof entfernt war. Das Haus hatte auch eine hübsche Veranda, die Astrid ganz besonders mochte.

»Dein Großvater hat das Haus gebaut«, erklärte sie Lasse, der wie gebannt davorstand, den Kopf zur Seite geneigt. »Gefällt es dir?«

Er nickte.

»Siehst du den Baum da vorne?« Astrid zeigte nach links, wo die große, hohle Ulme stand, die sie als Kinder Eulenbaum getauft hatten.

»Ui, der ist aber schön!« Lasse lief hin und schlang beide Arme um den rauen Stamm.

Astrid trat zu ihm. »Soll ich dir eine kleine Geschichte erzählen?«

»Ja!«

»Früher haben hier immer Eulen genistet, keine Ahnung, ob sie das noch immer tun. Und einmal hat dein Onkel, mein Bruder Gunnar, ein Hühnerei in ein Nest gelegt. Und rate mal, was passiert ist.«

»Die Eule hat's aus dem Nest geworfen.«

»Nein, sie hat es ausgebrütet.«

»Ui, da wird sie aber gestaunt haben, als keine kleine Eule, sondern ein Huhn rauskam.«

»Ein kleines Huhn nennt man Küken«, erinnerte sie ihn, und er nickte eifrig.

Er musste noch so viel lernen. Er war ein Stadtkind durch und durch, aber das würde sich bald ändern. Astrid war unendlich froh, dass er hier in Vimmerby sein durfte. Gab es etwas Schöneres und Lehrreicheres für ein Kind, als mitten in der Natur aufzuwachsen?

»Lass uns einen Spaziergang durch den Wald machen«, schlug sie vor, und ihr Sohn rief begeistert: »Au ja!«

Am letzten Tag, bevor Astrid wieder nach Stockholm reisen würde, spazierte sie mit Lasse durch Vimmerby. Sie kaufte ihm eine Tüte Himbeerbonbons in dem kleinen Laden, in dem sie schon als Kind staunend vor den gefüllten Bonbongläsern gestanden hatte, und zeigte nach vorn zu einem Geschäft, in dem ihre Mutter immer das Nähgarn kaufte. »Ich brauche ein paar Knöpfe. Komm!«

Lasse lutschte an seinem Bonbon. »Och nö, das ist langweilig. Ich will lieber spielen gehen.«

»Das machen wir anschließend, versprochen. Ich muss dir doch noch die besten Kletterbäume zeigen.«

Seine Augen leuchteten vor Freude, als Astrid kurz darauf die Ladentür öffnete. Sie grüßte die Verkäuferin freundlich, kaufte ihre Knöpfe und nahm gleich noch Bindfäden und Nähgarn mit, wo sie schon mal da war.

»Gehen wir jetzt und klettern auf einen Baum, Mama?«, fragte Lasse, als sie an der Kasse standen.

»Ja, das hab ich dir doch versprochen.«

»Hier bitte, Ihr Wechselgeld, Frau …« Die Verkäuferin hielt ihr ein paar Öre hin.

»*Fräulein*, bitte.« Mit einem huldvollen Lächeln nahm Astrid die Münzen entgegen und ging kerzengerade mit Lasse zur Tür.

»Fräulein …?« Der Verkäuferin stand der Mund offen, das hatte Astrid noch gesehen, bevor die Tür hinter ihnen zufiel.

Dann haben die Leute wenigstens ein Weilchen was zu reden, dachte sie. Sie hatte sich nie viel aus dem Gerede und der Meinung der Leute gemacht. Sie hatte schon immer ihren eigenen Kopf gehabt. Damals war sie nicht gegangen, weil sie Angst vor dem Gerede hatte, sie hatte Vimmerby verlassen, bevor ihre Eltern es ihr nahegelegt hätten. Sie hatte es ihnen und sich selbst ersparen wollen, aus Stolz und Verantwortungsgefühl vor allem ihrem Vater gegenüber.

Ihn hatte es hart getroffen, dass sie mit gerade mal achtzehn Jahren ein Kind von einem verheirateten Mann erwartete, der sie in Zeitungs- und nicht in Liebesdingen hätte unterrichten sollen. Ob er Reinhold inzwischen verziehen hatte, wusste sie nicht.

Astrid nahm Lasses Hand, und lachend und fröhlich schwatzend liefen sie beide nach Hause.

Kapitel 9

Stockholm im Herbst

Wieder war ein Brief von Stina gekommen, in dem sie ausführlich berichtete, wie es Lasse ging, was er gelernt hatte und womit er den Tag verbrachte.

Er ist ein richtiger Småländer geworden, Astrid. Er ist den ganzen Tag draußen an der frischen Luft, rennt über die Wiesen und Felder, genau wie wir damals, weißt Du noch? Er treibt die Hühner zusammen, hilft beim Füttern der Kühe und spricht Schwedisch, als hätte er nie was anderes getan.
Wir alle lieben ihn heiß und innig. Du nimmst mir doch nicht übel, wenn ich mich manchmal sogar ein bisschen wie seine zweite Mutter fühle?

Astrid ließ den Brief sinken.

Wie könnte ich dir das übelnehmen, Stina, schließlich habe ich meinen Sohn bei euch gelassen.

Wieder überkam sie das schlechte Gewissen, ihn weggegeben, abgeschoben zu haben, auch wenn es nicht stimmte. Sie hatte dafür gesorgt, dass er endlich ein Zuhause, eine Heimat hatte. Dennoch glaubte sie, als Mutter wieder einmal versagt zu haben. Lasse sollte bei ihr sein und nirgendwo anders.

Je länger ich ihn dort lasse desto mehr werden wir uns entfremden.

Diese Zerrissenheit würde sie noch umbringen. Egal, was und wie sie es machte, es fühlte sich falsch an.

Wenn sie verheiratet war, würde sich auch das hoffentlich ändern. Dann würde sie kein schlechtes Gewissen und auch keine Schuldgefühle mehr haben müssen. Und sie wäre endlich, endlich mit Lasse vereint.

Sie faltete den Brief zusammen und schob ihn in den Umschlag zurück. Mit einem Blick auf ihre Armbanduhr stellte sie fest, dass sie sich sputen musste, wenn sie noch rechtzeitig in die Redaktion kommen wollte. Sture war zwar nachgiebig und verständnisvoll, aber sie wollte seine Geduld nicht überstrapazieren.

Astrid nahm ihren Mantel vom Türhaken, vergewisserte sich, dass das Fenster geschlossen war, und verließ ihr Zimmer. Neuerdings freute sie sich noch mehr auf die Arbeit.

Ihr zukünftiger Mann stand vor dem Gebäude und rauchte, als sie mit wehendem Mantel angelaufen kam. Bestimmt sah sie aus wie ein zerrupftes Huhn, sie hatte vollkommen vergessen, ihr Haar zu bürsten.

Hastig blickte sie an sich hinab, ob sie womöglich noch im Nachthemd war. Auszuschließen war es nicht, so durcheinander wie sie heute Morgen war. »Sture«, sagte sie atemlos.

Er schaute sich verstohlen um und zog sie an sich, um ihr einen Kuss zu geben. »Du bist spät.«

Sie hatte das Bedürfnis sich zu entschuldigen, doch er kam ihr zuvor. »Aber nicht *zu* spät, keine Sorge.« Er küsste sie wieder. »Ich stehe hier seit einer Ewigkeit und warte auf dich, damit ich dich endlich küssen kann.«

»Ich wollte früher da sein«, sagte sie zerknirscht. »Gestern ist einiges liegengeblieben. Du kannst mich nicht immer bevorzugen, Sture.«

»Ach nein? Kann ich nicht?«

»Das gibt nur böses Blut unter den Kollegen, und das möchte ich nicht.«

»Wie du meinst.« Schlagartig wurde er ernst und schob sie vor sich her durch die Tür ins Büro, wo Ingrid bereits am Schreibtisch saß und aufblickte. »Wenn am Tag zuvor etwas liegengeblieben ist, Fräulein Ericsson, erwarte ich, dass Sie am nächsten Morgen früher kommen, um es aufzuholen.«

»Ja, Herr Lindgren«, murmelte sie betreten und ziemlich verdattert über seinen plötzlichen Stimmungsumschwung.

»Wenn das noch mal vorkommt, Fräulein Ericsson …«

»Das wird es nicht, Herr Lindgren, versprochen.« Astrid setzte sich an ihren Schreibtisch, den Kopf gesenkt. Die Röte schoss ihr brennend ins Gesicht. Wie ärgerlich er sein konnte! Es war das erste Mal, dass sie ihn so erlebte.

Vorsichtig hob sie den Kopf und schaute ihm nach, wie er in sein Büro marschierte und die Tür fester als notwendig hinter sich zumachte.

»Autsch.« Ingrid verzog das Gesicht. »Der ist aber sauer auf dich. Was hast du denn angestellt? Ich dachte, ihr seid schwer verliebt.«

»Sind wir auch«, flüsterte Astrid. »Er will nur nicht, dass irgendjemand hier denkt, ich bekäme eine Sonderbehandlung.«

»Dann bin ich gerade reingefallen«, gab Ingrid zu. »Ich hab's ihm abgekauft.«

»Das war auch seine Absicht.« Nun konnte Astrid lachen.

Alice, eine Kollegin, die im Nebenraum saß, der nur durch eine aufgestellte Glaswand abgegrenzt war, starrte zu ihnen herüber.

Astrid winkte ihr zu. »Guten Morgen, Alice! Wie geht's den Kindern?« Sie zog Mantel und Schuhe aus und spannte einen Bogen Papier in die Schreibmaschine.

»War ich überzeugend?«, wollte Sture am Abend wissen, als alle bis auf Astrid gegangen waren.

»Du warst so überzeugend, dass selbst ich es für einen Moment geglaubt habe.«

Eng beieinander standen sie am Fenster seines Büros, die Hände ineinander verschlungen.

Er machte sich los, zog eine Schublade seines Schreibtischs auf und nahm etwas heraus. Astrid konnte nicht sehen, was es war. Sture öffnete ein kleines Kästchen und schob ihr einen hübschen Goldring auf den Finger. »Astrid Ericsson.« Er räusperte sich. »Willst du meine Frau werden? Am besten so schnell wie möglich?«

»Ein Verlobungsring«, flüsterte sie und konnte den Blick nicht abwenden. »Sture … Du hast mich doch längst gefragt.«

»Aber nicht so.« Er ging sogar auf die Knie. »Sagst du ja?«

Astrid betrachtete noch immer den schmalen Ring. Ein richtiger Heiratsantrag! Sie wusste nicht, was sie sagen sollte.

Also nickte sie nur, so glücklich, dass sie wahrscheinlich gleich weinen würde.

»Ist das ein Ja?«

»Ja.«

Er hob sie hoch und wirbelte sie durch die Luft.

Als er sie wieder absetzte, nahm sie sein Gesicht in beide Hände und sah ihn an. Zärtlichkeit und das Bedürfnis, sich fallen zu lassen, durchströmten sie.

»Wann heiraten wir?«, fragte Sture.

»Am liebsten wäre mir der Frühling. Wir könnten auf Näs heiraten, meine Eltern würden sich sicher freuen.«

»Ich möchte keine große Hochzeit, Astrid. Ich möchte einfach nur, dass du endlich meine Frau wirst.« Sture gab ihr einen langen, atemlosen Kuss. »Einverstanden?«

Für einen Moment war sie enttäuscht, doch dann lächelte sie ihre Enttäuschung weg und nickte. »Einverstanden.«

Sture nahm seinen Mantel vom Stuhl und spreizte den Ellbogen. »Jetzt, wo wir verlobt sind, darfst du bei mir übernachten.« Er hielt ihr die Tür auf. »Ich möchte morgen früh, wenn ich aufwache, als Erstes in dein Gesicht schauen.«

»Ich fürchte, allzu hübsch sehe ich früh morgens nicht aus.«

Im Gehen legte er den Arm um ihre Taille. »Unsinn, ich werde es lieben, dich ansehen zu dürfen.«

Lieben. Bisher hatte er noch kein Mal gesagt, dass er sie liebte. Er verzehrte sich nach ihr, kam um vor Sehnsucht und war hingerissen von ihr, ja, aber war all das gleichbedeutend mit Liebe?

Und ich?, dachte sie. *Habe ich ihm gesagt, dass ich ihn liebe?*

»Sture?«, sagte sie leise, als sie nebeneinander hergingen. »Ich liebe dich.«

»Na, das will ich doch hoffen, schließlich wirst du bald meine Frau sein.«

In der Woche darauf fuhr Astrid nach Vimmerby, um Lasse zu besuchen. Sie hatte ihn einige Zeit nicht gesehen. Bestimmt war er ordentlich gewachsen.

Er kam ihr entgegengelaufen, als sie den staubigen Weg entlangkam, ihren Mantel über dem Arm. Es war mild und sonnig, und überall roch es nach Getreide und warmer Erde.

»Mama! Mama!« Er warf sich in ihre Arme, und sie war so erleichtert, dass sie beinahe aufgeschluchzt hätte. »Komm!« Er machte sich los und zog an ihrer Hand. »Ich muss dir zeigen, was Großvater und ich gebaut haben!«

Während sie hinter ihm herlief, plapperte er ununterbrochen, redete von den Kühen und den beiden Pferden, die neu beschlagen worden waren, der Kartoffelernte, bei der er geholfen hatte, und von Anders, der ihm das Schnitzen beigebracht hatte.

Stina kam aus dem Haus, als sie in Sichtweite waren, und wischte sich im Laufen die Hände an der Schürze ab.

»Danke«, murmelte Astrid, als sie sich in die Arme fielen.

»Wofür denn?«

»Dafür, dass du aus meinem kleinen Lasse einen waschechten Småländer gemacht hast.«

»War mir eine Ehre. Willst du deiner Mama gleich die Ferkelchen zeigen, Lasse?«

Er nickte eifrig und zog Astrid wieder mit sich.

»Du wirst also heiraten.« Ihre Mutter saß neben Astrid auf den Stufen vor dem Haus. Die Sonne ging leuchtend unter und tauchte die Weiden und das kleine Wäldchen in ein rötliches Licht. Es duftete schwindelerregend nach reifen Pflaumen.

»Ja, im kommenden Frühjahr.«

»Und du liebst ihn?«

»Ja, Mama, das tue ich.«

Ihre Mutter legte ihr die Hand aufs Knie. »Dann freue ich mich für dich, für euch, Astrid. Liebe ist etwas so Schönes, und wer sie besitzt, muss sie festhalten.«

Die Liebe ihrer Eltern war für Astrid etwas Heiliges, Unantastbares. Ihre Mutter hatte ihrem Vater bereits in sehr jungen Jahren den Kopf verdreht, so sehr, dass er einiges auf sich genommen hatte, um ihr Herz zu erobern.

Als Kind war es für Astrid ganz normal gewesen, dass ihre Eltern sich herzten und liebkosten. Waren sie auch nur einen halben Tag voneinander getrennt gewesen, kam ihr Vater ins Haus gestürmt und hatte schon an der Tür ausgerufen: »Wo ist meine Hanna?« Als hätte er sie Wochen nicht gesehen.

»Dann wirst du Lasse sicher zu euch nehmen«, sagte ihre Mutter mit leiser, etwas rauer Stimme.

»Das möchte ich unbedingt«, erwiderte Astrid.

Ihre Mutter nickte, sah nachdenklich aus.

»Ihr habt gut für ihn gesorgt, dafür danke ich euch so sehr, Mama. Aber Lasse gehört zu seiner Mutter.«

Ihre Mutter drehte den Kopf und sah sie an. »Entschuldige dich nicht dafür, dass du dein Kind zu dir nimmst, Astrid. Bei niemandem, hörst du?«

Sie fühlte sich getadelt, und wie früher schon wollte sie trotzig etwas entgegnen. Dann jedoch erinnerte sie sich daran, dass sie erwachsen war und Trotz nicht mehr zu ihr passte.

Zudem meinte ihre Mutter es nur gut und wollte sie in dem bestärken, was sie vorhatte.

Ihr Vater kam aus dem Haus und setzte sich zu ihnen. Er sagte kein Wort, seufzte nur wohlig, wie er es häufig machte, wenn er sein Tagwerk verrichtet hatte und mit sich und der Welt zufrieden war.

So saßen sie schweigend da, und wie so oft fühlte Astrid sich eins mit der Natur. Innere Wärme und tiefer Frieden erfüllten sie.

Sie starrte in die aufkommende Dunkelheit, sah zu, wie die Wiesen und Bäume, der Zaun mitsamt Schuppen mehr und mehr in

Schatten gehüllt wurden. Irgendwo rief ein Kauz, und im Schuppen knarzte es, als ginge dort jemand umher.

»Er kann Figuren schnitzen, dein kleiner Lasse«, durchbrach ihr Vater nach einer Weile die Stille. »Er ist ziemlich geschickt.«

»Das wird er von dir haben.« Astrids Blick ruhte auf den Pappeln rechts von ihnen, die sich sacht im aufkommenden Wind bewegten. Für einen Moment sah sie sich, Lasse und Sture hier auf Hof Näs, wie sie bei der Ernte halfen und abends beim Kartoffelfeuer oder am großen Tisch in der Küche saßen, schwatzend und lachend.

»Gunnar wird auch bald heiraten«, riss ihre Mutter sie aus ihren Gedanken.

Astrid wusste es bereits, ihr Bruder hatte es ihr erzählt. »Dann werden hoffentlich wieder kleine Kinderfüßchen durchs Haus tapsen.« Ihre Mutter seufzte leise. »Lasst uns hineingehen, es wird kühl.«

Kapitel 10

Stockholm im Frühjahr 1931

Astrid lag neben ihrem frisch angetrauten Mann, den Kopf auf seiner Brust und lauschte seinem Herzschlag.

Die Sonne ging gerade auf, und zwei Amseln, die offenbar in der Linde am Haus saßen, versuchten sich gegenseitig im Gesang zu übertrumpfen.

Das war eines der ersten Dinge, die Astrid gleich am ersten Tag aufgefallen waren, als sie nach Stockholm gekommen war: die Vögel sangen anders. Die Amseln trällerten lauter, als müssten sie gegen den Stadtlärm ankommen. Die Finken waren waghalsiger, mutiger, genau wie die Eichhörnchen in den hohen Bäumen im Vasapark. Sobald man sich auf eine der Bänke setzte, kamen sie angeflitzt und sausten um die Bank herum. Einmal war Astrid ein Eichhörnchen auf die Füße gesprungen und hatte sie mit seinen kleinen listigen Augen angesehen. Die Eichhörnchen in Vimmerby waren lange nicht so unerschrocken und frech.

Das Stadtleben verändert nicht nur die Menschen, sondern auch die Tiere, hatte sie gedacht.

Sie überlegte, ob sie aufstehen und Frühstück machen sollte, doch sie konnte sich nicht aufraffen. Es war so wundervoll, faul und träge im Bett zu bleiben und den Herrgott einen guten Mann sein zu lassen. Sie konnte es sich erlauben, schließlich war heute Sonntag.

Astrid Lindgren, dachte sie und musste immerzu lächeln. Das klang richtig schön! Wie Sture gestrahlt hatte, als er ihr den Ring an den Finger steckte.

Ihre Eltern waren enttäuscht gewesen, dass sie keine große Feier wollten. »Unser Schwiegersohn kann mit dem Landleben wohl nichts anfangen, was?«, hatte ihr Vater gemeint.

»Er ist ein eingefleischter Städter«, hatte sie geantwortet. »Er ist in Malmö aufgewachsen und kennt nur das Leben in der Stadt.« Sie hatte auch gar nicht vor, Sture das Landleben schmackhaft zu machen, weil sie wusste, dass es zwecklos war.

Er regte sich und gab ihr einen Kuss aufs Haar. »Gut geschlafen?«

»Wunderbar«, schwindelte sie. In Wahrheit hatte sie kaum geschlafen, sondern sich vorgestellt, wie es sein würde, wenn Lasse endlich bei ihnen war. Wenn sie morgens zusammen frühstücken und später in den Park gehen würden.

Sture drehte sich auf die Seite und stützte den Ellbogen auf. »Frau Lindgren.« Er lächelte sie an. »Wirst du dich als Hausfrau auch nicht langweilen?«

»Nein, bestimmt nicht.« Aber stimmte das? Ihre anfängliche Euphorie angesichts der Vorstellung, nicht mehr arbeiten zu gehen, war verflogen.

»Du könntest als freie Mitarbeiterin weiterarbeiten«, schlug er vor. »Die Arbeit am Autoatlas möchte ich ungern jemand anderem geben.«

Astrid freute sich über das versteckte Lob. Sie mochte ihre Arbeit nach wie vor, und als freie Mitarbeiterin könnte sie etwas dazuverdienen und sich vorrangig um Lasse kümmern.

Sie hoffte natürlich auch, dass sie Sture bald ein Kind schenken würde. Er freute sich darauf, Vater zu werden; ein Glück, das ihm in seiner vorherigen Ehe nicht vergönnt gewesen war. Sie selbst sehnte sich nach einem zweiten Kind, konnte es kaum erwarten, zum zweiten Mal Mutter zu werden. Es würde so ganz anders verlaufen, und sie wusste schon jetzt, dass sie jeden einzelnen Tag genießen und auskosten würde. Keine Sorge mehr, ob ihr Kind sich von ihr entfremden oder sie das Geld für eine Fahrkarte aufbringen würde, um es sehen zu können. Kein Herzschmerz mehr, weil ihr Kind die Pflegemutter und nicht sie mit »Mama« anreden würde, und kein schlechtes Gewissen mehr, als Mutter versagt zu haben.

Sie könnte endlich, endlich das sein, wonach sie sich so sehnte und was sie so liebte: eine ganz normale Mutter. Sich mit täglichen Fragen der gesündesten Kinderernährung und dem Wäscheaufkommen der schmutzigen Windeln beschäftigen, mit anderen Müttern über Allergien und Schnupfen plaudern und die ersten Worte und Gehversuche bestaunen.

»Meine Eltern wollen, dass wir nach Malmö ziehen.« Sture legte sich auf den Rücken und verschränkte die Hände im Nacken.

Astrid war nicht sicher, ob sie richtig gehört hatte. »Nach Malmö? O je …« Sie hatte nicht seufzen wollen, konnte es aber nicht mehr unterdrücken.

»Keine Sorge, wir werden ganz gewiss nicht nach Malmö ziehen und unter ihrer ständigen Beobachtung stehen. Nein, wir werden schön in Stockholm bleiben.«

Astrid mochte ihre Schwiegereltern, in deren Nähe zu wohnen, konnte sie sich allerdings nicht vorstellen. Außerdem hatte sie sich längst an Stockholm gewöhnt, sie liebte die Stadt und wollte nirgendwo anders mehr wohnen. Stockholm war ihr Zuhause, ihre Heimat geworden und die Vorstellung, mit ihrer kleinen Familie auf Näs zu leben, mehr und mehr verblasst.

»Hier im Haus wird gerade eine etwas größere Wohnung frei«, sagte Sture und gähnte. »Was meinst du, wollen wir sie uns mal ansehen?«

Die Wohnung war tatsächlich nur ein wenig größer, doch das störte weder Astrid noch Sture. Im Monat darauf packten sie ihre Sachen in Kisten und Kartons und zogen um.

In der ersten Nacht lag Astrid wieder hellwach neben ihrem Mann. Ihre Gedanken kreisten um ihren Sohn und wie er es aufnehmen würde, hier bei ihnen zu leben. Würde er Näs vermissen, seine Großeltern, Onkel und Tanten? Würde er sich vielleicht sogar weigern, mitzukommen?

»Was macht dir so zu schaffen?«, fragte Sture in die Stille hinein, und sie zuckte zusammen.

»Ich dachte, du schläfst.«

»Ich kann nicht schlafen, wenn du so laut nachdenkst.«

»Tut mir leid, so bin ich nun mal. Eine Denkerin und Träumerin.«

Bislang kannte er sie nur als heitere, recht unerschrockene und manchmal ein wenig aufmüpfige Person mit trockenem Humor. Wie melancholisch und trübsinnig sie oft von jetzt auf gleich werden konnte, hatte er noch nicht erlebt. Würde es ihn verschrecken? Verstören? Nicht jeder konnte damit umgehen, das wusste sie. Sie selbst hatte sich an ihre Eigenarten gewöhnt.

»Meine kleine Grüblerin«, sagte er und küsste sie zärtlich.

Astrid mochte die Grüblerin in sich nicht besonders, ihr war die Vergnügte, Unbekümmerte sehr viel lieber. Aber die Betrübte, Grüblerische gehörte nun mal auch zu ihr, war ein Teil von ihr.

Sture zog sie an sich und legte sein Kinn auf ihr Haar.

»Bist du glücklich, Astrid Lindgren?«

»Ja«, murmelte sie.

Nur als Kind war sie noch glücklicher gewesen, was aber vermutlich daran lag, dass man nur in der Kindheit vollkommen unbeschwert und unbekümmert sein konnte. Kindsein war die reine Form von Glückseligkeit, davon war Astrid überzeugt.

»Soll ich uns Frühstück machen?«, fragte sie nach einer Weile und machte sich aus seinem Arm frei.

»Hmm.« Sture sah sie an, lächelte dann und zog sie zurück in seine Arme. »Das hat Zeit bis später.«

Teil 2

1933–1934

Kapitel 11

Stockholm im Herbst 1933

Astrid lag mit der Nase im feuchten, modrig riechenden Laub und spuckte aus. Als sie hinter Lasse hergejagt war, war sie auf ihren lockeren Schnürsenkel getreten und der Länge nach hingefallen.

Zögernd kam ihr Sohn näher und blieb in sicherer Entfernung stehen. Offenbar rechnete er damit, dass sie nur den richtigen Zeitpunkt abwartete, aufsprang und ihn packte. »Hast du dir wehgetan, Mama?«

»Ach was, nicht die Spur. Ich bin weich gelandet.« Sie rappelte sich auf, klopfte ihren schmutzigen Rock ab und band den Schnürsenkel neu.

In der Nähe auf einer Bank saß eine Mutter, die ihrer Tochter beim Spielen zusah. Das Mädchen versuchte auf einen Baum zu klettern, bisher erfolglos. Ihre kleinen Füßchen rutschten immer wieder von der glitschigen Rinde ab, aber sie versuchte es unermüdlich weiter. Ihre Mutter stand schließlich auf und ging zu ihr. »Lass das bleiben, Kristina. Du wirst dir nur dein Kleid zerreißen. Sieh nur, wie schmutzig es bereits ist.« Kurzerhand griff sie nach der Hand der Kleinen und zog sie mit sich.

Lasse hatte die beiden beobachtet, und als sie an ihnen vorbeikamen, fragte er: »Warum darf das Mädchen nicht auf den Baum klettern, Mama?«

»Weil Mädchen so etwas nicht tun«, beantwortete die Frau seine Frage und schnalzte mit der Zunge. Im Vorbeigehen murmelte sie: »Schlimm genug, dass es Mütter gibt, die sich im Laub wälzen und das offensichtlich auch noch lustig finden.«

»Und *wie* lustig ich das finde«, erwiderte Astrid lachend. »Vielleicht probieren Sie es auch mal aus.« *Dann sind Sie vielleicht nicht mehr so sauertöpfisch.*

Die Frau eilte weiter und brummte noch etwas Unverständliches.

»Ist die Frau böse auf dich, Mama?«, wollte Lasse wissen.

»Warum sollte sie? Sie kennt mich doch gar nicht.« Astrid klatschte in die Hände. »Ich drehe mich um und zähle bis fünfzig, und du versteckst dich.«

Ihr wurde schwindelig und ganz plötzlich auch übel. Hatte sie den Eintopf nicht vertragen? Sie legte die Hand auf ihren Magen, bis er sich wieder beruhigt hatte. Oder war sie etwa …?

Konnte das sein? Ein vages, sehr flüchtiges Gefühl von Hoffnung und Glück durchströmte sie.

»Du darfst aber nicht schummeln.«

»Als würde ich jemals schummeln.«

»Es war ein verflixt gutes Versteck, oder?«, fragte Lasse später, als sie heimgingen.

»Viel zu gut für mich.«

Es dämmerte bereits, und Astrid ging etwas schneller. »Sture ist bestimmt schon zuhause. Komm, wir wollen uns sputen.«

Sie liefen über die Straße. Ihr Wohnhaus war bereits zu sehen, und in der Küche brannte Licht. Sture war also da.

Er hatte die Vaterrolle problemlos eingenommen, liebte Lasse wie sein eigenes Kind, wie er gemeint hatte. Ob dem wirklich so war, wusste Astrid natürlich nicht mit Sicherheit, aber sie wollte es unbedingt glauben. Und sie wollte, dass Lasse sich geborgen und aufgehoben fühlte –, bei einem Mann, dessen Nachnamen er trug und der bereit war, sein Vater zu sein.

»Was habt ihr heute angestellt?«, fragte Sture beim Abendessen.

»Wir haben Fangen und Verstecken gespielt«, erzählte Lasse kauend. »Und Mama ist hingefallen, mitten ins Laub.«

Sture schenkte Astrid und sich Tee nach und grinste. »Ach ja?«

»Ja, und eine andere Mama hat uns ganz komisch angeguckt.«

»Es ist doch schön, wenn die Leute etwas zu gucken haben«, erwiderte er noch immer grinsend. »Wie langweilig wäre ihr Leben sonst.« Er trank einen Schluck. »Ich habe übrigens ein Haus für meine Eltern gefunden, das sie als Ferienhaus nutzen können.«

»Und wo?«

»Darf ich aufstehen?«, fragte Lasse dazwischen, und Astrid nickte.

»In Furusund«, sagte Sture weiter. »Es ist ein ehemaliges Lotsenhaus.«

»Es muss herrlich dort sein.« Astrid seufzte. Sie kannte Furusund, eine Schäreninsel, aus Erzählungen.

»Das ist es. Ich war vor Jahren dort und hab ein paar Tage Urlaub gemacht. Wenn meine Eltern das Haus kaufen, können wir im Sommer dort Ferien machen.«

Sie seufzte erneut. Eine schöne Vorstellung!

Mit einem Mal wurde ihr speiübel, und sie schob den Teller weg.

Wieder strömte ein Gefühl von Hoffnung und Vorfreude durch ihren Körper wie ein feines Vibrieren.

»Was ist mit dir?« Sture schaute sie besorgt an.

»Gar nichts, nur ein bisschen Übelkeit.«

Als sie später nebeneinander im Bett lagen, stellte Astrid sich vor, wie sie in Furusund in der Sonne lag und ein Buch las. Für Lasse wäre es auch himmlisch. Er könnte Boot fahren, mit Sture angeln und im Meer schwimmen.

Das Schwimmen hatte Gunnar ihm wie versprochen beigebracht, und sobald er Wasser um sich hatte, war er mehr Fisch als Mensch, wie ihr Bruder gemeint hatte.

»Sture?«, flüsterte sie.

»Hmm …«

»Schläfst du schon?«

»Ja.«

»Lasse wünscht sich einen Hund zu Weihnachten.«

»Ein Hund in der Wohnung? Das fehlte noch«, murmelte er schläfrig. »Sag ihm, er soll sich lieber einen Kanarienvogel wünschen.«

»Ich könnte es nicht ertragen, den armen Kerl im Käfig sehen zu müssen. Ein Vogel muss frei sein und umherfliegen können.«

»Dann vielleicht ein … Meerschweinchen. Nein, die stinken fürchterlich.« Er drehte sich auf die Seite, sodass er sie ansehen konnte. Seine Augen blitzten. Wie liebte sie es, wenn er sie so ansah! »Wie wär's mit einem Goldfisch?«

»Wie wär's, wenn du Lasse das selbst vorschlagen würdest?«, gab sie zurück.

Er kitzelte sie, bis sie nach Luft schnappen musste. Dann schmiegte sie sich an ihn, den Kopf auf seiner Brust. Sie mochte es, wenn sie seinen Herzschlag hören und spüren konnte, wie sich sein Brustkorb hob und senkte.

»Wir haben doch ein feines Leben, nicht wahr?« Er gähnte und gab ihr einen Kuss aufs Haar.

»Das haben wir, Sture.« *Fehlt nur noch ein Kind,* dachte sie und schloss mit einem Lächeln die Augen.

Kapitel 12

Stockholm im Frühjahr des folgenden Jahres

Es war ungewöhnlich warm an diesem Frühlingstag, und die ersten Mückenschwärme – viel zu früh! – schwirrten in der Luft. Astrid hatte sich auf eine Bank im Park gesetzt, sie brauchte etwas Ruhe.

Lasse sprang umher und schwenkte sein Holzschwert, das sein Großvater ihm geschnitzt hatte. Er fuchtelte damit herum, als pariere er die Schläge eines Gegners. »Ergebt Euch!«

Astrid hatte ihm kürzlich die Geschichten von den Rittern der Tafelrunde vorgelesen, und Sir Lanzelot war sein erklärter Held. »Er war schrecklich verliebt in die Königin, Artus' Frau, unglücklich verliebt.«

»Pah!«, hatte ihr Sohn entgegnet. »Ich werde mich nie, nie verlieben.«

»Lass uns in ein paar Jahren noch mal darüber sprechen«, hatte sie vorgeschlagen.

Das Kind in ihrem Bauch regte sich, und Astrid legte beide Hände darauf. Diese Schwangerschaft hatte sie von Beginn an in vollen Zügen genossen, auch wenn es nicht immer ein reiner Genuss gewesen war. Sie hatte es genießen *wollen*, schließlich war ihre erste Schwangerschaft so vollkommen anders verlaufen, geheimer und verschämter. Nun aber stolz und ganz selbstverständlich ihren wachsenden Bauch zeigen zu können, empfand sie als Geschenk. Dieses Kind würde in eine richtige Familie geboren werden, es würde beschützt und geborgen aufwachsen. Niemand würde an ihm zerren und es fortschieben.

Dieses Kind sollte das bekommen, was sie sich so für Lasse gewünscht hätte. Es ihm nicht gegeben haben zu können, belastete sie noch immer. Würde es je vergehen? Würde sie diese Last, diese Schuld jemals abstreifen können? Als Astrid sicher gewesen war, ein Kind zu erwarten, hatte sie es Sture freudestrahlend und überschäumend vor Glück gesagt.

Er hatte sie an sich gedrückt. »Ich hab gespürt, dass irgendetwas anders ist.«

»Ach ja?«, hatte sie verblüfft gefragt.

»*Du* bist anders.« Er hatte ihr eine Haarsträhne hinters Ohr geschoben und ihr einen Kuss gegeben. »Ich freue mich, Astrid.«

Auch Lasse freute sich, endlich großer Bruder zu werden und nicht mehr der Kleinste der Familie zu sein.

Dann und wann fragte Astrid sich, ob wohl wieder ein Sohn in ihr heranwuchs oder ob es diesmal eine Tochter sein würde.

Ihr war beides recht, auch wenn die Vorstellung, vielleicht bald eine Tochter zu haben, sie ganz schwindelig vor Glück machte.

»Wann werde ich denn nun endlich großer Bruder sein?«, fragte Lasse am Abend, nachdem sie ihm wie üblich vorgelesen hatte und das Buch auf den Nachtschrank legte.

»Es dauerte nicht mehr lange.«

»Das hast du letzte Woche auch schon gesagt«, quengelte er.

Sie gab ihm einen Kuss auf die Stirn. »Die Hebamme meint, das Baby würde in diesem Monat kommen.« Sie erhob sich und ging zur Tür. »Und jetzt wird geschlafen, sonst kommst du morgen früh nicht aus den Federn.«

Er setzte sich wieder auf. »Ich muss dich unbedingt noch was fragen.«

»Frag nur, Lasse.« Sie hielt es so, wie auch ihre Eltern es stets gehalten hatten: Fragen wurden sofort beantwortet. Sie hatten ihr und ihren Geschwistern nie gesagt, dass ihre Fragen doch sicherlich Zeit bis zum nächsten Tag oder wann auch immer hatten.

»Wieso kann Lanzelot Guinevere nicht heiraten, wenn er sie doch so liebt?«

Astrid setzte sich wieder zu ihm ans Bett. »Aber sie ist doch bereits verheiratet, mit Artus, dem König.«

»Aber sie hat Lanzelot doch viel mehr lieb.«

»Woher glaubst du das zu wissen?«

Darüber schien er nachdenken zu müssen. Und das dauerte eine Weile. Schließlich seufzte er und sah mit einem Mal um Jahre älter aus. »Das merkt man doch, Mama.«

»Und woran?«, hakte sie nach. Es interessierte sie brennend, wie er zu dieser Feststellung kam.

Wieder seufzte er, diesmal ein wenig ungeduldig, als sei sie hier diejenige, die äußerst dumme, überflüssige Fragen stellte. »Na, wie er sie beschreibt eben. Und überhaupt.«

Astrid lächelte, sagte jedoch nichts.

»Und er sagt so komische Sachen.« Lasse verdrehte die Augen, ein Zeichen, dass das, wovon er sprach, für gewöhnlich nur Erwachsene taten. »So Sachen eben.« Er wedelte mit der Hand. »So Liebessachen und so.« Er errötete, und sie musste sich das Lachen verkneifen. »Kann ich dich noch was fragen, Mama?« Er kuschelte sich wieder unter die Bettdecke. »Was war früher dein Lieblingsbuch?«

»Du meinst, als ich so alt war wie du?« Sie musste nicht überlegen. »*Anne auf Green Gables.*« Die Bücher von Lucy Maud Montgomery hatte sie ungezählte Male gelesen, und wie das bei Lieblingsbüchern oft so ist, hatte sie bei jedem weiteren Mal etwas anderes darin entdeckt, aufgespürt, das ihr gefallen hatte. Anne hatte sie gleich beim ersten Lesen ins Herz geschlossen, und auch sie hatte sich innig eine beste Freundin wie Diana Barry gewünscht. Als sie die Bücher später erneut gelesen hatte, rührte sie Matthew Cuthberts nachgiebige Art zutiefst, und sie verliebte sich zudem unsterblich in Gilbert Blythe.

»Wer ist diese Anne?«

»Ein Waisenmädchen, das zu einem Geschwisterpaar aufs Land kommt, das eigentlich einen Jungen haben wollte.«

»Und was ist Green Gables?« Lasse tat sich mit der englischen Aussprache etwas schwer.

»Ein Hof, eine Farm in Kanada.«

»Ein Hof? So wie unser Näs?«

Sie nickte.

Er schloss die Augen, öffnete sie aber gleich wieder.

Astrid lachte kopfschüttelnd. »Ich hatte ja nicht mal Zeit, zur Tür zu gehen.« Sie knuffte ihn, und er wand sich kichernd wie ein Aal. »Noch eine Frage, Lasse?« Bei jedem Wort hatte sie ihn gekitzelt.

Er japste nach Luft, kreischte lachend und wand sich weiter.

»Nein! Keine Frage, Mama, ich versprech's!«

Sie ließ ihn los, bemühte sich um einen ernsten Blick, ging zur Tür und warf ihm dort eine Kusshand zu.

»Wann kann ich mit dem Baby spielen?«

Wie könnte sie über eine so naheliegende Frage böse sein? »Wenn es groß genug ist.« Sie hob die Hand. »Ich weiß, ich weiß.« Sie ahmte seine Stimme nach. »›Wann ist groß genug, Mama?‹

Nun, ich denke dann, wenn es laufen kann. Und nun Gute Nacht, Lasse Lindgren aus Stockholm.«

»Und Näs.« Er kicherte. »Nacht, Mama Lindgren aus Stockholm und Näs in Vimmerby.« Sie hatte ihm erzählt, dass er in Kopenhagen geboren, also streng genommen ein Däne war und anfangs sogar nur Dänisch gesprochen hatte.

Astrid schloss die Tür und lehnte sich von außen dagegen.

»Beim Fangen spielen werde ich schneller sein, oder?«, hörte sie Lasse noch rufen.

»Anfangs ganz bestimmt«, raunte sie. »Aber irgendwann, wenn es größer ist, wird es dir vielleicht davonrennen.«

»Nie im Leben. Ich werde immer schneller sein, wirst sehen, Mama.«

»Ja, das werden wir sehen, mein kleiner Lasse.«

»Großer Lasse.«

»Auch das. Aber nun wird wirklich geschlafen.«

Ein paar Tage später brachte Sture sie in die Klinik, und nach wenigen Stunden hatte sie ihre kleine Tochter im Arm.

Astrid konnte den Blick nicht von diesem zarten und so perfekten kleinen Geschöpf abwenden. Wie gut die Kleine roch, und mit welch erstaunlich großen und dunkelblauen Augen sie sie betrachtete.

»Ich bin deine Mama, *min lilla flicka*. Mein kleines Mädchen«, flüsterte Astrid und küsste sie sacht auf die Nasenspitze. »Ich werde für dich sorgen und da sein, bis zum Ende meiner Tage. Du kannst dich voll und ganz auf mich verlassen.« Sie spürte einen tiefen Frieden und eine Liebe aufkommen, die sie nie für möglich gehalten hatte.

Als Lasse geboren war, hatte sie sich in erster Linie erschöpft und elend gefühlt, war aufgewühlt und verunsichert gewesen, weil sie nicht wusste, was die Zukunft bringen würde. Nur eins hatte sie gewusst: Sie würde nicht für ihr Kind sorgen können, und ob und wann sich dies ändern würde, hatte in den Sternen gestanden.

Nun aber, mit ihrer Tochter im Arm, fühlte sie sich vollständig wie eine Mutter. Und unbeschreiblich glücklich.

Astrid küsste jeden einzelnen winzigen Finger und schnupperte am weichen Haarflaum des kleinen Mädchens.

Sie sollte den Namen Karin bekommen.

Teil 3

1941–1942

Kapitel 13

Stockholm im Frühjahr 1941

Astrid saß an ihrem Schreibtisch in der Stube, den Blick aus dem Fenster gerichtet, eine aufgeschlagene Kladde vor sich.

Seit der Krieg ausgebrochen war, hatte sie begonnen, Tagebuch zu führen. In ihrem ersten Eintrag hatte sie ihrem Schrecken Luft gemacht.

Es ist alles so schrecklich, so unwirklich. Findet gerade wirklich ein Krieg statt? Gar nicht so weit von Schweden entfernt? Was, wenn er näherkommt? Was wird dann aus uns?

Ein paar Tage später hatte sie geschrieben:

Warum können wir nicht friedlich miteinander leben? Warum erscheint das so unmöglich? Heute hat England Deutschland den Krieg erklärt. Kommt es zu einem neuen Weltkrieg? Was ist dieser Adolf Hitler nur für ein fürchterlicher Mensch!

Und in der Silvesternacht des ersten Kriegsjahres stand Folgendes in ihrer Kladde:

Ein neues Jahr beginnt, und ich frage mich: Wie wird die Zukunft aussehen? Soll Schweden neutral bleiben oder in den Krieg eingreifen?

Im vergangenen Jahr war Lasse vierzehn geworden, ein Junge, der zwischen Kindheit und Erwachsenwerden schwankte.

Astrid erinnerte sich noch gut daran, wie sie sich mit dreizehn, vierzehn gefühlt hatte: wie zerrissen. Einerseits hatte sie unbedingt Kind bleiben wollen – Kind zu sein war so herrlich, so wunderbar! –, und andererseits wusste sie, dass sie erwachsen werden musste. Sie konnte nicht ewig Kind bleiben. Vielleicht hatte sie irgendwann in dieser Zeit beschlossen, das Kindsein tief in sich festzuhalten und wie einen kostbaren Schatz zu verschließen.

Ihre sechsjährige Tochter kam hereingelaufen, ganz atemlos. »Da ist ein Mann am Telefon, der möchte dich sprechen.«

»Hat er seinen Namen gesagt?«

Karin schüttelte den Kopf.

Astrid legte ihr im Vorbeigehen die Hand aufs Haar. Der Mann hatte ganz sicher seinen Namen genannt, nur hatte sie entweder nicht zugehört oder ihn gleich wieder vergessen.

Astrid nahm den Hörer auf. »Ja?«

»Söderman. Ich brauche Sie heute hier.«

»Heute?« Sie unterdrückte ein Seufzen.

»Ich weiß, heute ist Sonnabend. Trotzdem, es muss sein, Frau Lindgren. In einer Stunde? Fein, bis dann.«

Harry Söderman war kein Mann der vielen Worte, und wenn er etwas anordnete, was von einer gewissen Dringlichkeit war, erwartete er keine Einwände und meistens auch keine Antwort. Er erwartete, dass man ihm folgte.

Astrid legte auf. »Ich muss gleich zur Arbeit«, sagte sie zu ihrer Tochter, die neben ihr stand und sie fragend ansah.

»Aber du hast versprochen, dass wir ein Picknick machen.«

»Das werden wir auch. Nur müssen wir es wohl ein bisschen verschieben. Ich beeile mich, versprochen.«

Astrid nahm ihren Mantel von der Garderobe, griff nach ihrer Handtasche und verließ die Wohnung.

In der Straßenbahn musste sie an den Tag denken, als sie Harry Söderman kennengelernt hatte. Vier Jahre war das nun her.

Seit ihrer Heirat arbeitete sie an den Wochenenden als freie Mitarbeiterin im Automobilclub und abends gelegentlich als Konferenzstenografin. Sie liebte es, Hausfrau und vor allem Mutter zu sein, aber sie arbeitete auch gern. Beides vereinen zu können, empfand sie als Geschenk.

Von einer Kollegin hatte sie erfahren, dass ein Dozent für Kriminologie eine Stenografin suchte.

»Der Mann heißt Harry Söderman. Er arbeitet gerade an einem Kompendium der Kriminaltechnik und braucht jemanden, dem er diktieren kann. Du bist doch schnell, Astrid, das wäre vielleicht was für dich.«

Sie hatte kurz darüber nachgedacht. Ein Kompendium der Kriminaltechnik, das klang ungeheuer spannend.

»Söderman ist ein kerniger Bursche, so viel kann ich dir sagen. Aber wenn man zuverlässig und verantwortungsbewusst ist, soll er ein guter Chef sein.«

Mit kernigen Menschen würde sie umgehen können, und so hatte Astrid sich gleich am nächsten Tag auf den Weg zur Hochschule gemacht. Die Tür zu Södermans Büro stand offen, und sie hatte kurz an den Türrahmen geklopft und war hineingegangen.

Söderman, ein dunkelhaariger Mann mit Brille, saß am Schreibtisch, und kaum stand sie vor ihm, polterte er mit lauter, barscher Stimme los: »Ist das die Stenografin?«

An wen genau die Frage gerichtet war, wusste Astrid nicht. Doch da außer ihr niemand im Raum war, fühlte sie sich bemüßigt zu antworten. Und das tat sie mit nicht weniger lauter Stimme. »Jawohl, das ist sie!«

Söderman stutzte, dann huschte ein amüsiertes Grinsen über

sein rundes Gesicht. Er hatte sie eingehend gemustert, schließlich genickt, und mit einem »Dann wollen wir's mal miteinander versuchen« war sie eingestellt.

Was er wohl von mir will?, dachte Astrid nun, während sie aus dem Fenster der Straßenbahn schaute, ihre Handtasche auf den Knien. Es schien wichtig zu sein, sonst hätte er sie nie und nimmer am Sonnabend herbestellt, dem Tag, der ihm fast genauso heilig war wie der Sonntag.

»Da sind Sie ja!«, begrüßte er sie, als sie kurz darauf vor ihm stand. »Setzen Sie sich.«

Sie nahm ihm gegenüber am Schreibtisch Platz.

Söderman knetete seine Finger. »Hmm. Wie fang ich an? Ach, am besten da, wo man immer anfängt, nicht?« Er lachte kurz, wurde gleich wieder ernst. »Ich möchte Ihnen eine Stelle anbieten, Frau Lindgren.«

»Aber ich arbeite bereits für Sie.«

»Stimmt auffallend, aber es geht um eine neue Stelle, eine geheime. Streng geheim sogar.« Wieder machte er »Hmm« und massierte seine Hände. »Tja, also ich will mal gleich mit der Tür ins Haus fallen. Es handelt sich um eine Stelle im Nachrichtendienst.« Er ließ seine Worte auf Astrid wirken.

»Nachrichtendienst?«, wiederholte sie verblüfft. »Und was hab ich da zu tun?«

»Sie arbeiten in der Abteilung für Briefzensur.« Söderman beugte sich vor und senkte die Stimme, als würde sie jemand belauschen. Nur, dass außer ihnen weit und breit niemand war. »Ich traue Ihnen das zu. Und Sie?«

Astrid schwieg für einen Moment, dachte nach.

Söderman wusste immer als einer der Ersten, was in der Welt, ganz besonders in Deutschland, passierte. Er hatte sich nach und nach ein Bild über die zunehmende Eskalation machen können. Über ihn konnten jüdische Familien Kontakt zu vermissten Angehörigen oder Freunden aufnehmen. Harry Söderman saß sozusagen an der Nachrichtenquelle.

Auch Astrid interessierte sich brennend für das Weltgeschehen, und die Vorstellung, bald selbst an der Quelle sitzen zu können, war sehr verlockend.

»Habe ich eine Wahl?«, fragte sie nach einer Weile.

Söderman grinste übers ganze Gesicht. »Man hat doch immer eine Wahl. Oder glauben Sie, ich habe hier unterm Tisch einen Revolver?«

»Haben Sie?«

Söderman lachte aus vollem Hals, nahm die Brille ab und wischte sich über die Augen. »Kein Revolver, Frau Lindgren, nur die dringliche Bitte, darüber nachzudenken. Es ist ein harter, aber verflucht wichtiger Job.«

»Kann ich jetzt gehen? Und es mir in Ruhe überlegen? Oder haben Sie noch etwas für mich?«

»Würde ich mit zwei wichtigen Bitten an einem Tag kommen, Frau Lindgren? Sie müssen mich für einen Unmensch halten.«

»Auf so einen absurden Gedanken käme ich im Leben nicht«, erwiderte sie trocken, und er lachte wieder dröhnend.

»Ich finde, Sie sind genau die Richtige für den Job«, sagte er noch, als sie bereits an der Tür war.

»Ach ja? Und warum?«

»Weil Sie geradeheraus und keine Zimperliese sind. Und Sie sind verschwiegen.«

»Verschwiegen, hm.« Ihre Verschwiegenheit war oft nichts anderes als pure Unfähigkeit, Dinge auszusprechen, die ihr auf der Seele lagen. »Na schön, ich mach's«, hörte sie sich sagen. Ach, dann hatte sie sich entschieden? Sie war selbst ganz erstaunt. Aber der Gedanke, ganz nah am Weltgeschehen zu sein, übte in der Tat einen ungeheuren Reiz auf sie aus.

»Fein.« Söderman rieb sich die Nasenwurzel und setzte seine Brille wieder auf. »Ich melde mich bei Ihnen, Frau Lindgren.«

»Tun Sie das.«

In der Straßenbahn überlegte sie, ob ihr Job so geheim war, dass sie nicht mal mit ihrem Mann darüber sprechen durfte.

Ach, verflixt, ich hätte Söderman danach fragen müssen.

Was, wenn man sie dazu verpflichten würde, Sture zu belügen? Wäre sie dazu bereit?

Nein, entschied sie, dazu wäre sie ganz sicher nicht bereit. Außerdem konnte sie schlecht lügen. Verschwiegen sein war das eine, schwindeln das andere. Sture würde sofort merken, dass etwas nicht stimmte.

Nachrichtendienst. Astrid ließ sich das Wort auf der Zunge zergehen, kaute darauf herum und versuchte sich vorzustellen, wie es sich wohl anfühlen mochte, etwas so Geheimes zu tun.

Als ihre Haltestelle in Sichtweite war, erhob sie sich und ging zum Ausgang. Die Bremsen quietschten, die Bahn ruckelte, und mit einem gekonnten Satz sprang Astrid aus der Tür.

Gekonnt, nun ja, eher unvorsichtig. Sie kam ein wenig unglücklich auf und verlor einen Schuh.

Auf einem Bein hüpfte Astrid auf die Straße und hob ihn auf.

Ihr Seidenstrumpf hatte ein Loch, das inzwischen so groß war, dass sie den großen Zeh hindurchstecken und damit wackeln konnte. Von ihrem zusätzlichen Verdienst würden sie sich und den Kindern in Zukunft dann und wann ein paar Extrawünsche erfüllen können.

Mit einem zufriedenen Lächeln spazierte sie nach Hause.

Astrid erledigte ihre Arbeit im Nachrichtendienst pflichtbewusst und sorgfältig. Und äußerst verschwiegen, wie es von ihr erwartet wurde. Doch sie sprach mit Sture darüber. »Ich würde daran ersticken, wenn ich es nicht mit jemandem teilen kann«, hatte sie zu Söderman gesagt, und der hatte genickt.

Anfangs erschien es ihr unanständig, fremder Leute Briefe zu lesen. Ein Brief war etwas Intimes, Privates, dessen Inhalt niemand anderen etwas anging. Doch mit der Zeit wurde es nicht nur Routine, es erschien ihr auch von großer Bedeutung. Vielleicht würde sie etwas verändern, etwas aufhalten können.

Möglicherweise war es naiv, so zu denken.

Ihre Einstellung zu diesem furchtbaren Krieg veränderte es in jedem Fall. War sie vorher fassungslos und eher ängstlich gewesen, war sie nun wütend, aufgebracht und schockiert. Und tief betroffen, wenn sie wieder einen Brief in Händen hielt, in dem eine Mutter vom Tod ihrer Kinder schrieb, die bei einer Besetzung umgekommen waren. Der Krieg bekam so noch ein sehr viel erschreckenderes, grauenvolleres Gesicht. Er war nähergekommen.

Meistens arbeiteten Astrid und ihre Kollegen abends. Sie saßen in einem kleinen Raum im Keller des Gebäudes, die Köpfe über die Briefe gesenkt, die sie über Wasserdampf öffneten. Viel gesprochen wurde nicht und wenn, dann im Flüsterton. Niemandem war nach

Konversation zumute, immer hing eine klaustrophobische Stille in der Luft.

Umso mehr genoss Astrid das Zusammensein mit ihrer Familie, die Ausflüge und Spiele mit ihren Kindern.

An diesem Nachmittag im April waren sie und Karin im Park gewesen. Lasse hatte daheimbleiben und sich auf die Schule vorbereiten wollen. So ganz kaufte Astrid ihm das nicht ab, er war ein fauler, gelangweilter Schüler, aber sie hatte nicht weiter nachgehakt. Sie wollte ihn in die Verantwortung nehmen, weil sie wusste, dass es nicht fruchten würde, wenn sie sich einmischte oder ihm gar Vorhaltungen machte.

Seit Karins Geburt hatte Astrid gleichaltrige Mütter im Park kennengelernt, mit denen sie plauderte und sich austauschte. In Elsa, einer ruhigen, dunkelhaarigen jungen Frau, hatte sie sogar eine Freundin gefunden. Auch mit Ingrid verabredete sie sich dann und wann auf einen Kaffee und einen Plausch.

Doch mit Elsa verband sie etwas, das sie und Ingrid nicht teilten: das Muttersein.

Auf dem Heimweg erzählte sie Karin von dem Tag, als sie und Lasse auf einem Stück Karton einen Abhang hinuntergesaust waren.

»Wirklich?«, fragte ihre Tochter mit großen Augen. »Verkohlst du mich auch nicht?«

»Als würde ich dich verkohlen. Wir haben uns auf den Karton gesetzt und los ging's.«

»Und dann?«

»Lasse war als Erster unten.«

»Und du?«

»Ich hatte den Karton verloren, besser gesagt, er hatte sich unter mir aufgelöst.«

Karin blieb stehen. »Ui! Und dann?«

»Als ich unten ankam, musste Lasse so lachen, dass ich gleich Bescheid wusste. Mein Rock war hinüber, und man konnte meine Unterhose sehen.«

Karin kreischte vor Lachen. »Da wäre ich so gern dabei gewesen!«

»Lasse musste auf dem Weg nach Hause ganz dicht hinter mir hergehen«, erzählte Astrid weiter.

Es stimmte wohl, sie war und blieb ein Kindskopf, der noch immer die verrücktesten Ideen kamen. Sie konnte es einfach nicht abstellen, selbst wenn sie sich noch so sehr bemüht hätte. »Den Kopf voll mit Einfällen und Unsinn«, hatte mal eine Freundin zu ihr gesagt. Oder war es eine der Mägde gewesen?

Astrid fragte sich, ob sie das wohl jemals ablegen würde. Konnte man seine Einfälle und Ideen aufhalten? Oder sollte sie nicht vielmehr dafür sorgen, dass diese doch eigentlich wunderbare Quelle nie versiegte?

Kapitel 14

Im Mai wurde Karin sieben, und Astrid sorgte für einen Tag, den sie nicht so schnell vergessen würde. Es gab Käsetorte und Obstkuchen, und Astrid hatte die Wohnung mit selbstgebastelten Girlanden und Bonbons geschmückt, die sie an Fäden aufgereiht quer durchs Wohnzimmer aufgehängt hatte.

Es wurden typische Kindergeburtstagsspiele gespielt, und später am Nachmittag stellte Astrid eine große Kiste mit alten Kleidern, Hüten, Schals und Schuhen ins Zimmer. Die meisten Sachen hatte sie aus Näs mitgebracht; ausrangierte Kleider und Röcke ihrer Mutter, Blusen ihrer Schwestern, die nicht mehr getragen wurden, und Hemden ihres Vaters, die am Ellbogen so oft geflickt waren, dass es ein Wunder war, dass der Stoff überhaupt noch hielt.

»Hurra! Wir spielen Verkleiden!«, jubelte Karin, und sofort war der Inhalt der Kiste unter staunendem »Ah!« und »Oh!« ausgeräumt worden.

Astrid spendierte auch lange, glitzernde Ketten, Armbänder, zwei alte Lippenstifte, Rouge, das sie ohnehin nie benutzte, und ein Paar künstliche Wimpern – sie hatte nicht die geringste Ahnung, woher die stammten – und veranstaltete unter großem Gekicher eine Modenschau.

»Und jetzt du, Mama!«, rief ihre Tochter irgendwann.

Astrid wühlte in der Kiste, nahm ein altes geblümtes Kleid ihrer

Mutter und eine Fransenstola, schlüpfte hinein und setzte ein kleines Hütchen mit Feder auf. Wem hatte es gehört?

Ihrer Mutter? Ihrer Großmutter?

Dann schob sie sich ein halbes Dutzend klimpernder Armbänder aufs Handgelenk, wickelte zwei Ketten um und benutzte großzügig Lippenstift.

»Ui!«, rief ihre Tochter. »Jetzt siehst du gar nicht mehr aus wie meine Mama!«

Sie zog ein Paar hochhackige Sandalen an, die sie lange nicht getragen hatte, weil sie furchtbar unbequem waren, und stolzierte mit königlicher Miene über den dicken, flauschigen Wohnzimmerteppich. Karin und ihre Freundinnen applaudierten wild.

Astrid hatte nicht gewusst, wer sich mehr amüsierte.

Der Sonnabend nach Karins Geburtstag war Muttertag. Astrid hatte Rosen, ein hübsches Paar Seidenstrümpfe, Pralinen und das Buch »*Mrs Miniver*« bekommen.

Sie hatte sich an den Küchentisch zurückgezogen und ihre Kladde aufgeschlagen.

Als sie zu schreiben beginnen wollte, klopfte es, und Sture kam herein. »Störe ich?«

»Nein, überhaupt nicht.« Sie lächelte ihn an und hoffte, auch ihm ein ungezwungenes Lächeln zu entlocken.

Er war so in sich gekehrt, so still seit einiger Zeit. Irgendetwas belastete ihn, nur wollte er offenbar nicht darüber sprechen. Astrid hatte sich gewundert, wie leicht er den Tod seines Vaters im vergangenen Jahr genommen hatte. Wie würde sie trauern und leiden, wenn ihr Vater nicht mehr wäre!

Allein die Vorstellung schnürte ihr den Hals zu.

»Ich möchte dich mit einem Picknick überraschen.«

Das war in der Tat eine Überraschung, und was für eine!

Astrid sprang auf und umarmte ihn stürmisch. »Was für eine schöne Idee, Sture.«

»Die Kinder haben den Korb schon gepackt. Komm.« Er nahm ihre Hand.

»Wohin gehen wir?« Sie ließ den Stift fallen und stand auf.

»Wie ich schon sagte: Es ist eine Überraschung.«

Sie waren nach Kungsholmen ans Wasser gefahren und hatten den Picknickkorb am Strand ausgepackt. Der Sand war angenehm warm, und Astrid hatte sofort Schuhe und Strümpfe ausgezogen.

Nachdem sie eine Kleinigkeit gegessen hatten, wollten die Kinder Ball spielen, und Karin bestand darauf, dass Sture anschließend mit ihr eine Sandburg baute. »Mit ganz viel Muscheln und Steinen drumherum.«

»Geh und fang schon mal an, welche zu suchen«, hatte er gemeint und sich auf die Decke gelegt, die Hände im Nacken verschränkt.

Eine kleine Hummel kam angeflogen, umkreiste seine Nase und landete schließlich auf seinem Ohrläppchen. Er zuckte zusammen, und bevor er im Halbschlaf nach ihr schlagen konnte, hatte Astrid sie rasch verscheucht.

Er machte die Augen auf und blinzelte. »Was war das?«

»Nur eine Hummel. Wahrscheinlich duftest du nach einer süßen Frühlingsblume.« Astrid ließ sich auf die Ellbogen zurückfallen und schaute aufs Wasser, in dem die Sonnenstrahlen glitzerten.

Sie hörte Karin nörgeln, Lasse würde den Ball absichtlich viel zu weit werfen, und sie habe es satt, ständig hinterherzurennen. »Hör auf damit, Lasse!«

»Womit?«, fragte er in einem Tonfall zurück, den Astrid bereits kannte. Er machte sich einen Spaß daraus, seine Schwester zu ärgern.

»Du weißt genau, was ich meine.«

Er trat gelangweilt nach dem Ball, und Astrid überlegte, ob sie einschreiten oder sich zurückhalten sollte. Lasse steckte in einer schwierigen Phase, er mochte sich gerade selbst nicht besonders.

Sie erinnerte sich noch gut daran, wie sie selbst damals mit ihrem Bruder und zwei gleichaltrigen Mädchen auf der Wiese vor dem Haus gestanden und sich bestürzt angesehen hatten. Sie hatten doch tatsächlich verlernt zu spielen! Es funktionierte nicht mehr, fühlte sich urplötzlich seltsam und irgendwie »falsch« an. Was war denn nur mit ihnen? Man konnte doch das Spielen nicht verlernen, das war ganz und gar unmöglich!

Astrid waren die Tränen gekommen, und sie hatte die Fäuste so fest geballt, dass ihr die Finger wehgetan hatten.

Gunnar hatte einen letzten verzweifelten Versuch gestartet und ein Spiel vorgeschlagen, das sie früher geliebt hatten.

Früher – das konnte doch erst gestern oder in der Woche zuvor gewesen sein. Er lief los, schlug einen Purzelbaum und blieb mit verdutztem Gesicht im Gras liegen. »Früher habe ich mich krausgelacht«, sagte er, als sie zu ihm rannte und sich neben ihn ins Gras warf. »Und jetzt verstehe ich nicht mehr, was ich so komisch daran fand.« Erschrocken und fassungslos hatte er sie angeschaut, die Augen ganz feucht.

»Ich versteh's auch nicht mehr«, hatte sie erwidert und war in

Tränen ausgebrochen. »Nicht mehr spielen zu können, ist das Allerschlimmste, Furchtbarste und absolut Schrecklichste, was ich mir je vorstellen konnte.«

Kein Kind mehr sein zu können, war etwas, was sie vor Entsetzen sprachlos machte, lähmte. Wie sollte sie leben, wie atmen können? Erwachsen zu sein musste furchtbar öde sein, zu Tode langweilig. Wie hielten das die Großen bloß aus?

Gunnar war wortlos aufgestanden, hatte sich sorgsam die Hosen abgeklopft – das hatte er vorher nie getan – und war ins Haus gelaufen. Bestimmt hatte er heulen müssen und wollte nicht, dass sie es sah.

Dieser Tag hatte sich Astrid eingebrannt, tief in ihr Gedächtnis gegraben. Schon damals hatte sie gespürt, dass er eine Wende bedeutete, dass etwas Neues auf sie zukam, dem sie sich noch nicht gewachsen fühlte.

So ungefähr musste es auch gerade für Lasse sein.

Als sie heimgingen, war ihr Sohn mürrisch und in sich gekehrt.

»Was ist mit dir?«, fragte Sture und legte den Arm um seine Schultern.

»Gar nichts.«

Sture gab ihm einen freundschaftlichen Schubs. »Komm schon, irgendwas hast du doch.«

»Nein, hab ich nicht«, murrte er, den Blick auf seine Schuhe gerichtet.

Auch Karin war schweigsam, sonst plapperte sie fast ununterbrochen, wenn sie gemeinsam etwas unternommen hatten.

»Hattest du einen schönen Tag?«, fragte Astrid sie, und sie nickte. »Warum kommst du mir dann so traurig vor?«

»Ach, Mama.« Ihre Tochter seufzte schwer. »Ich finde, ich sollte nicht allzu lustig sein, wo doch anderswo Krieg ist.«

»Wenn du fröhlich bist, heißt das nicht, dass dir all die armen Menschen gleichgültig sind, denen es gerade nicht so gut geht.«

»Findest du?« Karin schaute sie treuherzig an, und ihr Herz zog sich vor Liebe zusammen.

»Ja, das finde ich, mein kleines Mädchen.« Astrid gab ihr einen Kuss aufs Haar und zog sie im Gehen fest an sich. »Mein Schatz.«

»Aber Lasse ist auch dein Schatz, nicht wahr?«, wisperte Karin. »Auch wenn er gerade ziemlich doof ist.«

»Ihr beide seid meine kostbarsten Schätze, die ich für immer und ewig beschützen werde.«

Am Abend schrieb Astrid in ihr Tagebuch:

Es ist so friedlich in Stockholm, aber um uns herum tobt der Krieg. Es macht mich so traurig! Wie soll das alles bloß enden?

Als sie ihre Kladde zuklappte und in die Schublade legte, fühlte sie sich elend. Auf eine eigentümliche, befremdliche Art schämte sie sich für ihr Wohlergehen, ihren Frieden. Es war ein latentes, betäubendes Gefühl von Schuld, das ihr zu schaffen machte und bleischwer auf ihren Schultern drückte. Schuld und Scham gegenüber den Menschen, die sich alleingelassen fühlen mussten, hungerten und tagein tagaus in großer Angst lebten, während es ihr selbst gut ging. Sie hatte eine Familie, genug zu essen und konnte sorg- und vor allem furchtlos sein.

Wieso konnten die Menschen auf dieser Erde nicht freundlich, rücksichtsvoll und friedlich miteinander umgehen? Wieso schien das so unmöglich?

Wir könnten es doch alle so schön haben.

Kapitel 15

Seit einiger Zeit arbeitete Astrid an Reisebüchern für den Königlichen Automobilclub, eine Aufgabe, die ihr Freude bereitete und sie auf andere Gedanken brachte. Gelegentlich schämte sie sich im Stillen ihres leisen Stolzes, wenn sie wieder einmal einen interessanten Absatz geschrieben und dafür die richtigen Worte gefunden hatte. Um sie herum in der Welt tobte der Krieg, und sie gestattete sich Freude. Durfte sie das?

Aufgrund ihrer Tätigkeit beim Nachrichtendienst, hatte sie begonnen, jeden Zeitungsartikel und noch so kleinen Papierschnipsel über das Kriegsgeschehen zu sammeln und in ihre Kladde einzukleben. Manche Artikel kommentierte sie – mal besorgt, dann wieder sehr bissig. Damit verschaffte sie sich Luft, zudem zeigte es ihr wieder einmal, wie gern sie schrieb, wie viel Freude es ihr machte, mit Worten zu jonglieren.

Eines Abends schrieb sie in ihre Kladde und fluchte dabei laut.

Sture kam herein und sah sie fragend an. »Was hast du denn?« Astrid war zusammengezuckt.

»Dieser verdammte, elende Krieg!« Sie warf den Stift auf den Tisch, stand auf und ging umher, die Arme verschränkt. »Warum traut sich eigentlich niemand, diesen … Hitler …« Sie spuckte den Namen geradezu aus. »… zu erschießen? Diesen egozentrischen, größenwahnsinnigen, verrückten …« Sie verstummte, auch wenn ihr noch so einige Adjektive einfallen würden.

Sture schaute ganz überrascht, so aufgebracht hatte er sie bislang noch nicht erlebt.

Doch nicht nur das Kriegsgeschehen überschattete ihr Leben.

Es war auch die Sorge um Sture, um ihre kleine Familie, die ihr aufs Gemüt schlug und sie nicht schlafen ließ.

Sture schottete sich seit Monaten ab, von ihr und auch den Kindern. Er war nur noch selten zu Hause und trank mehr als ihm guttat. Astrid schwieg sich beharrlich darüber aus, aus Angst, dass er sich dann noch mehr zurückziehen würde.

Außerdem war sie selbst ein ähnlich verschlossener Mensch, sie sprach einfach nicht gern über ihre Empfindungen, machte am liebsten alles mit sich selbst aus. Sie hätte auch gar nicht gewusst, was sie zu Sture sagen sollte. Er würde ihre Besorgnis ja doch nur abtun.

Während sie daheim am Küchentisch saß und in ihr Tagebuch schrieb, ging er mit Freunden und Kollegen aus. Anfangs hatte er sie gebeten, ihn zu begleiten. »Es wird lustig, wirst sehen. Wir haben immer eine Menge Spaß.«

Aber Astrid blieb lieber zu Hause, sie war gern allein, viel lieber als unter Menschen, die zu laut lachten und zu viel tranken.

Vielleicht war es ein Fehler gewesen, ihn ziehen zu lassen, vielleicht hätte sie doch dann und wann mitgehen sollen. Aber sie hätte das ungute Gefühl gehabt, dass er unter ihrer Beobachtung stand, und das wollte sie vermeiden. Sture war erwachsen, er war ein Mann, der wissen sollte, was er tat und was gut für ihn war.

Und das Trinken war eindeutig schlecht für ihn. Er wurde immer dünner, sah richtig mager aus, war blass und wirkte oft fahrig und nervös. Dann wieder war er blendender Laune, machte seine Späße und neckte Lasse, den das fuchsteufelswild machte.

In diesen Momenten war er Astrid fremd, ihr war, als säße ein wildfremder Mann am Tisch, dessen Nachnamen sie sonderbarerweise trug. Wo war der Sture, in den sie sich verliebt hatte, der ihr die Sterne vom Himmel holen wollte?

Wo war der Mann, mit dem sie alt werden wollte?

Mit einem Mal kam es ihr vor, als wären diese Gefühle in einem anderen Leben gewesen. Und sie begann sich zu fragen, ob die Gefühle fort waren, weggespült vom Alltag.

Dann wieder betrachtete sie ihren Mann voller Liebe und Zärtlichkeit und konnte sich nicht vorstellen, wie sie je etwas anderes hatte empfinden können.

Weil Astrid das Schreiben so viel Freude bereitete und es ein Thema gab, das ihr besonders am Herzen lag, verfasste sie kurz darauf einen Artikel für die Tageszeitung *Dagens Nyheter.* Einen leidenschaftlichen Artikel, in dem es darum ging, was es bedeutete, ein Kind zu sein.

Im Grunde hatte sie sich immer schon mit dem Anliegen, den Rechten der Kinder beschäftigt, sogar als kleines Mädchen hatte sie begriffen, wie ungerecht es in der Welt zuging.

Sie hatte eine wundervolle, eine behütete und sorglose Kindheit gehabt, aber was war mit all den anderen Kindern? Denen, die keine liebevolle Familie hatten, die in Kinderheimen oder Pflegefamilien aufwachsen mussten?

Natürlich dachte sie zuallererst an ihr eigenes Kind, ihren Sohn, den sie nicht zu sich hatte nehmen können. Kaum eine Mutter gab aus freien Stücken ihr Kind weg, es bedurfte doch so gut wie immer besonderer, zwingender Umstände, oder etwa nicht?

Lieber hätte sie sich damals den rechten Arm abgehackt, wenn es bedeutet hätte, dass Lasse bei ihr aufwachsen könnte. Es hatte ihr das Herz gebrochen, ihn bei Marie zu lassen, selbst wenn die sich rührend gekümmert hatte.

Dieses Glück hatten aber nicht alle Kinder, viele lebten in Kinderheimen – o Himmel, wenn sie noch an den Tag dachte, als sie im Småländer Kinderheim gewesen war! – und sehnten sich verzweifelt nach Liebe und Geborgenheit. Es mangelte ja sogar an Aufmerksamkeit und Fürsorge, ach, eigentlich mangelte es an so vielem, dass sie gar nicht alles aufzählen konnte.

Der Artikel bewegte Astrid zutiefst, und sie musste zwischendrin ein paarmal aufhören und im Zimmer umherlaufen, um nicht in Tränen auszubrechen. Aber es ging nicht nur darum, dass Kinder ein liebevolles Zuhause brauchten. Es ging Astrid auch darum, dass Kinder ernst genommen werden sollten. Wie oft hatte sie schon erlebt, dass Erwachsene über den Kopf des Kindes hinweg Entscheidungen trafen. Entscheidungen, die das Kind in allen ganz selbstverständlichen Rechten beschnitt. ›Tu dies, lass jenes. Geh hierhin, geh dorthin.‹ All das entschieden die Erwachsenen einfach, gleichgültig, ob es dem Kind gut- oder wehtat. Kinder hatten brav und duldsam zu sein, basta, und die Erwachsenen maßen sich noch dazu an, darüber zu urteilen. Fügte sich ein Kind in sein Schicksal – und wenn man mal ehrlich war, tat es das doch meistens –, war der Erwachsene zufrieden, lobte es für seine Folgsamkeit. Sträubte es sich verzweifelt – und es gab natürlich auch Kinder, die kleine Kämpfer waren –, ließ man es toben und grollen – und setzte dennoch seinen Willen durch.

Es begann ja bereits im Kleinen: Allabendlich wurde das Kind gedrängt und gemaßregelt, pünktlich mit dem Spielen aufzuhören und sich bettfertig zu machen. ›Zähne putzen, ab ins Bett.‹

Fragte man sich nie, ob das Kind wirklich schon müde und bereit war? Ob es nicht vielleicht noch Stunden hellwach daliegen würde? Tröstete man es, dass man es aus dem Spiel gerissen und ins Bett verfrachtet hatte? Las man ihm als Wiedergutmachung eine Extra-Geschichte vor? Las man ihm überhaupt etwas vor?

Astrid beschäftigten diese Dinge sehr, so sehr, dass sie sich oft auf kaum etwas anderes konzentrieren konnte. Sie verspürte das Verlangen, für die Rechte der Kinder einzustehen, sie zu äußern, wenn nötig lautstark und vehement. Beschützen und umsorgen konnte sie all die armen Kinder nicht, aber sie konnte versuchen, deren Stimme zu sein.

Als ihr Artikel fertig war, zog sie das Blatt aus der Maschine und ging damit durchs Zimmer. Dabei las sie laut vor. Ab und an schritt sie weit aus, wie ein Soldat bei einer Parade, dann wieder blieb sie stehen und grübelte, ob sie sich noch klarer, noch deutlicher ausdrücken konnte.

Schließlich musste sie sich setzen, sie war erschöpft. Sie hatte alles aus sich herausgeholt, was sie seit Jahren in sich trug, was ihr auf den Nägeln brannte, als hätte sie nur auf diesen einen Moment gewartet, es endlich herauszulassen.

Der Zeitungsredakteur würde den Artikel wahrscheinlich zerreißen und auf der Stelle verbrennen. Astrid hörte ihn schon fluchen: »Was für ein unsägliches Geschmiere! Da plustert sich eine Hausfrau und Mutter für die Rechte der Kinder auf!«

Doch Astrids Artikel wurde weder zerrissen noch verbrannt, er wurde gedruckt, und zwar Wort für Wort.

Ihre Hände flatterten wie junge Vögel, als sie die Zeitung am frühen Morgen aufschlug, und ihr Herz galoppierte wie der Hufschlag eines Fohlen. Hatte man etwas geändert, gestrichen?

Sie überflog den Artikel, las dann jeden Satz sehr genau.

Nein, man schien alles so gelassen zu haben.

Sie hob die Augenbrauen und runzelte die Stirn, als sie sah, dass unter dem Artikel als Verfasser lediglich ihre Initialen angegeben waren. »A. L.«, murmelte sie verärgert. »Das könnte jeder sein: Anders Lindström, Ansgar Lindberg, Alva Larsson oder weiß der Teufel wer.«

Sie schluckte ihren Unmut hinunter. Davon sollte sie sich nicht beeindrucken lassen.

Sie las den Artikel ein weiteres Mal, nickte zufrieden und faltete die Zeitung zusammen. Es war ein guter Artikel, sie würde auch jetzt noch kein einziges Wort ändern wollen.

Eine Weile schaute sie aus dem Fenster, und dann brach es ohne Vorwarnung über sie herein, dabei hätte sie damit rechnen müssen. Sie wusste doch, dass Glück und Leid bei ihr eng beieinanderlagen. Erst drückte der Kloß in ihrem Hals – war er wirklich ständig dort, und sie spürte ihn nur nicht immer? –, dann füllten sich ihre Augen mit heißen Tränen. Sie schluckte dagegen an, wollte die Empfindungen nicht zulassen, sie abwehren, beiseiteschieben. Eben noch war sie doch glücklich gewesen, stolz und aufgedreht. Wieso fühlte sie sich nun so jämmerlich wie ein kleines, zartes Pflänzchen, das kaum den Kopf aus der Erde gesteckt hatte und von schweren Stiefeln zerdrückt wurde?

Astrid wischte sich mit dem Handrücken übers Gesicht, schnaubte wütend und legte die Zeitung auf den Tisch.

Dann stand sie auf und ging umher. Sture sollte hier bei ihr sein, ihren Artikel lesen und mit ihr darüber sprechen. Sie wollte seine

Meinung hören, wollte sehen, ob er lächelte oder die Stirn runzelte.

Wusste er überhaupt noch, wie es in ihr aussah, was sie bewegte?

Und weiß ich noch, wer er ist?

Kapitel 16

Stockholm im Herbst desselben Jahres

Astrid stand am Tisch des kleinen Büros, über ihr eine Lampe, die kaum Licht verbreitete und in die sich ein Insekt verirrt hatte, das surrend umherflatterte.

Ich wünsche mir eine Höhle, klein, düster und ganz für mich allein, in die ich mich verkriechen kann, sodass mich niemand findet.

Sie stutzte und blickte sich über die Schulter. Hatte sie gerade laut gesprochen oder nur gedacht? Es war schon ein paarmal vorgekommen, dass sie geglaubt hatte, etwas auszusprechen, das ihr durch den Kopf gegangen war.

Vielleicht brachte das die geheime Arbeit mit sich? Wurde man sonderbar, schrullig? Begann man, mit sich selbst zu reden?

Da aber niemand der Kollegen, die sich mit ihr an diesem oder dem anderen Tisch befanden, sie irritiert anschaute, hatte sie wohl wieder nur stumme Selbstgespräche geführt.

Und ich wünsche mir diese Höhle so, so sehr, dass es ein absolutes Wunder ist, dass sich der Fußboden nicht auftaut und eine zum Vorschein kommt.

Astrid musste grinsen und verbarg es hastig hinter vorgehaltener Hand. Sie musste an ihren Vater denken, er hatte immer gern Geschichten erzählt, Geschichten von früher, als er ein junger Bursche gewesen war und ihre Mutter beeindrucken wollte. »Einmal musste ich einen langen Weg zu Fuß gehen«, hatte er erzählt. »Und meine Füße taten so weh, das glaubt ihr nicht, und ich musste immer weiter und weitergehen. Hanna wartete doch auf mich. Also bin ich weitermarschiert, aber ich hab mir so sehr ein Fahrrad gewünscht, dass es reineweg erstaunlich war, dass keins aus dem Erdboden auftauchte.«

»Wenn man sich etwas heiß und innig wünscht, kann es nämlich in Erfüllung gehen«, hatte Stina mit ernster Miene gemeint, als er die Geschichte wieder mal erzählt hatte – ein bisschen verändert hier und da, wie er es gern machte, damit einem beim Zuhören nicht langweilig wurde.

»So ist es, mein liebes Mädchen, genau so ist es.«

»Aber es kam kein Fahrrad aus dem Erdboden«, hatte Gunnar trocken entgegnet. »Weil sich solche komischen Wünsche nämlich nicht erfüllen.«

Ihr Vater hatte laut gelacht. »Nein, mein Junge, das ist wohl so. Aber man darf doch wohl dran glauben, oder?«

Astrid seufzte. Wenn es mit Wünschen und einem festen Glauben doch nur getan wäre.

Sie öffnete einen weiteren Brief über Wasserdampf. Dieser verfluchte, garstige Krieg! Er brachte so viel Elend über die Menschen.

Und ich sitze hier und lese fremder Leute Briefe.

Wieder ein Seufzen, diesmal ein verschämtes, das ihre Kollegen besser nicht hörten. Sie hatte Sehnsucht nach ihren Eltern und Geschwistern. Der Krieg war auf Hof Näs noch weiter entfernt als in Stockholm, die Uhren tickten dort anders. Das Leben in Vimmerby ging einfach weiter seinen Gang, man bekam natürlich mit, was in der Welt geschah, doch es schien auf einem anderen Planeten stattzufinden. Früher hatte Astrid es gefallen, inzwischen konnte sie sich nicht mehr vorstellen, derart Augen und Ohren zu verschließen. Sie wollte wissen, was um sie herum vorging, auch wenn es sie nicht direkt betraf. Sie interessierte sich für das Wohl, aber auch das Leid anderer Menschen.

Wenige Tage zuvor hatte sie mit Elsa im Park gesessen und sich darüber unterhalten, wann das Hamstern wohl bei ihnen losgehen würde. Am Tag darauf konnte Astrid nicht anders, sie war losgezogen und hatte Waschpulver, Schmierseife, Würfelzucker, Kaffee und Tee gekauft. Alles eben, was sich gut aufbewahren und stapeln ließ und lange haltbar war. Der Krieg machte aus vernunftbegabten – man musste ja nicht durchweg vernünftig sein –, unerschrockenen Menschen jene, die alles zusammenrafften und fortschafften, bevor andere es tun konnten.

Astrid dachte seit einiger Zeit auch darüber nach, die Kinder fortzubringen, sollte es doch zu einer russischen Invasion kommen. Sehr ausgereift war ihr Plan noch nicht, denn es bedeutete, dass sie den Führerschein machen musste.

Sture – und das war wirklich bemerkenswert – arbeitete zwar in der Automobilbranche, besaß aber weder einen Führerschein noch irgendein Interesse für Automobile. »Wenn du so versessen aufs Autofahren bist, bitte sehr«, hatte er nur gemeint und die Schultern gezuckt. »Du hast meinen Segen und wenn du bestanden hast, auch meine tiefe Bewunderung.«

Im Falle einer Invasion wollten sie die Kinder hinauf in die Berge bringen, und eine Autofahrt dorthin dauerte Stunden, wenn nicht Tage. »Mir wäre lieber, du würdest auch fahren wollen, dann könnten wir uns abwechseln.« Und sie hatte noch hinzugefügt: »So schwer kann Autofahren nicht sein.«

Sie sollte sich sehr täuschen.

Bei ihrer ersten Fahrstunde war sie noch hochmotiviert, und es machte zudem Spaß, durch die Stadt zu brausen und an den Menschen vorbeizufahren, die auf die Straßenbahn warteten.

Doch mit jeder weiteren Fahrstunde sank erst die Freude und schließlich die Motivation. All diese Verkehrsschilder, die man beachten musste, und erst die Regeln! Vertrackt war auch das Auto an sich, das eigenartige Dröhnen des Motors, wenn sie anfuhr oder das Quietschen der Scheibenwischer, wenn sie sie wieder mit dem Blinker verwechselt hatte.

Astrid bekam Herzrasen und Schweißausbrüche, wenn sie hinter dem Steuer saß. Meine Güte, stellte sie sich so dumm, so unfähig an?

Auch ihr Fahrlehrer litt. Sobald sie den Motor anließ, krallten sich seine Finger ins Polster, seine Augen wurden groß und sein Adamsapfel hüpfte. »Nicht so schnell, Frau Lindgren!«

»Aber eben noch sagten Sie, ich solle ruhig etwas schneller fahren.«

»*Etwas*, Frau Lindgren, genau. Um Himmels willen, ich sagte rechts, nicht links!«

Als würde sie rechts und links verwechseln!

Dann wieder fuhr sie zu langsam, oder er griff ihr ins Lenkrad, wenn sie zu dicht am Bürgersteig vorbeifuhr. »Sie wollen den Leuten wohl die Schnürsenkel aus den Schuhen fahren, was?«

»Nein, aber ich dachte eben, ich hätte eine alte Freundin erkannt«, gab sie trocken zurück.

»Ich mag Ihren Humor, Frau Lindgren, aber Ihre Fahrweise ist eine Katastrophe.«

»Vielen Dank, sehr freundlich. Sie machen mir Mut.«

»Hier dürfen Sie übrigens Gas geben, in der Straße zuvor nicht.«

»Wie soll ich mir das alles bloß merken?« Astrid hatte geschnaubt.

»Indem Sie die Verkehrsregeln lernen und auf die Schilder achten. Von Fahrschülern wie Ihnen könnte ich prächtig leben.« Aber er war auch anständig genug hinzuzufügen: »Wollen Sie's nicht lieber aufgeben?«

»Aufgeben? Kommt nicht infrage.«

Das Aufgeben war nicht in ihrem Charakter verankert.

Also fuhr Astrid weiter, schlängelte sich mit dem Wagen durch Stockholm, kämpfte mit Übelkeit und Unwohlsein, nahm Bordsteinkanten mit, anderen Fahrzeugen die Vorfahrt und brachte ihren Fahrlehrer zum Schwitzen. Doch sie bestand auch die dritte Prüfung nicht, es war wie verhext.

»Seien Sie vernünftig, Frau Lindgren«, flehte der Fahrlehrer sie an.

Das hätte er nicht tun sollen. Er hätte nicht von Vernunft sprechen sollen, da war sie eigen. »Ich bin nie vernünftig«, erwiderte sie, nahm weitere Fahrstunden und fiel prompt durch die nächste Prüfung.

Es sollte die letzte sein, genug ist genug.

Auf zittrigen Beinen stieg Astrid aus dem Auto und reichte dem Fahrlehrer die Hand. »Sie könnten mir doch einfach den Führerschein aushändigen«, raunte sie verschwörerisch mit einem Augenzwinkern. »Bei so viel Fahrpraxis kann doch gar nichts mehr schiefgehen. Meine Güte, ich will doch nur meine Familie in die Berge und damit in Sicherheit bringen können.«

Auch das zog nicht. »Sie wären am Steuer eines Wagens die größere nationale Gefahr als die Russen, Frau Lindgren.«

Und Astrid wusste nicht, ob sie lachen oder weinen sollte.

Ihr Mann dagegen lachte aus vollem Hals, wollte sich gar nicht mehr beruhigen. »Das hat er wirklich gesagt?«

»So wahr ich hier stehe. Und jetzt?«

»Fahren wir weiter Straßenbahn. Außerdem gibt's Taxis.«

Damit war für Sture die Sache erledigt.

Kurz darauf wurde Sture befördert und verdiente mehr Geld.

»Was hältst du von einer größeren Wohnung?«, hatte er vorgeschlagen, und Astrid war begeistert gewesen.

Es dauerte auch gar nicht lange, und sie fanden eine neue Wohnung, hübsch und zentral gelegen, mit einem Park gleich vor der Tür.

Am ersten Abend nach dem Umzug tanzte Astrid ausgelassen umher und ergötzte sich an dem Echo ihrer Stimme, die durch die Räume hallte. Dann blieb sie abrupt stehen. Himmel, wie konnte sie durch die Wohnung hüpfen, wo viele Menschen nicht mal mehr ein Dach über dem Kopf hatten?

Wenige Tage später spazierte Astrid durch ihr neues Viertel und war wie erstarrt, als sie ein Schild im Schaufenster einer Buchhandlung sah: *Kein Zutritt für Juden und Halbjuden.*

Sie blieb davor stehen und wollte ihren Augen nicht trauen.

Wie konnte das sein? Wann war der Antisemitismus nach Schweden herübergeschwappt?

Vor dem Laden stand eine Traube Menschen. Sie redeten laut miteinander, schimpften, fluchten. Manche waren auch ganz still, wie vor den Kopf geschlagen, genau wie Astrid.

Als sie kopfschüttelnd weiterging und vor sich hinmurmelte, es sei eine Schande, wurde sie mit sonderbaren Blicken bedacht.

Astrid eilte weiter, plötzlich in Sorge, man könnte sie aufhalten, egal, wie absurd das sein mochte.

Als sie zu Hause ankam, musste sie sich setzen, so sehr zitterten ihr die Knie.

»Was ist denn, Mama?« Lasse kam aus seinem Zimmer und sah sie verdutzt an. »Du bist weiß wie die Wand.«

»Ich war gerade in der Stadt und hab in einer Buchhandlung ein Schild gesehen, dass Juden dort unerwünscht sind.«

Von Anfang an hatten sie offen mit Lasse über den Krieg und die Ereignisse gesprochen. Wenn er Fragen hatte, beantworteten sie sie ehrlich und ungeschönt. Einem jungen Menschen mit Herumgerede den Ernst einer Lage versüßen zu wollen, war genauso dumm, als stülpe man sich einen Papierkorb oder Lampenschirm über den Kopf, im Glauben, das perfekte Versteck gefunden zu haben.

»Aber warum?«, fragte er verstört. »Ich verstehe das nicht.«

»Ich auch nicht, Lasse, ich auch nicht.« Astrid verbarg das Gesicht in den Händen. Auf einmal fühlte sie sich unendlich matt und erschöpft. Sie glaubte, auf der Stelle einschlafen zu können.

»Ist Sture da?«, wagte sie nach einer Weile leise zu fragen.

»Nein.«

Sie fragte nicht weiter nach, selbst dazu war sie zu müde.

Kapitel 17

Stockholm im Winter

Karin war an einer Lungenentzündung erkrankt, fühlte sich aber rasch wieder so weit besser, dass ihr schnell langweilig wurde. Tagsüber saß sie im Bett und malte oder machte Schulaufgaben, die eine Freundin vorbeigebracht hatte, doch spätestens am frühen Abend begann sie unleidlich zu werden.

»Kann man an Langeweile sterben, Mama?«, fragte sie, nachdem Astrid ihr das Essen auf einem Tablett ans Bett gestellt hatte.

»Nein, natürlich nicht.«

»Bist du auch ganz sicher?«

»Ja, ich bin ganz sicher, mein Schatz. Wenn das so wäre, würde ich einige Leute kennen, die mittlerweile im Grab lägen.«

»Dir ist aber nie langweilig.« Karin biss von ihrem Brot ab und legte es gleich wieder auf den Teller zurück. Sie aß wie ein Spatz, und Astrid hatte ihre liebe Not, sie zum Essen zu überreden.

»Stimmt, ich kenne keine Langeweile.« Astrid setzte sich zu ihr. »Weißt du, mir gefällt es sogar, einfach nur dazusitzen und aus dem Fenster zu schauen.«

»*Das* ist grässlich langweilig.«

»Überhaupt nicht. Du hast es nur noch nicht ausprobiert. Versuch's einfach mal«, schlug Astrid vor.

Ihr Blick wanderte zu ihrer Armbanduhr, ein Geschenk von Sture zu ihrem letzten Geburtstag. Schon nach sieben, und er war immer noch nicht zu Hause. Im Büro war er nicht mehr, sie hatte mit Ingrid telefoniert. Aber nicht, um Sture nachzuspionieren – das fiele ihr nicht im Traum ein –, sie hatte einfach nur ein bisschen plaudern wollen.

Ingrid hatte eher beiläufig fallenlassen, dass Sture bald zu Hause sein müsste, da er bereits vor einer guten Stunde gegangen war. »Ich beneide euch, weißt du das eigentlich, Astrid? Ihr habt euch. Ich dagegen habe niemanden.« Sie war noch immer unverheiratet.

»Doch, du hast dich«, hatte Astrid erwidert. Aber sie wusste, wie sehr sich die Freundin nach einem Partner sehnte.

Wo steckte Sture nur? Ob er wieder mit Freunden oder Kollegen zusammensaß und trank? Manchmal kam er betrunken heim, zog sich im Dunkeln aus und kroch neben sie unter die Bettdecke. Sie konnte den Alkohol riechen, den sein Körper ausdünstete. Er näherte sich ihr nie in diesen Nächten, und wenn er es versucht hätte, wäre sie geflohen. Nein, er verhielt sich so leise, als würde er sie nicht nur nicht wecken wollen, sondern sich am liebsten unsichtbar machen. Und Astrid verlor nie ein Wort darüber, sie beschwerte sich nicht, beklagte sich nicht oder machte ihm Vorhaltungen. Sie erduldete und ertrug es.

Sie schrieb auch nichts davon in ihr Tagebuch, aus Angst, es könnte irgendwann jemandem in die Hände fallen. Oder hatte sie unterbewusst Angst, sich dann wie eine Verräterin zu fühlen?

Manchmal musste sie an diesen ersten glücklichen Abend denken, als Sture das erste Mal für sie gekocht hatte. Was er damals über seine Ehe gesagt hatte. »Irgendwann waren wir nur noch Freunde. Aber ich will brennen.«

War das mit ihrer Ehe geschehen? Waren sie nur noch gute Freunde? Wollte Sture wieder brennen, brannte er gar bereits wieder? Für eine andere Frau?

»Erzählst du mir eine Geschichte?«, bettelte Karin, und sie fuhr zusammen.

»Natürlich, das mache ich doch jeden Abend. Rutsch mal ein Stück zur Seite.« Astrid kickte ihre Pantoffeln unters Bett und legte sich neben ihre Tochter auf die Decke. »Brauchst du noch ein Kissen?«

Karin schüttelte den Kopf.

Astrid dachte kurz nach, doch ihre Tochter kam ihr zuvor. »Erzähl mir von Pippi Langstrumpf.«

Sie musste lachen. »Pippi Langstrumpf? Wer soll das sein?«

»Na, ein Mädchen.«

»Ein Mädchen also, aha. Nun, lass mich überlegen …« Sie tippte sich an die Nase. »Schön, du möchtest eine Geschichte von einem Mädchen hören, das einen ziemlich verrückten Namen hat, wenn du mich fragst.«

»Er ist mir gerade eingefallen.«

»Wirklich?«, fragte sie ungläubig.

Karin nickte ernst. »Gerade eben, ich schwör's, Mama.«

Astrid lachte in sich hinein. Vergessen war Sture, vergessen war der Krieg und alles um sie herum.

Vor ihrem geistigen Auge tauchte ein schlaksiges Mädchen mit karottenrotem Haar auf, das sie zu lustigen, vom Kopf abstehenden Zöpfen gebunden hatte. In ihrem blassen Gesicht leuchteten Sommersprossen. Sie trug ein Hemdchen, das farblich nicht zu ihren Hosen passte; Hosen, die selbstgenäht waren und unterschiedliche Beinlängen hatten, weil ihr der Stoff ausgegangen war. Die Schuhe, die sie trug, waren ihr viel zu groß und standen vorn etwas ab, weil sie ständig damit irgendwo anstieß.

Das Mädchen lebte ganz allein in einem alten Haus.

Astrid wusste auch gleich, wie das Haus aussah: wie das Haus mit der großen Veranda, das ihr Vater vor Jahren gebaut hatte, nur dass es nicht mehr weiß war, sondern kunterbunt. Die Villa Kunterbunt!

»Mama!«, quengelte Karin. »Was ist denn nun mit Pippi Langstrumpf?«

»Entschuldige, ich musste nur ein paar lose Fäden in meinem Kopf zusammenknüpfen.« Astrid räusperte sich, kniff die Augen zusammen und zeigte auf die Zimmertür. »Siehst du sie dort drüben in der Tür stehen?«, raunte sie.

Karin schaute hin, kniff ebenfalls die Augen zusammen und flüsterte mit vor Spannung bebender Stimme: »Nein, ich kann sie nicht sehen.«

»Schau genauer hin. Sie hat karottenrote Zöpfe, und ihr Gesicht ist voller Sommersprossen.«

Karin schaute weiter, runzelte die Stirn und rief schließlich aus: »Ja, jetzt sehe ich sie, Mama! Sie lacht und weißt du, was sie sagt?«

»Nein, was?«

»Dass sie schon eine ganze Weile bei uns ist, wir sie nur noch nicht bemerkt haben.«

»Na, so was. Sie ist ganz schön forsch, deine Pippi Langstrumpf. Sie wohnt ganz allein in einem großen Haus mit bunten Fensterläden. Nein, so ganz allein ist sie doch nicht, denn da ist noch Herr Nilsson.«

»Wer ist das?«

»Ein kleiner Affe. Er turnt den ganzen Tag munter im Haus herum, klettert auf Regale, schaukelt auf Lampen. Und stell dir vor, er hat sogar ein eigenes Bettchen. Und dann gibt es noch den Kleinen Onkel.«

»Und wer ist das?«

»Ein weißes Pferd mit schwarzen Flecken. Es wohnt auf der Veranda des Hauses.«

Karin nickte eifrig. Ein Affe, der ein eigenes Bett hatte und auf Lampen schaukelte, ein Pferd, das auf der Veranda stand, für sie nichts, das sie als unmöglich abtat.

»Pippi ist erst vor Kurzem in die Villa eingezogen, hat sie kunterbunt angestrichen, Vorhänge genäht und die Dielenböden geschrubbt. Das kann sie richtig gut. Und als sie damit fertig war, hat sie sich in ihren Schaukelstuhl gesetzt und einen riesigen Topf Schokoladenpudding verdrückt.«

Karin kicherte. »Das kann sie nämlich auch sehr gut.«

»Na, und ob. Und während sie so dasaß und Pudding futterte, dachte sie, wie herrlich es doch wäre, wenn sie Freunde finden würde. So ganz allein ist auf Dauer nämlich gar nicht so schön.«

»Wo sind denn ihre Eltern?«

»Tja, das ist das Tragische. Ihre Mama ist schon lange tot. Sie ist im Himmel und schaut Pippi zu, weißt du. Und ihr Papa … Nun, der ist Kapitän auf einem Schiff und schippert durch die Weltmeere.«

»Ui! Aber ist Pippi nicht noch viel zu klein, um auf sich selbst aufzupassen?«

»Sie kann sogar verflucht gut auf sich aufpassen. Und weißt du, warum?«

»Nein.« Karin schaute sie gebannt an.

»Weil sie ungeheuer stark ist, so stark, dass es niemand wagen würde, sich mit ihr anzulegen.«

»Ui«, sagte Karin wieder und schien über etwas nachzudenken. »Aber sie findet ganz bestimmt bald Freunde, oder?«

»Natürlich. Alle Kinder finden Freunde.« Astrid gab ihr einen Kuss auf die Stirn. »Und nun wird geschlafen, mein Schatz.«

»Noch nicht. Bitte, Mama!« Es klang so flehend, dass Astrid ein Einsehen hatte.

»Na schön, aber nur noch fünf Minuten.«

»Versprochen. Dann kann Pippi jeden Abend zu Bett gehen, wann immer sie will? Weil es ja niemanden gibt, der ihr sagen soll, dass es jetzt Zeit fürs Bett ist.«

»Das könnte sie, und zu Anfang hat sie das auch getan. Doch irgendwann wurde es ihr zu bunt, da hatte sie es zu weit getrieben. Da musste sie ganz arg mit sich selbst schimpfen. ›So geht das nicht, Pippi‹, hat sie zu sich gesagt. ›Wenn du nicht pünktlich schlafen gehst, wirst du morgen wieder todmüde sein, und das möchtest du doch wohl nicht.‹ Und deshalb geht sie nun jeden Abend um Punkt neun ins Bett. Nur manchmal, wenn es Sommer ist und draußen noch warm, und die Grillen zirpen, und überall duftet es nach Blumen, dann setzt sie sich auf die Veranda und schaut in den Himmel, wo viele Sterne glitzern. Und dann erzählt sie ihrer Mama, was sie am Tag gemacht hat.«

»Und wie sehr sie sie vermisst«, fügte Karin hinzu und nickte. »Ist sie dann sehr traurig?«

»Ein bisschen schon. Aber sie weiß, dass ihre Mama ihr immer und überall zuschaut, und dass sie ihr alles sagen kann, was sie auf dem Herzen hat.« Astrid stand auf, gab Karin erneut einen Kuss und ging zur Tür. »Ach, bevor ich's vergesse: Pippi schläft übrigens verkehrt herum.«

»Wie das?« Karin kicherte.

»Na, sie deckt ihren Kopf zu, damit er's schön warm hat, und ihre Füße gucken unter der Decke hervor.«

Ihre Tochter lachte lauthals. »Bestimmt, weil ihr niemand gesagt hat, dass man das anders macht.«

»Nein«, entgegnete Astrid. »Weil sie es so viel gemütlicher findet, ganz einfach. Gute Nacht, meine kleine Karin.«

»Erzählst du mir morgen Abend mehr von Pippi?«

»Aber sicher.« Astrid machte die Tür hinter sich zu und schüttelte amüsiert den Kopf. Pippi Langstrumpf, was für ein Name. *Und was für ein herrlich verrücktes, absolut schräges Mädchen ich mir da ausgedacht habe.*

Sie freute sich jetzt schon auf den morgigen Abend, weil ihr bereits eine neue Geschichte im Kopf herumspukte.

Während Astrid auf Sture wartete, schrieb sie in ihr Tagebuch.

Sie hatte es mit ins Wohnzimmer genommen, wo sie es sich auf dem Sofa bequem gemacht hatte. Die schwedische Regierung gestattete inzwischen den Deutschen Transittransport. Astrid wusste nicht, was sie davon halten sollte. Sollten sie alle nicht gegen den Krieg, gegen diesen schrecklichen Hitler aufbegehren und lautstark protestieren? Stattdessen taten sie doch so, als würden sie den Nationalsozialismus gutheißen.

Wieder musste Astrid an das Schild in der Buchhandlung denken und fühlte sich so verzagt wie selten zuvor.

In der Wohnungstür war ein Schlüssel zu hören. Sture. Endlich!

Astrid blieb sitzen, den Körper angespannt.

Sie hörte, wie er seinen Schlüssel auf die Kommode legte, den Mantel an die Garderobe hängte und seine Schuhe auszog.

Dann war es still. Würde er hereinkommen oder gleich zu Bett gehen? Würde er mit ihr reden und ihr wenigstens ein wenig Mut und Hoffnung geben? Dass alles gut war zwischen ihnen?

Sie lauschte seinen Schritten, die sich entfernten. Offenbar war er in die Küche gegangen, denn sie hörte, wie die Ofentür geöffnet wurde. Meistens stand sein Abendessen darin.

Die Tür wurde wieder geschlossen, Geschirr klapperte.

Astrid stand auf und ging zu ihm. Wortlos setzte sie sich an den Tisch neben ihn und sah ihm beim Essen zu.

»Hattest du einen schweren Tag?«, fragte sie nach einer Weile.

»Nein.«

»Gut.« *Wo warst du so lange? Warum lässt du mich, uns, so oft allein?*

»Wie geht es Karin?«

»Besser. Sie hat kein Fieber mehr.«

»Gut. Schön.« Ein verkrampftes Lächeln. Er rieb sich das müde Gesicht. Seine Augen waren rot unterlaufen, sein Haar strähnig, als hätte er es seit Wochen nicht gewaschen. Sein Äußeres war ihm immer wichtig gewesen, er hatte stets großen Wert auf eine gepflegte Erscheinung gelegt.

Astrid hatte inständig gehofft, sogar gebetet, es möge ihr nicht auffallen. Doch sie konnte es nicht ignorieren: Er roch nach Alkohol und Zigaretten, ein Geruch, der ihr mittlerweile vertraut war. Erschreckend vertraut.

»Ich gehe schlafen, ich bin völlig erledigt.« Sture schob den Teller weg, auf dem noch eine Scheibe Brot lag.

Völlig erledigt? Von einem Tag, der nicht schwer gewesen war?

»Tu das.« Sie brachte sogar ein Lächeln zustande. »Schlaf gut.«

»Du auch.« Ein flüchtiger Kuss aufs Haar, als er an ihr vorbei zur Tür ging.

Ich will es versuchen, dachte sie bekümmert und so unsagbar traurig und niedergeschlagen, dass sie wünschte, sie könnte weinen, laut schluchzen und sich danach vielleicht besser fühlen. Doch es kam keine einzige Träne, obwohl es in ihrem Hals zwickte und brannte.

Kapitel 18

Hin und wieder überlegte Astrid, ob sie sich Elsa anvertrauen sollte. Vielleicht wäre es gut, sich mal alles von der Seele zu reden. Doch sie ließ es bleiben, weil sie ahnte, dass sie keinen Anfang und sehr wahrscheinlich auch nicht die richtigen Worte finden würde. Sie war einfach nicht so, sie tat sich schwer in diesen Dingen. Niemanden gingen ihre Eheprobleme etwas an.

Zudem glaubte Elsa, dass sie eine glückliche Ehe führen würde, gerade weil sie sich nicht in die Karten schauen ließ.

Wann immer sie mit ihrer Freundin im Park saß, bemühte sie sich, Sture gedanklich daheim zu lassen.

Pippi Langstrumpf, das neunjährige freche, rebellische Mädchen, das bei ihnen in die Dalagatan eingezogen war, hatte inzwischen einen vollständigen Namen bekommen: Pippilotta Viktualia Rollgardina Pfefferminz Efraimstochter Langstrumpf. Und sie hatte endlich Freunde gefunden: Tommy und Annika, die in der Nachbarschaft wohnten und sich ebenfalls nach einem Freund, einer Freundin gesehnt hatten. Pippis Vater schipperte noch immer auf den Weltmeeren umher, und damit Pippi keine Not leiden musste, hatte er ihr einen großen Koffer mit Geldstücken dagelassen.

Astrid saß wie immer auf Karins Bett, die Beine lang ausgestreckt, ein dickes Kissen im Rücken. »›Wie viel Taler sind das?‹, fragte Tommy eines Tages.« Damit knüpfte sie an den vorherigen

Abend an, an dem sie von Pippis verschrammtem Koffer erzählt hatte. »Pippi zuckte mit den Schultern. ›Woher soll ich das wissen?‹ ›Na, weil's dein Geld ist. Du musst doch wissen, wie viele Taler das sind‹. ›Nein, ich hab nicht die geringste Ahnung‹. Pippi hüpfte im Zimmer umher, wobei sie die Beine abwechselnd hochnahm und polternd auf den Holzfußboden absetzte. Es schien ihr einen Riesenspaß zu machen, und Tommy grinste bis über beide Ohren. Annika, seiner Schwester, schien das Herumgehopse etwas zu laut zu sein, denn sie hielt sich beide Ohren zu. ›Ich könnte sie zählen‹, schlug Tommy vor und hockte sich vor den Koffer. Er schlug den Deckel auf, und seine Augen wurden größer und größer. ›Ui! Das ist aber eine Menge!‹ ›Da hast du's!‹, rief Pippi, die unterdessen in der Küche, die gleich von der großen Stube abging, umhersprang. ›Eine Menge eben!‹ Tommy lachte. ›Ich will's aber ganz genau wissen‹. Pippi kam aus der Küche gelaufen, auf der Schulter hockte Herr Nilsson und beäugte Annika neugierig. Mit einem Satz war er auf ihren Kopf gehopst und hielt sich an ihren Ohren fest.«

Karin kreischte vor Lachen.

»Annika hatte ein bisschen Angst vor Herrn Nilsson«, erzählte Astrid weiter. »Er war ihr nicht geheuer. Seine kleinen Augen konnten einen so seltsam anschauen, und immer dann, wenn man nicht damit rechnete, sprang er einem auf die Schulter oder eben auf den Kopf. ›Lass das, Herr Nilsson‹, sagte Pippi zu ihm. ›Die arme Annika hat Angst vor dir.‹ ›Hab ich gar nicht‹, sagte Annika entrüstet. Sehr überzeugend klang es aber nicht. Tommy hockte also vor dem Koffer und begann, die Geldstücke zu zählen. Währenddessen blickte sich Pippi im Zimmer um, stemmte die Hände in die Hüften und sagte missbilligend: ›Hier sieht's ja wieder aus! Ich sollte wohl dringend saubermachen. Aber nicht heute, vielleicht morgen oder übermorgen. Oder überdrübermorgen. Wenn ich's dann nicht wieder vergessen habe.‹

Karin schien nicht müde zu werden, sie konnte nicht genug von Pippi bekommen. »Inger und Malin wollen Pippi auch unbedingt kennenlernen. Ach bitte, Mama!«

Astrid war aufgestanden, hatte das Licht auf dem Nachtschrank gelöscht und stand nun in der Tür.

»Dürfen sie morgen kommen und zuhören?«

»Morgen Abend? Ich fürchte, das wird nicht gehen, Karin. Ihre Eltern werden nicht damit einverstanden sein.«

»Nicht morgen Abend, morgen Nachmittag.«

»Na schön, das sollte sich machen lassen.«

»Au ja!«, jubelte Karin.

Lächelnd schloss Astrid die Tür und hätte kaum erstaunter sein können, als im selben Moment die Wohnungstür aufging und Sture hereinkam. Er sah grau und erschöpft aus, dabei beteuerte er stets, dass alles in bester Ordnung sei, er einfach nur nicht besonders gut schlafen würde. Ob es Ärger in der Redaktion gab?

Sie küsste ihn auf die Wange und nahm ihm den Mantel ab. Sein Atem roch nach Schnaps, und sie versuchte sich nichts anmerken zu lassen. »Hast du Hunger?«

»Nein.«

»Aber du solltest eine Kleinigkeit essen. Meine Mutter hat uns ein großes Paket mit Käse und Schinken geschickt.«

Das schien ihn tatsächlich zu verlocken. »Na schön, ein Brot mit Schinken wäre wohl wirklich nicht schlecht.« Er ging in die Küche und ließ sich auf einen Stuhl fallen. »Wie war dein Tag?«

»Sehr schön. Wir waren Schlittenfahren.« Es hatte am Tag zuvor und auch fast den gesamten heutigen Tag geschneit; dicke, flauschige Flocken, die Karin jauchzend vor Freude mit der Zunge aufgefangen hatte.

Sture nickte, schien mit den Gedanken aber ganz woanders zu sein.

»Und eben habe ich ihr wieder von Pippi Langstrumpf erzählt.«

Er hob den Kopf, runzelte die Stirn. »Pippi wer?«

»Langstrumpf. Den Namen hat Karin sich ausgedacht, ich hatte dir doch davon erzählt.« Astrid biss sich auf die Zunge. Es war gleichgültig, ob sie davon erzählt hatte oder nicht. Entweder er hatte nicht zugehört oder es bereits wieder vergessen. Es ärgerte sie, zugleich hatte sie einen dicken Kloß im Hals, der nicht rutschen wollte. Könnte sie Sture doch nur darauf ansprechen, ihn einfach fragen, was zwischen ihnen war. Ob überhaupt etwas zwischen ihnen war. Vielleicht bildete sie sich das alles ja auch nur ein, und er war schlicht und ergreifend erschöpft, überarbeitet.

Sie nahm einen Brotlaib aus dem Kasten und schnitt eine dicke Scheibe ab. Butter und Schinken wurden großzügig darauf verteilt, und als sie Sture den Teller hinstellte, überkam sie wieder das schlechte Gewissen. Wie viel sie zu essen hatten! Sie kannten weder Hunger noch Durst, hatten ein gemütliches Heim und konnten tagsüber im Park spazieren gehen, während anderswo Hunger, Elend, Not und pure Angst herrschten. »Gütiger!« Es war ihr herausgerutscht, und sie seufzte verhalten.

»Was hast du denn?«

»Ach nichts, ich musste nur gerade daran denken, wie gut es uns geht und wie schlecht …« Sie winkte ab. »Nein, schon gut.«

»Würdest du dich besser fühlen, wenn auch wir hungerten und im Keller hausten? Aus reiner Solidarität?«

Sie wusste nicht, ob es ironisch oder tröstend gemeint war.

Früher hätte sie keine Probleme gehabt, es zu unterscheiden, mittlerweile sprach Sture häufig in Rätseln zu ihr.

»Ich wollte ja nur sagen … Ich meinte ja nur.« Erneut winkte sie ab. »Lass uns über etwas anderes sprechen. Wie war's im Büro?« Ein anderes Thema hatte sie so rasch nicht parat.

»Alles bestens.« Er biss in sein Brot und schob sich ein Stück Schinken in den Mund. »Das ist wirklich köstlich.«

»Meine Mutter versteht sich aufs Käsen und Wursten.«

Und ich?, dachte Astrid flüchtig. *Worauf verstehe ich mich? Aufs Geschichten erzählen, auf einem Karton Abhänge herunterrutschen, aus fahrenden Straßenbahnen springen und fremde Briefe über Wasserdampf öffnen? Immerhin.*

Sie war verärgert und missmutig, und dass dem so war, ärgerte sie nur noch mehr.

»Ich gehe schlafen«, murmelte sie und erhob sich. »Lass es dir schmecken.«

Sie wusste, dass er, sobald sie die Tür hinter sich zugemacht hatte, aufstehen und sich etwas zu trinken holen würde.

Es war ihr plötzlich egal. Was war nur mit ihr?

War ihr auch Sture egal, der Mann, den sie doch eigentlich liebte? Hatte sie sich ihre Liebe zu ihm eingebildet? Konnte man sich Liebe einbilden?

Sie war ganz offenbar mit übersprudelnder Phantasie gesegnet, hatte sie sich ihre Liebe zu Sture zurechtphantasiert? Weil sie so gern daran hatte glauben wollen? Weil sie sich so sehr eine eigene Familie für Lasse gewünscht hatte? Und weil sie sich vor dem Alleinsein fürchtete?

Nein, sagte sie sich energisch, als sie aus ihrer Kleidung schlüpfte und sie sorgsam auf einen Bügel hängte. *Ich mag eine ungeheure*

Phantasie haben, und ja, ich habe Angst vor dem Alleinsein, aber ich liebe Sture, habe ihn von Anfang an geliebt. Unsere Liebe, unsere Ehe ist vielleicht nur ein bisschen in die Jahre gekommen. Vielleicht brauchen wir mehr Zweisamkeit.

Aber wie sollte das gehen, wenn Sture kaum noch da war? Wenn es so aussah, als würde er gerade dieser Zweisamkeit aus dem Weg gehen?

Und wenn *er sie* nicht mehr liebte? Wenn er nur nach einer Gelegenheit suchte, es ihr schonend beizubringen?

Astrid musste daran denken, wie viel sie früher herumgealbert hatten, wie viel Spaß sie immer gehabt hatten. Wo war all das hin? Sie erinnerte sich an einen Sonntagnachmittag, als sie ein Picknick im Park gemacht hatten. Die Kinder hatten Ball gespielt, und Sture und sie hatten faul auf der Decke gelegen und gedöst. Bis der Ball im Kartoffelsalat gelandet war. Sture war aufgesprungen und hatte Lasse, den offensichtlichen Übeltäter, durch den halben Park verfolgt. Irgendwann hatte Lasse sich keuchend und kichernd auf den Boden geworfen und ergeben. Astrid hatte die beiden beobachtet, und ihr Herz hatte sich vor Liebe zusammengezogen.

Die Ehe ihrer Eltern war immer so unkompliziert, harmonisch und liebevoll gewesen, dass sie geglaubt hatte, ihre würde auch so verlaufen.

Sie legte sich ins Bett und zog die Decke bis zum Kinn.

Hab ich etwas falsch gemacht? Ist es meine Schuld, dass wir auseinanderdriften?

Es nicht beantworten zu können und vermutlich auch nie zu erfahren, setzte Astrid zu. Es wie immer mit sich selbst ausmachen zu müssen, ebenfalls.

Kapitel 19

Vimmerby, Hof Näs im Frühjahr 1942

Ein Sonnenstrahl kitzelte Astrid wach, und sie lächelte im Halbschlaf. Vorsichtig öffnete sie erst ein Auge, dann das zweite. Sie hatte am Abend die Vorhänge nicht ganz zugezogen, so dass nun die Frühlingssonne ins Zimmer schien.

Astrid streckte sich und blieb auf dem Rücken liegen, die Hände hinter dem Kopf. Wie herrlich, von der Sonne wachgeküsst zu werden!

Vielleicht ist an mir ja doch eine Poetin verloren gegangen.

Sie drehte sich auf die Seite, um einen Blick auf ihre Tochter zu werfen, die neben ihr lag. Ob sie noch schlief? Oder war sie längst putzmunter und stellte sich schlafend, um sich einen Spaß mit ihr zu machen? Sie verstand es auch ausgezeichnet, sich furchtbar müde zu geben, nur damit es Zeit für die heißersehnte Gute-Nacht-Geschichte war.

Nun, das werden wir gleich sehen. Astrid blies ihr übers Gesicht und flüsterte: »Limonade.«

Und siehe da, ihre Tochter schlug blitzschnell die Augen auf. »Was ist mit Limonade?«

»Du kleine Schwindlerin! Na warte!« Astrid kitzelte sie so lange, bis sie sich wand wie ein glitschiger Aal und kichernd um Gnade bettelte. »Na schön, ich will mal nicht so sein.«

Karin versuchte, auch sie zu kitzeln, doch Astrid hielt ihre Hände fest und hauchte Küsse darauf.

»Mama.« Karin kicherte wieder. »So kann ich dich doch nicht kitzeln.« Sie machte sich los und zeigte zum Fenster. »Sieh nur, wie schön die Sonne durchs Fenster scheint.«

Astrid lächelte glückselig. Und genauso fühlte sie sich auch, seit sie, Karin und Lasse vor drei Tagen auf Näs angekommen waren. Sture war in Stockholm geblieben, er musste arbeiten, hatte aber versprochen nachzukommen. Er benutzte das Wort »versprechen« allerdings nicht so, wie Astrid es tat. Für sie war ein Versprechen etwas Heiliges, an das sie sich hielt, für ihn war es ein Wort, ein Ausdruck für etwas, das er sich vornahm. Anfangs hatte es sie verwirrt, und sie hatte sich das eine oder andere Mal beschwert. Mittlerweile hatte sie eingesehen, dass es zwecklos war, Sture meinte es ja nicht böse.

Aber sie wollte an diesem herrlichen Tag, der so verheißungsvoll begann, nicht über ihre kriselnde Ehe nachdenken.

Vielleicht kriselt es ja auch gar nicht, dachte sie. *Vielleicht ist alles wieder gut, wenn wir zurück in Stockholm sind.*

Denn in der Tiefe ihres Herzens glaubte sie nicht daran, dass Sture tatsächlich kommen würde.

»Komm, lass uns aufstehen und frühstücken gehen.« Astrid zwickte ihre Tochter in die Seite. »Wer als Erste unten ist, darf sich ein Spiel aussuchen.«

Gleichzeitig sprangen sie aus dem Bett, liefen zum Schrank, zogen sich in Windeseile an – beide albern kichernd –, hüpften auf einem Bein, um in ihre Schuhe zu schlüpfen, strichen ihr Haar glatt und rannten die schmale Holztreppe nach unten.

Karin war eine Nasenlänge schneller als Astrid und riss mit einem triumphierenden »Haha!« die Tür zur Küche auf.

Astrids Eltern und auch Lasse saßen bereits am Tisch. »Guten

Morgen, mein Häschen«, begrüßte Hanna ihre Enkelin. »Gut geschlafen?«

»Sooo gut, Großmutter.« Karin gab ihr einen Kuss auf die Wange.

Astrid setzte sich atemlos. »Du hast gewonnen.«

»Ich weiß.« Karin genoss sichtlich ihren Sieg.

»Was hast du denn Feines gewonnen?« Astrids Vater bestrich eine Scheibe Brot mit Butter, gab einen Klecks Kirschmarmelade darauf und reichte es Karin.

»Ich darf mir aussuchen, was wir spielen werden.«

Er nickte, runzelte die Stirn, machte »Hm« und sagte schließlich: »Ah so, na denn …«

Was genau er damit meinte, wusste wohl niemand, auch Astrid nicht, die ihren Vater sehr gut zu kennen glaubte. Sie beide standen sich von jeher ganz besonders nahe. Laut hätte sie es niemals gesagt, aber sie liebte ihren Vater so sehr, dass für ihre Mutter nicht mehr allzu viel Liebe blieb. Sie hätte sie verteilen können, und als Kind hatte sie das auch versucht, mitunter verzweifelt und voller Scham, aber es gelang ihr nicht. Ihren Vater liebte sie unendlich, ihre Mutter hatte sie sehr lieb. Damit würden sie alle drei leben müssen.

Seit Gunnar den Hof übernommen hatte, konnte ihr Vater die Beine hochlegen und den Herrgott einen guten Mann sein lassen. Und das tat er auch. Er und ihre Mutter saßen oft einfach nur vor dem Haus, die Hände ineinander verschlungen, und blickten in die Ferne. Dann und wann sagte einer von ihnen: »Ach, was haben wir's doch schön«, dann nickte der andere, und sie schwiegen weiter und schauten.

»So viel Zeit, wie ich jetzt habe, hätte ich ab und zu auch gern für meine Kinder gehabt«, sagte er manchmal. Dafür genoss er nun die Zeit mit seinen Enkelkindern.

Ob es mit Sture und mir wohl auch mal so werden wird, dachte Astrid in diesem Moment und konnte die Wehmut, die sie übermannen wollte, gerade noch zurückdrängen.

Karin hatte sich Verstecken spielen gewünscht. Nirgendwo konnte man das so gut wie auf Näs.

Lasse fand, er sei inzwischen zu alt für dieses Spiel. Er wollte lieber in der Scheune weiter an dem Wolf schnitzen, den er begonnen hatte.

»Fürs Versteckspielen ist man nie zu alt«, fand dagegen Astrid. Sie erinnerte sich an all die Verstecke, die sie als Kind benutzt hatte. Einmal hatte Nickon so lange suchen müssen, dass sie zu heulen anfing und brüllte, sie würde sich flach auf den Boden legen und das Essen und Trinken einstellen, wenn sich nicht bald jemand zeigen oder wenigstens laut »Piep« rufen würde. Doch niemand hatte einen Laut von sich gegeben.

Gunnar und Stina hatten unter einem Heuhaufen gelegen. Bevor sie hineingekrochen waren, hatte Gunnar sogar noch die Heugabel so drapiert, dass man meinen könnte, Anders wäre nur kurz fortgegangen und würde seine Arbeit gleich wieder aufnehmen. Astrid hatte es aus der Ferne beobachten können, während sie in einem alten Waschzuber hockte. Auf ihr lagen übelriechende Putzlumpen und lange, löchrige Unterhosen, die nicht mehr gestopft werden konnten. Als sie hineingestiegen war, hatte sie sich die Nase zuhalten müssen.

Jetzt musste sie lachen. Wie unerschrocken und unempfindlich sie damals gewesen waren.

Sie hörte Karins Stimme unten im Hof. »Neunundvierzig, fünfzig! Ich komme!«

Astrid duckte sich und stieß mit dem Kopf an den Dachbalken. *Wie früher*, dachte sie und rieb sich die Stelle. Nur dass man sich früher etwas angestoßen hatte, weil man unachtsam und heute, weil man zu groß und zu unbeweglich war.

Am Nachmittag ging sie mit Karin spazieren. Sie schlenderten den staubigen Feldweg entlang, und Astrid zeigte nach vorn.

»Sieh mal! Da ist unsere Villa Kunterbunt!«

Karin lief los und blieb vor der Ulme stehen. Genau wie Lasse damals umarmte auch sie den dicken Stamm. »Was ist dein Lieblingsbaum, Mama?«

»Die Linde.«

»Meiner ist …« Karin musste überlegen. »Hm, ich glaube, ich mag Kirschbäume am liebsten.«

»Wusstest du eigentlich schon, dass das ein Limonadenbaum ist?« Astrid deutete auf die hohle Stelle im Baum.

»Ein Limonadenbaum?« Karin stellte sich auf die Zehenspitzen und verrenkte sich den Hals.

Astrid hielt sich an einem Ast fest und zog sich ein Stück hinauf, so dass sie auf einem der unteren Äste stehen konnte. Dann kletterte sie weiter. »Komm, Karin, und genieß die herrliche Aussicht!«

»Nein, lieber nicht.« Karin blieb unten stehen. »Du bist im Baumklettern viel besser als ich.«

Astrid setzte sich auf einen Ast. Sie ließ die Beine baumeln und tat so, als hielte sie nach etwas höchst Interessantem Ausschau. »Land in Sicht, Kapitän! Das muss die Insel Taka-Tuka sein!«

»Was?« Karin kicherte. »Den Namen hab ich noch nie gehört.«

»Ich auch nicht.« Astrid ließ sich langsam hintenüberfallen, bis sie mit den Kniekehlen kopfüber am Ast hing. Ihre Fingerspitzen konnten den Boden berühren. Schweinebaumeln hatten sie das früher genannt. *Dass ich das noch kann!* Sie war beeindruckt. »Du stehst auf dem Kopf, Karin. Wird dir gar nicht schwindelig?«

»Nein, überhaupt nicht.« Karin hüpfte um den Baum herum und sang dabei: »Taka-Tuka, Tuka-Taka, da wachsen die Bananen auf dem Acker.«

Astrid musste lachen und bekam prompt Schluckauf. Bestimmt, weil sie kopfüber am Baum hing. Sie nahm Schwung, bis ihre Hände den Ast greifen konnten und zog sich wieder hoch.

Das Blut war ihr in den Kopf gestiegen.

»Taka-Tuka«, sagte sie nachdenklich. »Ich glaube, das liegt in der Südsee, und Pippis Papa ist dort König.« Das war ihr soeben in den Sinn gekommen. Ihr kam noch viel mehr in den Sinn, so viel, dass sie das meiste vermutlich wieder vergessen würde.

Sie kletterte vom Baum und wischte sich die Hände an ihrer Hose ab. Neuerdings trug sie am liebsten lange Hosen, weil die so wunderbar praktisch und bequem waren. »Ich wünsche mir so sehr meinen Schreibblock und Bleistift, dass ich wetten möchte, dass die Erde sich gleich auftut und beides ausspuckt.«

»Glaub ich nicht«, meinte Karin. »Im Erdboden hocken nur gruselige Trolle und Ungeheuer, und die können weder lesen noch schreiben.«

»Tja, dann …« Astrid legte den Arm um ihre Schultern. »Komm, wir spazieren noch ein bisschen durch Vimmerby, und ich spendiere dir ein Schokoladeneis.«

Am Abend erzählte sie Karin und ihrer Nichte Gunvar eine neue Geschichte von Pippi, die beschlossen hatte, in die Schule zu gehen. »›Es wird Zeit, dass ich endlich rechnen lerne, damit ich die

Goldstücke in meinem Koffer zählen kann‹. Sie stellte es sich aufregend und ungeheuer lustig in der Schule vor. Bestimmt würden die Kinder ständig lachen und herumtoben.

Aber sie taten nichts dergleichen, stattdessen saßen sie kerzengerade nebeneinander an Holztischen und sollten die ganze Zeit leise und brav sein. Pippi stellte sich vor an die Tafel – breitbeinig, wie sie das gern machte – und schaute einen nach dem anderen an. ›Und das soll lustig sein?‹, rief sie empört und schüttelte den Kopf. ›Es geht nicht darum, dass es lustig ist, Pippi‹, klärte die Lehrerin sie auf. ›Es geht darum, etwas zu lernen. Du willst doch sicher auch gern Bücher lesen und Briefe schreiben können.‹ Pippi musste darüber nachdenken, ob sie das gern wollte. ›Puh, wenn du mich schon so fragst, Fräulein Lehrerin … Wozu soll ich Bücher lesen, wenn ich mir doch die tollsten Geschichten ausdenken kann?‹«

Karin klatschte in die Hände. »Wie du, Mama! Nur, dass du auch lesen kannst.«

Als die Mädchen eingeschlafen waren, setzte sich Astrid zu ihrem Bruder und ihrer Schwägerin in die Küche. Gunhild strickte Socken, und Gunnar saß mit geschlossenen Augen da, die Hände vor dem Bauch gefaltet.

»Deine Pippi Langstrumpf scheint ein ziemlich freches Ding zu sein«, meinte ihre Schwägerin, und sie nickte.

»O ja, das ist sie. Ihr ist vollkommen gleichgültig, was andere von ihr halten. Sie tut das, was sie für richtig hält.«

Gunnar machte die Augen auf. »Erinnert mich ein bisschen an dich, Astrid.«

Sie lehnte sich zurück und streckte die Beine unter dem Tisch aus. »Nun übertreib mal nicht, Bruderherz. Ich wünschte, ich hätte mich getraut, wenigstens manchmal ein bisschen so zu sein. Mir hat meistens der Mut gefehlt.«

Er hob die Augenbrauen. »Ach ja? Gehst nach Stockholm, mutterseelenallein, weil du ein Kind kriegst, und das findest du nicht mutig?«

»Nein.« Sie musste gähnen. »Das war pure Verzweiflung, ich hatte keine andere Wahl, wenn ich Mama und Papa nicht dem Gespött der Leute und dem bösen Blick des Pastors aussetzen wollte.«

»Um das *du* dich nie geschert hast.«

»Nein. Aber ich wusste, dass Mama und Papa sich darum scheren.«

Gunhild ließ ihr Strickzeug sinken, seufzte laut und strickte weiter.

»Was war das jetzt?«, wollte Gunnar wissen.

»Ich dachte gerade, man müsste noch mal jung sein.«

»Ach du lieber Himmel«, brummte Gunnar.

»Sei im Herzen jung«, meinte Astrid. »Das ist viel wert.«

Sie versuchte, sich etwas bequemer hinzusetzen, was auf der harten Eckbank schwierig war. »Unsere kleine Nickon hat sich also verlobt«, schnitt sie ein neues Thema an. Ihre jüngste Schwester hatte es ihr in einem Brief mitgeteilt.

»So ist es. Kennst du ihn schon?«, fragte Gunnar.

»Nein, du?«

Er nickte.

»Und? Nun lass dir doch nicht alles aus der Nase ziehen.«

»Nett würde ich sagen. Oder?« Er sah seine Frau an.

»Sehr nett.«

»Da hörst du's. Mit ihm werde ich mich jedenfalls nicht dauernd streiten müssen.« Gunnar winkte ab, als wollte er nicht darüber sprechen. Dann jedoch brummte er: »Stinas Mann und ich … das geht irgendwie nicht zusammen.«

Astrid unterdrückte ein Lachen. Ihr Vater hatte ihr davon erzählt: Stinas Mann Hans und Gunnar gerieten ständig aneinander, weil sie politisch nicht einer Meinung waren und beide auch keinen Hehl daraus machten.

»Du willst mir doch nicht erzählen, dass ihr einander nicht grün seid, weil ihr nicht dieselbe Partei wählt«, sagte sie ungläubig.

»Nicht dieselbe Partei wählen«, wiederholte ihr Bruder und schnaubte. »So kann man's natürlich auch ausdrücken.« Er beließ es dabei, und sie war froh darüber. »Mal was ganz anderes, Astrid. Hast du mal darüber nachgedacht, deine Pippi-Geschichten aufzuschreiben?«

Jetzt lachte sie lauthals. »Du meinst, weil ich allmählich vergesslich werde?«

»Nein, weil du sie einem Verlag schicken könntest.«

Überrascht sah sie ihn an. Wollte er sie auf den Arm nehmen? Aber er schien es ernst zu meinen.

»Einem Verlag? Gunnar.« Sie schnalzte mit der Zunge. »Ich kann mir schon vorstellen, was man dort zu meinen Geschichten sagen würde.«

»Dass sie gut sind?«

Astrid schüttelte den Kopf. »Karin und ihren Freunden gefallen sie, und das genügt mir vollkommen.«

Karins Freunde liebten die Geschichten von Pippi Langstrumpf, und Astrid genoss es, wenn sie mit halboffenem Mund dasaßen, die Augen vor Spannung leuchtend und dann und wann in brüllendes Gelächter ausbrachen oder Pippi anfeuerten, wenn die sich eine neue Herausforderung gesucht hatte.

Aus der anfänglichen vagen Idee eines wilden, frechen Mädchens, das allein in einer Villa lebte, war eine lebhafte Figur geworden, die ein Eigenleben entwickelte und Astrid dann und wann selbst überraschte, zum Lachen brachte oder nachdenklich machte. Pippi war längst nicht mehr nur ein erfundenes, erdachtes Mädchen, sie lebte bei und mit ihnen.

»Weißt du, wie man Astrid früher genannt hat?«, fragte Gunnar seine Frau, die ihn gespannt anschaute.

Astrid stöhnte auf. »Komm, Gunnar, muss das sein?«

»Selma Lagerlöf aus Vimmerby.«

Gunhild lächelte. »Entschuldige, Astrid, aber ich finde das wirklich ganz entzückend. Und du bist talentiert, ob du's nun glaubst oder nicht.«

Astrid verschränkte die Arme vor der Brust und betrachtete ihre Schuhe unter dem Tisch. Dann räusperte sie sich. »Ich tauge genauso wenig zum Bücher schreiben wie eine Kuh zum Eislaufen.«

Kapitel 20

Furusund im Sommer

Das rot gestrichen Holzhaus mit dem weißen Balkon strahlte Ruhe und Frieden aus. Astrid liebte es seit dem Moment, als sie das erste Mal einen Fuß über die Schwelle gesetzt hatte. Seit dem Tod ihres Schwiegervaters vor knapp anderthalb Jahren bewohnte ihre Schwiegermutter das Haus allein.

Es lag nur wenige Schritte vom Wasser entfernt auf einem kleinen bewachsenen Hang und war von Bäumen umgeben.

Am Bootssteg waren ein halbes Dutzend Boote festgemacht und schaukelten auf dem Wasser.

In der Nacht, wenn Astrid das Fenster aufließ, war manchmal das Knarzen und Ächzen des Holzes zu hören. Oder das Flattern eines Segels im Wind. Geräusche, an die sie sich so sehr gewöhnt hatte, dass sie ihr in Stockholm fehlten.

In diesen Ferien sollte Karin endlich schwimmen lernen, das hatte Astrid sich fest vorgenommen. Ihre Tochter war ein wenig wasserscheu, aber das würde sich hoffentlich verlieren.

Sture war in Stockholm geblieben, hatte noch zu arbeiten, wollte aber nachkommen. Von »versprechen« war diesmal nicht die Rede gewesen, vielleicht wollte er es sich abgewöhnen, um sie und die Kinder nicht Mal ums Mal zu enttäuschen.

Astrid wiederum hatte sich abgewöhnt, nachzufragen und ihn zu bitten.

An diesem Vormittag saß sie auf dem Balkon und hörte in der

Ferne ihre Kinder lachen. Offenbar sprang Lasse durchs Wasser und spritzte Karin nass. Sie quiekte wie ein Ferkel.

Astrid zog sich einen Stuhl heran, um die Beine hochzulegen.

Die Sonne schien warm vom wolkenlosen Himmel, ein lauer Wind wehte, und unten im Garten summten und brummten die Bienen und Hummeln. Es war märchenhaft, fast unwirklich schön.

Astrid streckte sich und schloss die Augen. Für eine ganze Weile saß sie so da, die Hände im Nacken und ließ sich den Wind um die Nase wehen. Es war wie ein sanftes Streicheln.

Sie musste sich zwingen, die Augen zu öffnen und nahm nur widerwillig ihr Tagebuch, das neben ihr auf dem Tisch lag.

Sie hatte sich selbst versprochen – und für sie war ein Versprechen nun mal ein Versprechen –, auch in den Ferien regelmäßig hineinzuschreiben.

Dieser gottverdammte Krieg! Er nimmt und nimmt kein Ende.

Er hat bereits so viele Opfer gefordert, unschuldige Menschen, die ein Leben hatten, einen Alltag.

Bisher hat Schweden sich herausgehalten, und ich schwanke noch immer zwischen Erleichterung und schlechtem Gewissen. Dürfen wir uns weiterhin heraushalten? Wenn ich mir vorstelle, Lasse müsste Soldat werden … Nein, das stelle ich mir lieber gar nicht erst vor.

Sie erinnerte sich noch gut daran, als sie Remarques »*Im Westen nichts Neues*« gelesen hatte, wie sehr sie geweint hatte; aus lauter Wut und Verzweiflung.

Lasse rannte unten auf dem Bootssteg hinter Karin her, und in deren schrilles Kichern mischte sich echte, blanke Angst.

Astrid wusste noch gut, dass es ihr früher selbst oft so gegangen war, wenn sie Fangen gespielt oder sich gegenseitig in dunklen

Ecken und Verstecken aufgelauert hatten. Es war herrlich aufregend und spannend – und genauso furchteinflößend und unheimlich.

Sie stand auf und legte die Hand über die Augen. Mit den Augen suchte sie die Umgebung ab und erkannte ihre Tochter schließlich am roten Kleidchen.

Kreischend lief Karin über den Steg, Lasse offenbar dicht hinter ihr. »Wenn ich dich kriege, werde ich …«, rief er mit drohender, unheilvoller Stimme und ließ offen, was er dann tun würde. Karin kreischte noch lauter.

Astrid beschloss, sich einzumischen. Am Ende würde ihre Tochter auf dem glitschigen Steg ausrutschen und ins Wasser fallen. Aus dem harmlosen Spiel konnte schnell böser, gefahrvoller Ernst werden. Lasse neigte dazu, gewisse Situationen auszureizen und den Ernst einer Lage zu verkennen. Ob er das absichtlich machte, konnte sie nicht sagen. Er war anstrengend zurzeit, schwierig und nicht besonders umgänglich. In der Schule hatte er Probleme, war schon einmal sitzengeblieben und oft kurz davor, alles hinzuwerfen.

Astrid wusste nicht mehr, wie sie ihm die Schule noch schmackhaft machen konnte. Sie war immer eine gute, unkomplizierte Schülerin gewesen, hatte mit Eifer und Freude gelernt und sich rasch alles merken können. Lasse dagegen tat sich auch mit Freundschaften schwer, bemühte sich nicht um neue Freunde und vergaß, alte Freundschaften zu pflegen.

Astrid verließ barfuß das Haus und lief den Grashang zum Bootssteg hinunter. Dort standen sich Lasse und Karin gegenüber.

»Lasse, hör sofort damit auf!«, rief Astrid beim Näherkommen.

Es war kaum heraus, da ärgerte sie sich schon. Sie wusste doch gar nicht, was zwischen den beiden genau abgelaufen war.

Ihr Sohn drehte sich zu ihr um, eine tiefe Falte zwischen den Augenbrauen. Besser, du hältst dich raus, stand in seinem Blick geschrieben.

»Sie kann noch nicht schwimmen, das weißt du doch«, sagte sie nun versöhnlich und schenkte ihm ein Lächeln.

Das er ignorierte, indem er den Kopf abwandte und leise schnaubte.

»Was hältst du davon, wenn du es ihr beibringst?«, schlug sie gutgelaunt vor.

»Ich? Nö, besser nicht.«

»Wieso nicht? Du bist ein guter Schwimmer.«

»Keine Lust.« Mit den Händen in den Hosentaschen ging er an ihr vorbei.

Astrid machte eine halbe Drehung, wollte die Hand auf seine Schulter legen. Dabei glitt sie seitlich weg, ruderte mit den Armen und fiel mit einem lauten, satten »Platsch« ins Wasser.

Es war kalt, aber wunderbar erfrischend. Sie hatte kurz nach Luft geschnappt, auch weil sie sich ziemlich erschreckt hatte. Dann lachte sie vergnügt und schwamm unter dem Steg hindurch. Wie gut, dass sie kurze Hosen und nur eine ärmellose Bluse trug. Die nasse Kleidung fühlte sich zwar unangenehm auf der Haut an, zog sie aber nicht nach unten. Sie drehte sich auf den Rücken und kraulte ein paar Züge.

Sie sah, dass Lasse aus seinen Shorts stieg, das Hemd über den Kopf zog und mit einem Satz im Wasser war. Er folgte ihr mit kräftigen Zügen, hatte sie bald eingeholt und schwamm an ihr vorbei. Astrid folgte ihm schnaufend.

Als sie ihn eingeholt hatte, hörte sie ihn zerknirscht »Tut mir leid« sagen.

»Ist schon gut, Lasse.« Sie keuchte, als Wasser in ihren Mund schwappte.

Er lachte schadenfroh. »Den Mund lässt man besser zu, weißt du. Ist nur ein kleiner Tipp.«

»Oh, besten Dank auch, mein Sohn.« Sie kraulte hinter ihm her, packte seinen Fuß und hielt ihn fest.

Sie kämpften und rangen lachend miteinander, gingen abwechselnd unter und kamen prustend wieder hoch.

Karin stand die ganze Zeit auf dem Steg und sah ihnen zu.

»Wetten, dass sie höllisch neidisch ist?«, raunte Lasse, und Astrid nickte.

»Das hoffe ich, dann will sie nämlich gleich morgen schwimmen lernen.«

Tatsächlich lernte Karin erstaunlich schnell das Schwimmen. Schon bald kraulte sie die ersten Züge und sprang unermüdlich vom Steg. Nur einen Kopfsprung traute sie sich nicht. »Ich weiß doch nicht, was da unten herumschwimmt. Am Ende schwimmt mir ein Fisch in den Mund.«

»Dann bringst du ihn zum Mittagessen mit, und wir braten ihn«, schlug Astrid vor. »Und dazu gibt's Stampfkartoffeln, die magst du doch so gern.«

Aber sie ließ sich nicht umstimmen.

An einem Vormittag plantschte Astrid wieder mit den Kindern im Wasser. Ihre Schwiegermutter saß auf einem Stuhl am Steg, die Beine auf einem Hocker, und schaute ihnen zu.

Astrid schwamm hin und stemmte sich aus dem Wasser. »Brauchst du etwas?«

Ihre Schwiegermutter schüttelte den Kopf. »Nein, aber danke, Astrid. Ich sehe euch gern beim Spielen zu. Du bist noch immer Kind geblieben, nicht wahr?« Sie legte die Hand über die Augen und blinzelte. »Sture liebt ganz besonders das an dir.«

»Ach ja?« Astrid hob den Ball auf, der neben dem Liegestuhl lag und wollte ihn Lasse zuwerfen. »Fang!«

Der Ball verfehlte ihn allerdings um einiges, platschte neben ihrer Tochter aufs Wasser und spritzte sie nass. Lasse lachte.

Astrid sprang mit einem Kopfsprung zurück ins Wasser und kraulte zu Karin. »Im Werfen bin ich eine Null, aber mein Kopfsprung ist noch immer ziemlich ordentlich, oder?«

Karin traute sich inzwischen sogar, ihrem Bruder allein nachzuschwimmen, selbst wenn er sie ärgerte, sie solle auf die gefährlichen Hechte aufpassen, die ihr in den Mund schwimmen könnten.

»Papa!«, rief Karin plötzlich und hob die Hand. Dabei schluckte sie Wasser und prustete.

Astrid drehte sich auf den Rücken und sah Sture auf dem Steg stehen, eine Hand in der Hosentasche. Gut sah er aus in seinem hellen Anzug. Lachend winkte er ihnen zu, und Astrid atmete auf. Er schien bester Laune zu sein.

Er sprach kurz mit seiner Mutter, dann schlüpfte er aus seinen Sachen, setzte sich auf den Steg und glitt langsam ins Wasser.

»Komm schon!«, neckte Lasse ihn. »Was ist mit einem Kopfsprung?«

Sture kraulte in seine Richtung, tauchte unter und war nicht mehr zu sehen. Karin kreischte, wahrscheinlich, weil sie befürchtete, dass er sie in den Fuß zwicken würde.

Lasse drehte sich ein paarmal um seine eigene Achse. »Wo ist er? Kannst du ihn sehen, Mama?«

»Nein.« Astrid gab sich ahnungslos, dabei hatte sie Sture soeben entdeckt, der Kurs auf ihren Sohn nahm.

Gleich darauf schrie Lasse auf, lachte dann aber, als Sture neben ihm aus dem Wasser schoss und ihn nass spritzte.

Eine ganze Weile spielten sie zusammen Ball, veranstalteten kleine Schwimmwettkämpfe und versuchten, gegenseitig mit verrückten Sprüngen vom Steg zu übertrumpfen.

Astrid erinnerte sich nicht, dass sie in den vergangenen Jahren je so viel Spaß gehabt hatten. Sie schwamm zu Sture und umarmte ihn. »Schön, dass du gekommen bist«, flüsterte sie ihm ins Ohr und genoss seinen nassen Oberkörper an ihrer Haut.

»Ich bin auch froh.« Er sah sie lächelnd an, schien noch etwas hinzufügen zu wollen, gab ihr aber nur einen Kuss.

Die Liebe zu ihm hüllte sie warm und weich ein. *So kann es gern für immer bleiben*, dachte sie selig und wusste zugleich, dass nichts für immer blieb. Schon gar nicht das Glück.

Teil 4

1944–1946

Kapitel 21

Stockholm im Winter 1944

Der Krieg tobte noch immer in der Welt da draußen, die von Schweden manchmal so weit weg erschien, als befände sie sich in einem anderen Universum.

Und doch kam es Astrid manchmal so nah vor, als bräuchte sie nur einen Fuß vor den anderen zu setzen – und schon wäre sie mittendrin. Dann nämlich, wenn sie abends mit ihren Kollegen im Keller saß, trübes Licht über ihnen, und Briefe öffnete.

So manches Mal musste sie mit den Tränen kämpfen, oft ballte sie die Fäuste, dass die Handknochen knirschten, und nicht selten brach es aus ihr heraus: »Dieser verfluchte Krieg!«

Dann schaute einer der Kollegen mit verständnisvollem, mitfühlendem Blick. »Hast ja recht, Astrid.«

Dann und wann sprachen sie leise miteinander, tauschten sich aus über das, was sie gelesen hatten, diskutierten über den Krieg und die ungezählten Tragödien, die er hervorbrachte. Nach wie vor war es jedoch meistens ganz still, beklemmend still, nur das Rascheln von Papier war zu hören.

Anfang des Jahres war das Wetter ungewöhnlich mild gewesen, doch dann plötzlich fing es zu schneien an. Der Schnee taute gleich wieder, am folgenden Tag aber schneite es munter weiter. Ein ungemütlicher Wind fegte durch Stockholm, zog einem die Mütze vom Kopf, schlug Mantelkrägen hoch und strich pfeifend und zischend um Hauswände.

Astrid hatte genug vom Winter, sie wollte endlich Frühling, warmen Sonnenschein auf der Haut und Teppiche aus Krokussen und Narzissen, die auf den Rasenflächen und unter den Bäumen im Park wucherten.

Trotzdem hatte sie am späten Nachmittag einen kleinen Spaziergang gemacht und im Vasapark Elsa getroffen. »Auch hier?« Ihr üblicher Begrüßungsspruch.

Ihre Freundin saß mit übereinandergeschlagenen Beinen auf einer Bank, den Wollschal bis zur Nasenspitze, die Hände in den Manteltaschen. »Setz dich zu mir, ja? Nur einen Moment.«

»Kannst du mir garantieren, dass ich nicht an der Bank festfriere?«

»Nein.«

Astrid setzte sich und zog sich die Mütze tiefer ins Gesicht. Ein paar Schritte entfernt trat Elsas Sohn lustlos gegen einen Ball.

»Warum hast du Karin nicht mitgebracht?«

»Sie muss für die Schule lernen. Ich wollte eigentlich auch nicht nach draußen, aber ich musste mich unbedingt ein bisschen bewegen. Brr.« Astrid zitterte und versuchte noch tiefer in ihren Mantel zu kriechen, darin zu versinken. Sie sollte sich für den nächsten Winter einen neuen, weiteren kaufen, einen, unter dem sie zusätzlich eine Strickjacke tragen könnte.

Pelle kam angelaufen. »Wo ist Karin?«

»Zuhause. Sie muss lernen.«

»Och nö«, sagte er quengelig und schob mit der Schuhspitze etwas Schnee zusammen.

»Ich mache dir einen Vorschlag.« Astrid blies in ihre klammen Hände. »Ihr kommt morgen Nachmittag zu Kaffee und Kakao zu uns.«

»Gibt's auch Plätzchen?«

»Pelle.« Elsa schüttelte den Kopf.

»Lass ihn nur.« Astrid lächelte und sagte zu ihm: »Du kennst mich doch. Bei uns gibt's immer Plätzchen.«

Er kratzte sich am Kopf, dabei fiel seine Mütze herunter.

Astrid war aufgestanden, hob sie auf und gab sie ihm zurück. »Ich muss jetzt leider weiter, Elsa. Ich würde wirklich gern noch etwas mit dir plaudern, aber ich spüre schon, wie mir Eiszapfen am Mund wachsen.«

Pelle lachte.

»Dann bis morgen, ihr beiden.« Sie spazierte los und hob dabei den Kopf. Sie kniff die Augen zusammen, als Schneegriesel auf ihrem Gesicht landeten.

Astrid nahm Anlauf und schlitterte den Weg entlang, und als sie die Straße überqueren wollte, rutschte sie aus und fiel hin. Der Länge nach. Verdutzt blieb sie liegen und spürte, wie der Schneematsch ihre Hose durchweichte.

»Igitt!« Sie wollte aufstehen, stellte aber fest, dass das schwierig war. In ihrem linken Fuß pochte es.

»Auch das noch!«, schimpfte sie.

Ein Ehepaar kam die Straße entlang und blieb vor ihr stehen. »Haben Sie sich wehgetan?«, fragte die Frau, eine ältere, elegant gekleidete Dame.

»Ich fürchte, ja.«

Der Mann schob ihr einen Arm unter den linken Ellbogen, die Frau unter den rechten. »Kommen Sie, ganz vorsichtig. Wir bringen Sie heim. Wo wohnen Sie denn?«

»Gleich da vorn. Ach, es ist aber auch wirklich zu dumm von mir. Ich hätte besser achtgeben sollen.« Astrid biss die Zähne zusammen. Sie ärgerte sich über sich selbst. Und über ihren Fuß, der scheußlich wehtat.

»Nur eine Verstauchung«, meinte der Arzt, den sie am folgenden Tag aufsuchte, nachdem die Schmerzen noch schlimmer geworden waren und auch ein kühles, feuchtes Tuch keine Linderung gebracht hatte. »Bleiben Sie ein paar Tage daheim und lagern Sie den Fuß auf einem Hocker.«

»Das klingt aufregend«, murrte sie und fügte trocken hinzu: »Ich wollte mich eigentlich als Primadonna an der Staatsoper bewerben.«

»Ach so?« Er schmunzelte und half ihr beim Aufstehen. »Sind Sie dafür nicht ein bisschen zu alt?«

Astrid humpelte mit ihrem bandagierten Fuß zur Tür. »Da haben Sie wohl recht, jung im Herzen hilft nicht immer.«

»Kommen Sie in drei Tagen wieder, dann sehe ich mir den Fuß noch mal an.«

Astrid machte die Tür hinter sich zu und gestattete sich ein tiefes Seufzen. Sie war dazu verdonnert, stillzusitzen und den Fuß zu schonen, und das lag ihr überhaupt nicht.

Am Abend gestattete sie sich sogar ein leises Fluchen über ihre eigene Ungeschicklichkeit und Dummheit. Oder war es Übermut gewesen? War sie nicht mit voller Absicht geschlittert, weil die Straße so schön rutschig gewesen war?

»Selbst schuld, du dumme Astrid«, sagte sie zu sich, während sie den Fuß brav auf dem Hocker ablegte.

Karin kam hereingehüpft und blieb vor ihr stehen. »Tut's noch sehr weh?«

»Nein, aber mir ist langweilig. Erzählst du mir eine Geschichte?«

»Bist du absichtlich geschlittert?«, fragte ihre Tochter gespielt streng. Konnte sie Gedanken lesen?

»Schäm dich.«

»Wofür?«

»Dafür, dass du in meinen Kopf geschaut hast.«

»Hab ich gar nicht. Ich hab bloß gedacht, dass du doch immer so gern schlitterst, wenn es geschneit hat ...«

»Ich bin einfach ausgerutscht und hingefallen.«

»Einfach so?«, bohrte Karin, und sie musste laut lachen.

»Wer ist hier die Mama und wer das Kind?«

»Ich bin beides!«, rief Karin aus und klatschte in die Hände.

»Das könnte dir so passen. Was ist jetzt mit einer Geschichte?«

»Heute nicht, ich hab zu tun.«

»Och nö«, nörgelte Astrid und ahmte dabei Karins Stimme so gut nach, dass ihre Tochter kicherte.

»Morgen vielleicht.« Karin lief zur Tür. »Wenn ich dann nicht zu beschäftigt bin.«

Astrid nahm die Zeitung, die sie bereits von vorn und von hinten mehrmals gelesen hatte, blätterte darin herum und legte sie wieder beiseite.

Das konnte ja heiter werden.

Sture würde den Kopf schütteln und vermutlich sagen: »Warst du mal wieder zu flott unterwegs? Bei dem Wetter?«

Und sie würde es abstreiten und sich ein bisschen verwöhnen lassen.

Den folgenden Tag verbrachte sie brav im Sessel am Fenster, den Fuß auf dem Hocker. Auftreten konnte sie immer noch nicht.

Humpelnd und hopsend bewegte sie sich in der Wohnung und musste sich beim Kartoffeln schälen und Brot abschneiden setzen. Wenn sie eins hasste, dann Unbeweglichkeit.

Sture kam am Abend ungewöhnlich früh heim, und sie wollte sich schon über seine Besorgnis und Hilfsbereitschaft freuen.

Doch ganz offenbar war nicht sie der Grund, sondern die Tatsache, dass er mit zwei alten Freunden zu einem Umtrunk verabredet war. »Du kommst doch ohne mich zurecht?« Er stand umgezogen und frisch gekämmt in der Tür.

»Natürlich. Hast du etwas gegessen?«

Er nickte und strich sich übers Haar. Dafür, dass er mit Freunden verabredet war, hatte er sich ziemlich herausgeputzt. Und er duftete intensiv nach Rasierwasser.

»Ihr habt euch wohl lange nicht gesehen, was?«

Ein kurzes Zögern, ein verunsicherter Blick. »Was? Wieso …« Dann ein Nicken. »Ja, stimmt, es ist schon eine ganze Weile her. Normalerweise würde ich dich ja fragen, ob du nicht mitkommen möchtest, aber so …« Er deutete auf ihren Fuß.

Astrids Magen krampfte sich zusammen. Er tat so, als hätte er sie liebend gern dabei, doch in Wahrheit dachte er gar nicht daran, sie mitzunehmen. So war es doch.

Sie überlegte kurz, ob sie ihren Ärger zeigen sollte, aber sie beließ es bei einem flüchtigen Lächeln. Nein, sie taugte nicht zur misstrauischen, eifersüchtigen Ehefrau, die ihren Mann aushorchte und ihm nachspionierte. »Dann wünsche ich euch einen schönen Abend.«

Sture erwiderte das Lächeln und setzte seinen Hut auf. »Den werden wir bestimmt haben. Und du bleibst brav sitzen, ja?«

»Natürlich«, erwiderte sie etwas säuerlich. »Und wenn ich ins

Bett möchte, rufe ich Lasse und Karin. Sie werden mich sicher gern tragen.«

Er blinzelte, schien verwirrt, verunsichert. Dann lachte er. »Ich mag deinen Humor noch immer, Liebling. Wiedersehen.« Er machte die Tür hinter sich zu.

Astrid blieb mit schmerzendem Magen und wehem Herz zurück, aber diese Gefühle waren ihr längst vertraut.

Kapitel 22

Nachdem Astrid vier geschlagene, unendlich lange Tage nur herumgesessen oder gelegen hatte, war sie auf eine Idee gekommen. Sie könnte die Geschichten von Pippi Langstrumpf aufschreiben, die nach wie vor steter Gast in ihrer Wohnung und ihrem Leben war, und Karin zum Geburtstag schenken.

Anfangs war es nur ein vager Gedanke gewesen, eine Vorstellung, die blitzschnell durch ihren Kopf gehuscht war, wie es häufig so typisch für sie war. Doch es wurde mehr daraus, machte sie freudig aufgeregt und formte sich schließlich zu einem klaren Bild: eine kleine Mappe mit gedruckten Blättern. Vielleicht würde sie die Blätter sogar illustrieren.

Ich schreibe wieder, dachte sie beglückt, *und keine Horrorgeschichten vom Krieg wie sonst. Ich tue endlich das, was ich längst hätte tun sollen.*

Weil an dir eine Geschichtenerzählerin verloren gegangen ist, hörte sie ihren Vater sagen. *Du bist genau wie ich, Astrid, und ich frage mich, wieso du so lange gewartet hast.*

Du hast ja recht, Papa, antwortete sie im Stillen. *Im Grunde frage ich mich das auch.*

Die Kinder hatten sich an diesem Morgen auf den Weg zur Schule gemacht, und Astrid holte ihren Stenogrammblock und einen Stift und humpelte zurück ins Bett. Sie schob sich zwei Kissen in den Rücken und nahm Stift und Block. Wie nützlich es doch war, dass sie stenografieren konnte. Und wie urgemütlich es war, im Bett zu schreiben!

In Windeseile war ein Blatt beschrieben, das zweite folgte rasch. Ehe sie sich's versah, stapelten sich die Blätter auf der Bettdecke. Pippi hatte ja auch eine Menge erlebt und getan, kein Wunder, dass es mehr und mehr Geschichten wurden.

Astrid war hochzufrieden, döste anschließend noch ein bisschen und stand schließlich auf und setzte sich an die Schreibmaschine. Sie tippte die Blätter ab, verschrieb sich häufiger, als ihr lieb war, und heftete sie danach zusammen.

Das war doch schon mal ein guter Anfang.

Am Morgen darauf stenografierte sie im Bett sitzend weiter. Zwischendrin trank sie einen Kaffee und machte sich ein Brot.

Später bereitete sie beflügelt das Mittagessen zu, setzte sich an den Tisch, während die Kartoffelsuppe im Topf blubberte und stenografierte weiter. Sie musste plötzlich an ihre Freundin Madita denken, die mit richtigem Namen Anne-Marie hieß.

Warum wurde sie eigentlich Madita genannt?, überlegte Astrid und tippte sich mit dem Stift an die Nasenflügel. Eigenartig, dass es ihr nicht einfallen wollte.

Madita war damals, vor schrecklich vielen Jahren, in eine Villa in der Nachbarschaft gezogen. Sie war kein Bauernmädchen wie die anderen, ihr Vater war Bankdirektor.

Astrid hatte Madita vom ersten Moment an gern, und als sie sie das erste Mal besuchen durfte, war sie ehrfürchtig auf der Diele stehen geblieben und hatte geschnuppert. Hier roch es ganz eindeutig nicht nach Viehzeug, Heuballen und frisch gemachter Butter, hier roch es nach Zigarren und Leder.

Madita hatte sie es zu verdanken, dass sie auf eine weiterführende Schule ging. »Du bist doch so klug, wieso kommst du nicht mit auf die Oberschule?«, hatte ihre Freundin gemeint, und Astrid, die gern lernte, war einverstanden gewesen. Ihre Aufsätze wurden fast immer vorgelesen, anfangs war es ihr peinlich gewesen, später hatte es ihr geschmeichelt. Aber nur ein wenig.

Als Dreizehn- oder Vierzehnjährige hatte sie einen Aufsatz geschrieben, der sogar in der Tageszeitung gedruckt wurde. Der Zeitung, bei der sie später als Volontärin anfing und Reinhold kennenlernte.

Madita hatte irgendwann gemeint: »Ich bin wohl die Stärkere von uns, aber die mit den tollsten Einfällen bist du. Wir mussten einfach Freundinnen werden. Ich verhaue die Jungs, wenn sie uns zu doll ärgern, und du machst sie mit richtig schön verrückten Spielen neidisch.«

Bis heute schrieben sie sich regelmäßig und hielten sich über ihrer beider Leben auf dem Laufenden.

Nun bin ich wieder so abgeschweift, dass ich erst mal zu mir zurückfinden muss, dachte Astrid und las die letzten Zeilen noch einmal, die sie geschrieben hatte.

Im Topf machte es so laut »Blubb«, dass sie aufsprang und hin humpelte, um den Deckel abzunehmen und umzurühren.

Danach setzte sie sich wieder, lächelte vor sich hin und schrieb weiter.

Ein ungeahntes, nie erlebtes Hochgefühl durchströmte sie.

Lasse war groß und schlaksig geworden, ein hübscher Junge, auf den sie ungeheuer stolz war. Und doch wich dieser Stolz dann und wann Besorgnis. Er war so in sich gekehrt, so verschlossen. War er nur ein ganz normaler Heranwachsender, der sich von den Eltern abzugrenzen versuchte? Oder trug er etwas mit sich herum, an dem er sie nicht teilhaben lassen wollte? Fand er seinen Platz im Leben nicht?

Es war seltsam, aber es dauerte eine Weile, bis Astrid aufging, dass er ihr erschreckend ähnlich war. Auch er machte alles mit sich selbst aus, fraß vieles in sich hinein und verbarrikadierte sich innerlich. Sie sollte mehr Verständnis für ihn haben, ihn nicht bedrängen. Denn genau das tat sie hin und wieder, zum Beispiel, wenn er nach der Schule heimkam und sofort in sein Zimmer ging.

Also beschloss sie, ihn in Ruhe zu lassen und darauf zu hoffen, dass er sich ihr schon anvertrauen würde, sollte er das Bedürfnis haben.

Was er nach der Schule machen wollte, wusste er noch nicht, zumindest ließ er sich nicht in die Karten schauen. »Irgendwas wird mir schon einfallen.«

Sture hatte ein paarmal versucht mit ihm zu reden, nachdem Astrid ihn eindringlich gebeten hatte, jedoch rasch wieder aufgegeben.

Er hatte zu viel mit sich selbst zu tun.

Astrid hatte gehofft, er würde Lasse Halt geben, aber wie sollte das gehen? Er war ja selbst haltlos und schwang wie eine Fahne im Wind hin und her.

Lasse brauchte einen Vater, an dem er sich orientieren konnte, der einen Weg vorgab, doch auch das konnte Sture nicht.

Am Nachmittag hatte Astrid an Lasses Zimmertür geklopft.

Es dauerte eine Weile, bis er »Herein« rief.

Sie betrat das Zimmer, in dem es stickig war und nach ungewaschenen Socken roch. Auf dem Schreibtisch stapelten sich Schulbücher, auf dem ungemachten Bett lagen ein Pullover und seine Winterjacke, unter dem Bett Schuhe, die er offenbar nur achtlos abgestreift hatte.

Astrid widerstand dem Drang, zum Fenster zu gehen und beide Flügel zu öffnen. Wie hielt Lasse es bloß hier drin aus?

Er lag auf dem Bett, ein aufgeschlagenes Buch auf der Brust, die Augen geschlossen.

»Störe ich?«

»Ja.« Eine ehrliche Antwort.

Trotzdem trat sie näher. »Ich mache mir Sorgen, Lasse.«

»Um mich? Musst du nicht, ich komme klar.«

»Wirklich? Ich möchte es so gern glauben.«

»Dann tu's.«

Sie verschränkte die Hände ineinander, blickte umher und hoffte, in dem Durcheinander etwas zu finden, an dem sie ihren Blick festmachen konnte. Sie sollte wieder gehen, sie hatte sich doch geschworen, ihn in Ruhe zu lassen und nicht zu bedrängen. Je näher sie ihm zu kommen versuchte, desto mehr würde er sich zurückziehen. *Er ist eben genau wie ich.*

»Ist noch was?« Er hatte die Augen noch immer nicht geöffnet.

»Nein, eigentlich … Doch, Lasse. Ich frage mich, ob du Kummer hast und dich mir nicht anvertrauen willst.«

Er machte die Augen auf und sah sie eine Weile an. »Nein«, sagte er schließlich. »Ich habe keinen Kummer. Aber du.«

Astrid schluckte. »Ich? Aber …«

»Mir musst du nichts vormachen. Es reicht, dass du Sture etwas vormachst.«

»Ich mache ihm nichts vor, Lasse.«

»Doch, das tust du.« Mehr sagte er nicht. Die Unterhaltung schien für ihn beendet zu sein. Er nahm das Buch auf und begann zu lesen. »Ich werde jedenfalls nie heiraten«, verkündete er nach einer längeren Pause.

Astrid hatte sich bereits umgedreht und war zur Tür gegangen.

Ihr Herz schlug dumpf und schwerfällig gegen ihre Rippen, und ihr wurde flau im Magen. »Man soll niemals nie sagen. Sieh dir deine Großeltern an. Sie sind jeden Tag wieder aufs Neue glücklich, dass sie sich haben.«

Wollte sie sich selbst quälen? Sich mit der Nase darauf stoßen, dass es glückliche Ehen gab?

»Sie schon. Aber ihr seid es nicht.«

Mit zitternder Hand schloss Astrid die Tür hinter sich.

Wie konnte er sie so gut durchschauen? Wie konnte er wissen, dass sie sich um ihre Ehe sorgte?

Sture hatte darauf bestanden, dass sie, jetzt wo sie mit dem Schreiben begonnen hatte, einen richtigen Schreibtisch bekam.

Um sich auf andere Gedanken zu bringen, setzte sie sich am Abend hin und begann, Pippi Langstrumpf zu zeichnen. Sie war keine begnadete, nicht einmal halbwegs talentierte Zeichnerin, und die ersten Versuche wurden zusammengeknüllt und landeten im Papierkorb. Aber sie gab nicht auf. Aufgeben gehörte nun mal nicht zu ihren Eigenschaften. Es mochte nicht immer gut ausgehen oder glimpflich verlaufen, doch aufgeben war keine Alternative.

Schließlich hatte sie eine ganz passable Zeichnung hinbekommen, stand auf und ging zum Fenster, um ihre Augen zu entspannen.

Als sie Schritte auf dem Flur hörte, ging sie zum Schreibtisch und schob die Zeichnung unter ein leeres Blatt Papier.

»Mama?« Karin.

»Ich bin hier, Schatz.«

Ihre Tochter kam herein. »Was machst du da?«

»Nichts Besonderes. Ich laufe herum und denke nach.«

»Und worüber?«

»Über dies und das.«

»Ich kann nicht schlafen.«

»Soll ich dir noch eine Geschichte erzählen?«

Damit schien ihre Tochter nicht gerechnet zu haben, denn sie hob erfreut und höchst beglückt die Augenbrauen. »Ja, bitte!«

»Geh schon mal vor, ich komme gleich nach.«

Als sie die Tür hinter sich geschlossen hatte, zog Astrid die Zeichnung hervor, betrachtete sie erneut und legte sie dann zu den beschriebenen Blättern in die Mappe.

Karin würde Augen machen.

Kapitel 23

In einer der folgenden Nächte geschah etwas Merkwürdiges.

Astrid wusste nicht mehr mit Gewissheit, ob sie schlecht geträumt oder sich nur in einer Art unruhigem Dämmerschlaf befunden hatte. Sie schlug die Augen auf, blinzelte und musste kurz überlegen, wo sie war.

Dann setzte sie sich auf, tastete mit einer Hand neben sich, und als sie erkannte, dass der Platz neben ihr leer war, schwang sie die Beine aus dem Bett und machte Licht.

Sture war nicht heimgekommen. Sie starrte einen Augenblick sein Kopfkissen an und dachte nach. War sie deshalb hochgeschreckt? Weil sie gespürt hatte, dass er nicht da war?

Nein, das war nicht der Grund.

Astrid verließ das Schlafzimmer und ging in die Stube. Ohne Licht zu machen, stellte sie sich ans Fenster und starrte in die Dunkelheit hinaus. Stockholm schlief.

Ich werde die Pippi-Langstrumpf-Geschichten einschicken.

Sie verschränkte die Arme vor der Brust und lächelte.

Ja! Ich werde es einfach versuchen. Warum auch nicht? Was habe ich zu verlieren? Möglicherweise wird man mich auslachen, mir einen Vogel zeigen, und wenn schon. Ich will es wenigstens versuchen. Denn wenn ich es nicht tue, werde ich mich auf ewig ärgern und denken: Hätte ich doch nur!

Im Flur war das Geräusch eines Schlüssels zu hören. Sture!

Die Tür wurde geöffnet und fiel gleich darauf mit einem »Rumms« ins Schloss. Sie hörte das Rascheln seines Mantels, den er an die Garderobe hängte, und den Aktenkoffer, den er neben der Kommode abstellte. Geräusche, die ihr vertraut waren.

Astrid blieb unbeweglich stehen. Würde er hereinkommen, müsste sie sich eine Erklärung einfallen lassen, damit er nicht glaubte, sie hätte am Fenster gestanden und auf ihn gewartet. Läge sie nicht im Bett, würde er sie suchen. Was also tun?

Vielleicht würde er mich ja auch gar nicht suchen, dachte sie dann. *Vielleicht wäre er froh, dass ich nicht da bin.*

Sie huschte zur Tür und lauschte. Wo war Sture? War er in die Küche gegangen, um noch etwas zu trinken? Das machte er meistens, wenn er spät heimkam. Wahrscheinlich dachte er, sie würde seinen Alkoholatem dann nicht riechen.

Leise, ganz leise drückte sie die Klinke herunter, hielt kurz inne und lief dann ins Schlafzimmer. Sie kroch ins Bett und deckte sich bis zum Kinn zu.

Gleich darauf kam er herein, zog sich aus und legte sich neben sie, ohne sie zu berühren.

Da hatte sie es bereits gerochen, und es war, als zöge man ein Schwert mitten durch ihre Eingeweide.

Er roch nicht nach Alkohol, sondern nach Parfüm.

Am Frühstückstisch ließ Astrid sich nichts anmerken. Darin war sie ohnehin ungekrönte Meisterin. Astrid Lindgren, Meisterin im Abtauchen, Ertragen und Totschweigen. Sie sollte sich einen Lorbeerkranz binden. Sture war glänzender Laune, scherzte mit den Kindern, fragte Karin nach ihrer Geburtstagsgästeliste und erkundigte sich bei Lasse, wie es in der Schule war.

»Großartig wie immer«, gab der trocken zurück und ließ keinen Zweifel daran, dass er nicht vorhatte, mehr darüber zu sagen.

Sture zuckte mit den Schultern und trank seinen Kaffee.

Astrid konnte es kaum erwarten, bis sie endlich weiterschreiben konnte. Die Pippi-Langstrumpf-Geschichten für Karin waren fertig, aber eine neue Geschichte war bereits in ihrem Kopf. Das Schreiben war nicht nur zu ihrem morgendlichen Ritual geworden, es war Befreiung, pure Glückseligkeit und Heilung in einem.

Wenige Stunden später saß sie wieder in ihrem Bett.

In der Geschichte ging es um die 15-jährige Britt-Mari, die auf einer alten Schreibmaschine lange Briefe an ihre Freundin in Stockholm schreibt; Briefe, in denen sie sich alles von der Seele schreibt, was sie bewegt. Um etwas Geld dazuzuverdienen – ihre Familie war nicht arm, aber auch nicht wohlhabend – bewirbt sich Britt-Mari um eine Stelle als Schreibkraft. Und weil auch Astrid sich vor Jahren als Stenotypistin in einem Schreibbüro beworben hatte, ließ sie das Mädchen genau das erleben, was sie selbst erlebt hatte.

Sechs junge Mädchen saßen im Raum, sechs Bewerberinnen. Kein Raunen, kein Tuscheln war zu hören, alle waren mucksmäuschenstill.

Britt-Mari nahm an einer der Schreibmaschinen Platz. Sie würde zeigen, wie gut und wie flott sie das 10-Finger-Blindschreiben beherrschte. Ihre Finger flogen über die Tasten. Aus dem Augenwinkel sah sie eine ältere, ziemlich streng aussehende Dame am Fenster stehen.

Nach einer Weile hörte sie auf zu tippen, schüttelte die Finger aus und warf einen Blick auf das, was sie geschrieben hatte: Hrtz46xbwqu22üü+äzzmm

Ach du heiliger Bimbam!

Sie spürte, wie ihr heiß wurde. Nichts wie weg!

Sie hob ihre Handtasche vom Boden auf, schenkte der älteren Dame ein rasches Lächeln und verließ das Zimmer so schnell, wie ihre Beine es erlaubten. Draußen vor dem Gebäude blieb sie stehen, weil sie Seitenstechen hatte.

Das Blindschreiben beherrschte sie also tadellos, das Geschriebene machte nur leider keinerlei Sinn.

Astrid lachte, weil sie alles wieder so lebendig vor Augen hatte. Auch sie war damals wie der Wind aus dem Zimmer gestürmt, das Gesicht rot wie Klatschmohn.

Das Schreiben erfüllte sie nicht nur, es war wie Balsam auf ihrer Seele und ihrem wunden Herzen.

Kurz bevor sie das Mittagessen zubereiten wollte, setzte sie sich an die Schreibmaschine, räusperte sich mehrmals, als wollte sie eine Rede halten, und begann zu tippen.

Sehr geehrte Damen und Herren,
hiermit schicke ich Ihnen die Geschichte eines 9-jährigen frechen, aufmüpfigen, aber sehr liebenswerten Mädchens, das den Namen Pippi Langstrumpf trägt. Meine Tochter hat sich den Namen ausgedacht …

Der Brief wurde lang, viel länger, als sie vorgehabt hatte. Das lag zum großen Teil daran, dass sie ausschweifte, vor allem aber auch, dass sie sich zu erklären versuchte. Sie versuchte zu erklären, dass sie eine ganz normale junge Frau und Mutter von zwei Kindern war. Wohlerzogenen, behüteten Kindern, die selbstverständlich nicht verkehrt herum im Bett schliefen, mit Messer und Gabel essen konnten, ihr Zimmer aufräumten, wenn man sie daran erinnerte und auch brav zur Schule gingen. Die all das taten, was Pippi Langstrumpf nicht tat und all das bleiben ließen, was Pippi eine Heidenfreude bereitete.

Am Ende schrieb Astrid:

Es wird nicht notwendig sein, das Jugendamt zu verständigen. Ich bin, wie ich bereits schrieb, eine ganz normale Mutter von zwei wohlerzogenen, gut geratenen Kindern.
Hochachtungsvoll
Astrid Lindgren

Als sie den Brief aus der Maschine zog und erneut durchlas, seufzte sie ein paarmal tief. Man würde sie mindestens für verrückt erklären. Wollte sie das riskieren?

Sie las ihn wieder und noch ein weiteres Mal.

Der Inhalt blieb derselbe mit derselben erschreckenden Wirkung: Man würde sie für übergeschnappt halten.

Astrid faltete den Brief, steckte ihn zusammen mit einer Kopie der Geschichte in einen Umschlag und klebte eine Marke darauf. Dann verschloss sie ihn und legte ihn auf den Tisch.

Sie würde noch eine Nacht darüber schlafen.

Beim Frühstück lag der Brief neben ihrem Teller, und Astrid warf ab und an einen Blick darauf. Hatte sie ihre Meinung geändert, es versuchen zu wollen?

Das Seltsame war: Sie wusste es nicht, sie fühlte – rein gar nichts. Vielleicht ein leichtes Bauchgrimmen, das hatte aber nicht unbedingt etwas zu bedeuten, sondern war der Tatsache geschuldet, dass Sture und sie sich anschwiegen und sie vor Kummer eigentlich verrückt werden müsste.

Wenn sie nicht Trost in ihren Geschichten gefunden hätte.

»Mama?« Karin schaute sie irritiert an. »Was hast du denn?«

»Nichts, Schatz, ich habe nur schlecht geschlafen.« Die Butterschale, nach der sie gedankenverloren gegriffen hatte, rutschte ihr aus der Hand und landete mit lautem Getöse neben ihrem Teller. Die Butter – es war Gottlob nur noch ein kleines Stück in der Schale gewesen – fiel in ihre Kaffeetasse. Auch ihre Tasse war fast leer gewesen, andernfalls wären sie nun alle drei von oben bis unten vollgespritzt.

Aber der Brief!

Mit spitzen Fingern und einem tiefen Seufzen nahm Astrid ihn.

War das ein Zeichen? Sollte sie ihn besser nicht abschicken?

Weil es ohnehin sinnlos war? Man würde ihr die Geschichte ja doch zurückschicken, davon war sie überzeugt.

Einen Augenblick war es mucksmäuschenstill, dann prustete Lasse als Erster los. »Na, wer's mag.« Er deutete auf ihre Tasse, in der sich der Rest Kaffee mit der Butter vermischte und fettig glänzte.

»Iih!« Ihre Tochter kicherte und verzog das Gesicht. »Trinkst du das etwa?«

»Nein, natürlich nicht.« Astrid stöhnte kopfschüttelnd auf. »Ach, nun seht euch dieses Geschmiere an.«

Karin sprang auf. »Ich hole einen Lappen.«

Astrid schaute ihr nach, dann fing sie an zu lachen. Den Kopf zurückgelegt, lachte sie, bis ihr die Tränen kamen. Ein Zeichen? Ja, natürlich!

»Würdest du mir einen Gefallen tun, Lasse?«

»Kommt drauf an.«

Sie zeigte auf den durchtränkten Umschlag. »Wirfst du ihn für mich ein?«

Lasse grinste. »Solltest du ihn vorher nicht lieber noch mal schreiben?«

Sie erwiderte das Grinsen. »Selbstverständlich. Wann musst du los?«

Er schaute auf seine Armbanduhr. »In einer halben Stunde.«

»Das sollte ich schaffen.« Astrid hievte sich vom Stuhl und hinkte aus dem Zimmer. Wie gut, dass sie grundsätzlich eine Kopie machte, den durchtränkten Brief konnte man bestimmt nicht mehr lesen.

Kapitel 24

Monatelang ließ der Verlag nichts von sich hören.

Im August hatte Astrid einen weiteren Brief geschickt, in dem sie sich freundlich erkundigt hatte, wie lange eine Absage wohl dauern mochte. Kurz darauf war eine Antwort gekommen, und es war wie erwartet eine Absage. Man bedaure sehr, ihr mitteilen zu müssen, dass man zwar einen gewissen Unterhaltungswert sähe und die Originalität ihrer Geschichte zu schätzen wisse, aber dennoch von einer Veröffentlichung absehen würde.

Astrid las den Brief mit einem Schulterzucken. Sie war nicht enttäuscht, sie hatte ja damit gerechnet.

Doch es war etwas in ihr erwacht, etwas, das sich wie Abenteuerlust anfühlte. Hatte sie früher eisern, fast störrisch behauptet, nicht zur Schriftstellerin zu taugen, glaubte sie nun, dazu berufen zu sein. Praktisch über Nacht war aus der einstigen Geschichtenerzählerin eine Geschichtenschreiberin geworden. Die Absage des Verlages wertete sie als Ansporn weiterzumachen.

Ein paar Wochen später saß Astrid wie üblich im Bett und stenografierte eine neue Pippi-Geschichte. Manchmal schmunzelte sie amüsiert, weil ihr etwas besonders Lustiges eingefallen war, oder sie lächelte beglückt, weil ihr die Wörter nur so aus den Fingern flossen.

Draußen zwitscherte lautstark eine Amsel, und Astrid setzte

sich auf, um einen Blick aus dem Fenster zu werfen. Was für ein herrlicher Spätsommertag! Wenn sie fertig war, wollte sie unbedingt einen kleinen Spaziergang machen.

Sie schaute auf ihre Armbanduhr. Nein, dafür war keine Zeit, es war schon wieder viel zu spät. Sie musste sich sputen, um das Mittagessen rechtzeitig auf dem Tisch zu haben.

Am Nachmittag saß Astrid neben Karin am Tisch, die Hausaufgaben machte. Ab und an blickte sie ihr über die Schulter, nickte hier und da oder gab Anweisungen, ein Wort noch einmal zu schreiben. »Und diesmal bitte in Schönschrift. Ich weiß, dass du's kannst, Schatz.«

»Och nö, lass uns in den Park gehen«, bettelte ihre Tochter mit wehmütigem Blick in Richtung Fenster. »Das Wetter ist so schön.«

»Wir gehen in den Park. Anschließend.«

Karin murrte zwar, schrieb aber brav weiter.

Astrid nahm die Zeitung und schlug sie auf.

»Nicht so rascheln, Mama.«

»Entschuldige.« Leise und mit angestrengter Miene, die Karin zum Lachen brachte, blätterte sie um und legte den Finger auf die Lippen. Karin kicherte.

Sie las einen Artikel über das Kriegsgeschehen und blätterte weiter. Ihr Blick fiel auf einen kurzen Bericht über einen Verlag, der vor zwei Jahren gegründet worden war und nun mit der Suche nach Geschichten für ein Mädchenbuch einen Wettbewerb startete.

Astrid las noch einmal, machte »Hmm« und dachte nach.

»Was ist denn?« Karin sah sie gespannt an.

»Da sucht ein Verlag Geschichten für ein Mädchenbuch«, erklärte sie geistesabwesend.

»Du kannst doch ›Pippi‹ einschicken«, schlug ihre Tochter vor.

»Nein, ich glaube, das macht wenig Sinn. Aber ich könnte eine andere Geschichte einschicken.«

Karin nickte eifrig. »Mach doch.«

Astrid blickte auf, lächelte. Wie rasch einem Kind ein »Mach doch« über die Lippen kam. »Weißt du was? Ich tu's.« Mit einem Satz war sie vom Stuhl und zur Tür gelaufen. »Schreib weiter, ja? Später gehen wir in den Park und spielen Verstecken. Oder was immer du willst.« Die Tür fiel hinter ihr ins Schloss.

Gleich darauf öffnete sie sie wieder und lachte. »Ich Dummerchen. Wieso renne ich hinaus?« Sie holte die Schreibmaschine vom Schrank, stellte sie auf den Tisch und spannte einen Bogen Papier ein.

Karin saß ihr gegenüber, den Kopf geneigt. »Was ist das für eine Geschichte?«

»Mach du deine Hausaufgaben.«

»Erst musst du mir meine Frage beantworten.«

Astrid seufzte. »Na schön. Es ist die Geschichte von Britt-Mari, ich hatte dir von ihr erzählt.«

Karin nickte. »Das Mädchen, das *schnoppwuppgutz* schreibt, weil sie allen zeigen will, wie schnell sie tippen kann.«

Astrid lachte. »Ein nettes Wort. Aber ja, genau die meine ich.«

»Was für ein Wort hast du damals geschrieben?«

»Das weiß ich doch heute nicht mehr, Karin.« Astrid hatte zu tippen begonnen und nicht aufgeblickt. »Etwas ganz Ähnliches wie dein *schnippdippdu*, nehme ich an.«

Karin kicherte und warf dabei ihren Stift quer über den Tisch.

Astrid wollte sie tadeln, brachte es aber nicht über sich. Dazu war sie viel zu gutgelaunt und beflügelt. Trotzdem bedachte sie ihre

Tochter mit einem ernsten Blick. »Mach deine Hausaufgaben, Karin. Ich schreibe in der Zeit dem Verlag. Hinterher bringen wir den Brief zusammen weg und gehen danach spielen. Einverstanden?«

»Ja!«, rief Karin so laut, dass anzunehmen war, die gesamte Nachbarschaft könnte es hören.

Am Abend, als Astrid schlafen ging, dachte sie kurz darüber nach, wie sie mit einer erneuten Absage, womöglich einem vernichtenden Urteil, zurechtkäme. Doch sie schickte den Gedanken fort, zum Fenster hinaus, weil er sie nur lähmen und ängstigen würde.

Stures Platz war wie meistens in den vergangenen Monaten leer. Sie hatte sich daran gewöhnt, allein zu Bett zu gehen und nicht mehr auf sein Kopfkissen zu starren, das aufgeklopft und unbenutzt dalag. Wahrscheinlich würde er spät am Abend oder mitten in der Nacht heimkommen. Und er würde nach Parfüm riechen.

Am frühen Morgen wurde sie von Stimmen wach und setzte sich schlaftrunken auf. Was war das?

Sie rieb sich die Augen und vertrieb die Schläfrigkeit.

Auf dem Flur stritten Sture und Lasse.

Astrid schwang die Beine aus dem Bett und öffnete die Tür. »Was ist denn hier los?«

Ihr Mann und ihr Sohn standen sich gegenüber, beide mit bitterbösem Blick.

»Du wirst dich sofort bei mir entschuldigen«, verlangte Sture, ohne sie zu beachten.

»Nein.« Lasse verschränkte die Arme vor der Brust und sah seinen Stiefvater herausfordernd an.

»Sofort.«

»Nein.«

Astrid bewunderte seinen Mut, seine Unbeirrbarkeit, auch wenn sie befürchtete, dass er im Unrecht war. »Vielleicht erklärt mir mal jemand, was …«

»Es ist besser, du hältst dich raus, Astrid.« Sture hatte sie nicht mal angesehen.

»Du hast mir nichts zu sagen, Sture«, sagte Lasse mit leiser, aber fester Stimme. »Du bist weder mein Vater noch oft genug hier, um wenigstens so zu tun als wärst du's.«

Astrid schnappte nach Luft. Das war harter Tobak, und Sture würde sich das sicher nicht bieten lassen.

»In dein Zimmer!«

Lasse blieb stehen, den Blick auf Sture gerichtet, die Lippen zusammengepresst. »Ich bin bald erwachsen …«, begann er, doch Sture unterbrach ihn.

»Bald, ganz genau. Bis dahin wirst du tun, was ich dir sage, verstanden? Und ich lasse mich nicht so von dir behandeln.«

»Was hat er denn getan?«, rief Astrid verzweifelt und hätte Sture am liebsten am Revers gepackt und geschüttelt.

Erst jetzt fiel ihr auf, dass er komplett angezogen war. Entweder er war bereits früh aufgestanden, oder aber er war eben erst heimgekommen.

Lasse brummte noch etwas, dann drückte er sich an Sture vorbei in sein Zimmer und knallte die Tür zu.

»Seine ständigen Widerworte sind nicht auszuhalten.« Sture ging in die Küche.

Sie folgte ihm und blieb in der Tür stehen.

Bist du jetzt erst nach Hause gekommen? Die Worte waren so laut in ihrem Kopf, dass sie sicher war, sie ausgesprochen zu haben.

Sture setzte Kaffeewasser auf und ging zum Fenster. Er rieb sich übers Gesicht, seine Hand zitterte. »Ich werde gehen, Astrid.«

»Wohin?«, fragte sie arglos und wusste es eine Sekunde darauf.

Er drehte sich zu ihr um, das Gesicht müde und grau. Und auf seltsame Weise traurig, betrübt, enttäuscht. »Ich werde gehen«, wiederholte er, als wollte er sich selbst beweisen, dass er dazu fähig war.

»Nein«, flüsterte sie, die Arme vor der Brust. Ihr war kalt, eiskalt. Es war, als türmten sich schwere Wolken über ihr zusammen, aus denen ein Regenguss nach dem anderen folgte. Bis sie so nass war und halb erfroren, dass sie zusammensacken würde und nie wieder aufstehen könnte. Ihre Lippen fühlten sich taub an, als wären sie bereits eisig. Ihr Herz zog sich so heftig zusammen, dass sie glaubte, ein Herzanfall könnte nicht schmerzhafter, nicht schrecklicher sein. »Sture …«

Ein Wort, sein Name. Hatte sie ihn geflüstert? Oder herausgeschrien?

Sture stellte die Kaffeekanne auf den Tisch. »Es tut mir leid.«

»Was tut dir leid?« Sie glaubte, lachen zu müssen. Nein, es war eher eine absurde Mischung aus dem Verlangen laut aufzulachen und hemmungslos zu schluchzen.

»Alles.«

Sie nickte, wusste aber nicht, weshalb. Sie stand nur da und nickte.

»Ich …« Er hob den Kopf und sah sie an. »Es tut mir leid, Astrid. Ich kann nicht anders.«

»Nein, natürlich nicht.« Langsam drehte sie sich um und ging ins Schlafzimmer zurück. Legte sich wieder ins Bett und starrte an die Decke.

Kurz darauf hörte sie, wie die Wohnungstür ins Schloss fiel.

Kapitel 25

Als ein Brief von Rabén & Sjögren im Briefkasten lag, dem Verlagshaus, das den Wettbewerb ausgeschrieben hatte, flogen Astrids Hände so, dass sie den Umschlag kaum öffnen konnte.

Sie las das Schreiben einmal, zweimal, hob ungläubig die Augenbrauen. Dann las sie erneut und stieß ein triumphierendes Lachen aus. Ihre Geschichte hatte den zweiten Platz gewonnen.

Hier und da hätten wir noch ein paar Änderungswünsche und Vorschläge. Darf ich Sie in den nächsten Tagen anrufen?

Astrid musste sich setzen, den Brief an ihre Brust gedrückt. Der zweite Platz!

Sie las den Brief ein weiteres Mal, lachte wieder und stand schließlich auf, um es ihren Kindern zu erzählen.

Auf dem Flur konnte sie es nicht mehr aushalten. »Ich habe den zweiten Platz gewonnen!«

Zwei Türen flogen fast gleichzeitig auf, und ihre Kinder kamen angerannt. Karin schlang die Arme um ihren Hals, und Lasse blieb vor ihr stehen, die Augen geweitet. »Der zweite Platz? Wirklich?«

Astrid reichte ihm wortlos den Brief.

»Sture sollte hier sein und sich mit dir freuen«, murmelte er, nachdem er gelesen hatte. »Tut mir leid«, sagte er zerknirscht. »Ich wollte das eigentlich nicht sagen.«

»Schon gut.«

Sie sahen sich an, verstanden einander, wussten beide, wie der andere sich fühlte. Es war lange her, dass Astrid sich ihm so nah gefühlt hatte. Ausgerechnet in diesem Drama, ihrer ganz persönlichen Tragödie, wuchsen sie wieder zusammen.

Sture war vor ein paar Tagen ausgezogen, wollte bei einem Freund unterkommen, bis er eine eigene Wohnung gefunden hatte. »Ich habe mich verliebt«, hatte er gesagt, als er aus der Tür gegangen war, den Koffer in der Hand. Und wieder: »Es tut mir leid, Astrid. Du kannst nichts dafür.«

Ach, sie konnte also nichts dafür? Warum nur fühlte es sich dann an, als trüge sie die Schuld an ihrem Eheversagen?

Sie schluckte. Schluckte erneut. Dieser verdammte Kloß in ihrem Hals! Seit Sture gegangen und die Tür hinter ihm zugefallen war, saß dieser Kloß in ihrem Hals, dick wie ein Taubenei, rau und kratzig, als habe man es zuvor in feuchtem Sand gerollt.

»Mama?« Karin schaute sie treuherzig an. »Warum bist du denn traurig? Du musst dich doch freuen, herumhüpfen, lachen und in die Hände klatschen.«

Lasses Blick war anklagend, aber sie wusste, dass der Vorwurf Sture und nicht ihr galt. Er gab ihr den Brief zurück. »*Wir* freuen uns mit dir, Mama«, sagte er leise, und sie war so gerührt, dass sie weinen musste.

»Das sind Freudentränen«, beeilte sie sich zu sagen.

»Na klar.« Lasse grinste schief.

»Ich muss auch immer weinen, wenn ich mich ganz doll freue«, meinte Karin und schmiegte sich an sie. »Bist du jetzt eine richtige Schriftstellerin?«

Astrid musste wieder schlucken. ›Die Selma Lagerlöf aus Vimmerby‹ hörte sie ihren Bruder sagen. Dann lächelte sie. »Ja, das könnte wohl sein, Schatz.«

Am Tag darauf rief Elsa Olenius an, die ein Mitglied der Wettbewerbsjury war und außerdem als Bibliothekarin in einer Kinderbibliothek arbeitete. »Freut mich, mit Ihnen zu sprechen, Frau Lindgren. Ihre Geschichte gefällt uns sehr, ich hätte nur ein paar Vorschläge. Würden Sie sie sich anhören?«

»Natürlich«, erwiderte Astrid. »Ich möchte ja etwas lernen, besser werden.«

»Ich finde, die Geschichte braucht eine richtige, klassische Einleitung«, begann Frau Olenius. »Sie fängt mit dem ersten Brief des Mädchens an, eine für mich nicht ganz glückliche Lösung.«

»Ich verstehe«, sagte Astrid, und das tat sie wirklich. Sie hatte selbst schon kurz darüber nachgedacht. Das erwähnte sie jedoch nicht, um nicht vorlaut zu erscheinen.

Elsa Olenius machte noch ein paar Vorschläge, die ihr sinnvoll und klug erschienen, und meinte dann: »Ich finde, wir sollten uns treffen. Ich glaube, es spricht sich noch besser, wenn wir uns gegenübersitzen.«

»Das finde ich auch«, stimmte Astrid zu. »Ich könnte in die Bibliothek kommen.«

»Wunderbar. Sagen wir morgen Nachmittag? Nein, besser übermorgen, dann habe ich mehr Zeit. Einverstanden?«

»Sehr einverstanden.« Astrid legte beglückt auf und setzte sich sofort an ihre Schreibmaschine.

Zwei Tage später verließ Astrid um Punkt halb drei am Nachmittag das Haus – in ihrem neuen braunen Kostüm und einer kecken

Baskenmütze auf dem frisch frisierten Haar. Sie kam sich hübsch vor, attraktiv, was nicht oft der Fall war. Meistens empfand sie sich als graue Maus, die unbeachtet durch Stockholm lief. An diesem Tag jedoch fand sie sich beinahe schön, auch wenn sie wusste, dass der Begriff ganz und gar nicht zutraf. Sie hatte vor wenigen Minuten in den Spiegel geschaut, und schön war sie nun wirklich nicht. Aber sie fühlte sich so, ihr war auch, dass jedermann Notiz von ihr nahm, sie anlächelte und sogar grüßte.

Ihre Absätze klackerten auf dem Gehweg, und der Rock ihres Kostüms raschelte; Geräusche, die sie noch froher machten.

Ich muss verrückt geworden sein, dachte sie verwundert. *Meine Ehe bricht auseinander, meine Welt ist eingestürzt, und trotzdem bin ich frohen Mutes.*

Sie konnte es sich beim besten Willen nicht erklären, aber sie fand, das sei auch nicht wichtig.

Um genau drei Minuten vor drei Uhr schob sie die Tür zur Bibliothek auf und blickte sich um. Sie war bereits zwei- dreimal mit Karin hier gewesen und fand sich rasch zurecht.

Eine zierliche Frau, vermutlich etwas jünger als sie, kam hinter einem der hohen Regale hervor und auf sie zu. »Frau Lindgren? Wie schön, dass Sie es einrichten konnten.«

Sie schüttelten sich die Hände, betrachteten sich genauer, und Astrid beschloss, Elsa Olenius zu mögen.

»Wollen wir uns dort drüben hinsetzen?« Die Frau zeigte nach links zu einer gemütlich aussehenden Sitzgruppe, in der Astrid schon einmal gewartet hatte.

Sie nahmen Platz, Astrid zog das gefaltete Manuskript aus ihrer Handtasche und legte es auf den Tisch. »Ich habe bereits geändert, und Sie hatten absolut recht: Es liest sich viel besser, und es ist gut, wenn man Britt-Mari und ihre Familie gleich kennenlernt.«

Frau Olenius hob die Augenbrauen, stutzte und griff nach dem Manuskript. »Sie haben es schon geändert?« Sie blätterte darin, las und nickte. »Tatsächlich. Nicht zu glauben«, murmelte sie.

»Was ist denn?«, fragte Astrid ein wenig verunsichert. »Habe ich etwas falsch gemacht? Oh, wenn Sie finden, Britt-Mari sollte …« Sie wedelte mit der Hand.

»Nein, nein, Frau Lindgren, alles ist wunderbar, wirklich. Ich bin nur … Ich finde … Nun, ich bin mehr als überrascht. Von den Socken, würde mein Chef wohl sagen.« Elsa Olenius lächelte flüchtig und las wieder im Manuskript. »Das haben Sie wirklich gut gemacht, ich bin …« Sie hob den Kopf und lachte. »Von den Socken, ja, das trifft es.«

Astrid musste ebenfalls lachen. »Ich dachte, ich fange schon mal mit den Änderungen an. Es ging mir ganz leicht von der Hand, deshalb bin ich schon fertig.«

Die beiden Frauen musterten sich erneut und lächelten dann.

Was Elsa Olenius wohl über sie dachte, überlegte Astrid. War sie übers Ziel hinausgeschossen? Hätte sie doch besser warten, erst ausführlich mit ihr sprechen sollen? Es war über sie gekommen, sie hatte nicht anders gekonnt, als weiter und weiterzuschreiben.

»Ich finde Ihre Änderungen wirklich ungeheuer gut, Frau Lindgren. Ich habe nichts daran auszusetzen, nicht das kleinste bisschen.« Elsa Olenius legte das Manuskript zurück auf den Tisch und schlug die Beine übereinander. »Haben Sie Lust auf eine Tasse Kaffee?«

»Darf ich Ihnen eine kleine Geschichte erzählen?«, fragte Elsa später, nachdem sie Kaffee getrunken und Kekse gegessen hatten.

»Natürlich, ich liebe Geschichten.«

Elsa lachte. »Natürlich tun Sie das. Als ich Ihre Geschichte las, war ich davon überzeugt, dass sie von Bang stammt. Wissen Sie, wer Bang ist?«

Astrid nickte. »Ich nehme an, Sie meinen Frau Alving, die bekannte Journalistin.«

»Genau die. Ich fand, sie hätte zu ihr gepasst. Sie war reifer, besser als die anderen. Ich hätte ihr den ersten Platz gegeben, doch der stand bereits fest.« Elsa beugte sich vor und zwinkerte Astrid zu. »Aber ich wollte unbedingt, dass Ihre Britt-Mari den zweiten Platz bekommt. Darf ich ehrlich sein, Frau Lindgren?«

»Ich bitte darum.«

»Ich … wir alle waren anfangs fast ein bisschen enttäuscht, dass die Geschichte nicht von Bang war.«

»Enttäuscht?«

Elsa Olenius nickte. »Und ich ganz besonders.«

»Und warum, wenn ich fragen darf?«

»Weil ich mich nur ungern so irre.«

Astrid lachte. »Ah, ich verstehe. Das kenne ich.«

»Dachte ich mir«, erwiderte Frau Olenius zu ihrer Verblüffung.

Und dann wagte sie es, was hatte sie auch zu verlieren? Sie war sich in diesem Augenblick sicher, nur gewinnen zu können. »Ich habe noch eine Geschichte in der Schublade, Frau Olenius. Eine Geschichte über ein freches, rebellisches und sehr selbstbewusstes Mädchen. Es heißt Pippi Langstrumpf und ist neun Jahre alt.«

Astrid erzählte ausgiebig und ausschweifend, und Elsa Olenius hörte gebannt zu. Als sie endete, blieb es eine Zeitlang still. Die Wanduhr rechts von ihnen tickte so laut, dass Astrid immer wieder den Kopf wandte und das Zifferblatt anstarrte.

»Pippi Langstrumpf.« Elsa nickte, schien zu überlegen und lachte schließlich. »Ein interessanter Name für ein offenbar höchst interessantes Mädchen. Was halten Sie davon, wenn Sie mir das Manuskript vorbeibringen?«

»Gleich morgen?« Astrids Herz pochte schwindelerregend.

»Warum nicht?«

Wieder ein intensiver Blick, den sie austauschten, und dem ein breites Lächeln folgte. Sie verstanden sich.

Etwa eine halbe Stunde später hatten sie nicht nur weiter über Pippi geplaudert, Astrid hatte auch etwas getan, was sie normalerweise niemals machte: Sie hatte über ihren Ehekummer gesprochen, hatte sich alles von der Seele geredet und am Ende erschrocken gedacht, dass sie wohl wirklich den Verstand verloren haben musste. Was hatte sie denn da geritten?

»Ich habe direkt gesehen, dass Sie wegen irgendetwas traurig sind, Astrid. Ich darf Sie doch so nennen?« Elsa Olenius war noch weiter vorgerutscht und hatte ihre Hand genommen. »Es tut mir sehr leid, ich kann mir vorstellen, wie Sie sich fühlen müssen. Das Schreiben tut Ihnen gut, nicht wahr? Es lenkt Sie nicht nur ab, es gibt Ihnen Kraft, Mut und Auftrieb, etwas, das andere Dinge niemals schaffen würden.«

»Woher wissen Sie das alles?«, fragte Astrid ungläubig.

»Lebenserfahrung, schätze ich.« Elsa zuckte mit den Schultern. »Sie sind nicht die erste Schriftstellerin, mit der ich spreche. Jeder

Schriftsteller hat etwas, das ihn antreibt, einen Grund, der ihn schreiben lässt. Es können auch verschiedene Gründe sein.« Sie musterte Astrid eingehend. »Bei Ihnen ist das auch der Fall, nicht wahr?«

Astrid nickte verdattert. »Sie sind mir unheimlich, Elsa.«

Die Frau verschränkte die Hände um ihr Knie. »Und Sie sind mir sehr sympathisch, Astrid. Ich glaube, wir werden wunderbar zusammenarbeiten.«

»Dann … dann möchten Sie *Pippi* wirklich lesen?«

»Unbedingt.«

Astrid musste schlucken. Das Taubenei in ihrem Hals schien sich mit einem Mal verkleinert zu haben. Sie hatte sich schon beinahe an das unangenehme Gefühl gewöhnt. »Ich möchte das Manuskript in Ruhe überarbeiten, dann bekommen Sie es.«

»Ich schätze, das wird übermorgen sein?«, scherzte Elsa, wurde dann aber ernst. »Nehmen Sie sich so viel Zeit, wie Sie brauchen, Astrid. Ich werde geduldig darauf warten und mich auf das aufmüpfige Mädchen freuen.«

»Oh, sie ist noch so viel mehr«, erwiderte Astrid trocken.

»Davon bin ich überzeugt«, entgegnete Elsa nicht weniger trocken. »Was Sie schon jetzt von ihr erzählt haben, dürfte für mehrere Bücher reichen.«

Für mehrere Bücher? »Ein Verlag hat das Manuskript bereits abgelehnt«, fühlte sie sich bemüßigt aufzuklären.

Über Elsas Gesicht huschte ein Lächeln. »Was mich nur noch neugieriger macht.«

Kapitel 26

Wenige Tage darauf traf Astrid ihren Verleger Hans Rabén, ein freundlicher Mann in dunkelgrauem Anzug, der galant aufstand und wartete, bis sie ihm gegenüber Platz genommen hatte.

»Frau Lindgren.« Er lächelte sie an. »Darf ich gleich zu Anfang ehrlich zu Ihnen sein?«

»Wenn Sie mir gestatten, dass auch ich ehrlich sein darf?«

»Ich schätze Ehrlichkeit. Nun … Ich gebe zu, dass ich anfangs enttäuscht war, als ich Ihren Namen auf dem Manuskript las.«

Elsa Olenius hatte ja etwas ganz Ähnliches gesagt, deshalb nickte Astrid nur und ließ ihn weiterreden.

»Ich … wir waren davon überzeugt, die Geschichte eines professionellen Autors in den Händen zu halten. Stattdessen …« Er nahm seine Brille ab und putzte sie gedankenverloren an einem Taschentuch. »Stattdessen lesen wir: Astrid Lindgren, Dalagatan 46. Eine Hausfrau und Mutter.« Er setzte die Brille wieder auf und lehnte sich zurück. »Sie nehmen es mir doch hoffentlich nicht übel.«

»Wenn Sie mir nicht übelnehmen, dass ich nur eine gewöhnliche Hausfrau und Mutter bin.«

»Sie sind noch mehr, Frau Lindgren. Sie sind eine Schriftstellerin.«

»Daran muss ich mich wohl erst noch gewöhnen.«

Er lachte. »Tatsächlich?«

»Tatsächlich.«

Er raschelte mit dem Papierstapel, der vor ihm auf dem Schreibtisch lag. »Sie haben es hervorragend überarbeitet.«

»Vielen Dank.«

»Wir wollen das Buch noch in diesem Jahr veröffentlichen. Was halten Sie von dem Titel ›Britt-Mari erleichtert ihr Herz‹?«

»Sehr schön.« Sie hätte sich auch an einem Titel wie »*Britt-Mari kann Schreibmaschine schreiben*« nicht gestört. Dazu war sie viel zu aufgedreht und glücklich. Sie saß hier mit einem Verleger, *ihrem* Verleger, und sprach mit ihm über ihre Geschichte.

»Frau Olenius erzählte, Sie hätten ein weiteres Manuskript.«

Astrid nickte verblüfft. Sie hatte nicht damit gerechnet, dass Elsa schon mit ihm darüber sprechen würde. »Ein Verlag hat es bereits abgelehnt.«

»Ich weiß, auch das hat Elsa mir erzählt. Ich bin neugierig, Frau Lindgren, und würde gern mehr über Ihre Pippi Langstrumpf wissen.«

»Ich möchte das Manuskript erst gründlich überarbeiten. Ich glaube, es ist … zu verdreht.«

»Verdreht?« Er lachte. »Aber ganz, wie Sie meinen.« Er streckte die Hand aus. »Auf unsere Zusammenarbeit, Frau Lindgren.«

Als Astrid seine Hand schüttelte, war ihr, als befände sie selbst sich mitten in einer verrückten Geschichte. Einer Geschichte über ihr Leben, das sich von heute auf morgen grundlegend verändern würde.

Astrid nahm sich das Pippi-Langstrumpf-Manuskript vor und überarbeitete es Satz für Satz, Kapitel für Kapitel.

Szenen, in denen die Erwachsenen lächerlich gemacht wurden oder sich so vorkommen könnten, milderte sie ab, andere

Szenen, in denen Pippi so sehr über das Ziel hinausschoss, dass es eventuell für die kleinen Leser gefährlich werden könnte, arbeitete sie um. Sie strich konsequent, ergänzte, erneuerte, strich wieder.

Pippi war noch immer frech, aufmüpfig und voller Widerworte und lebte nach ihren eigenen und für andere vollkommen unverständlichen Regeln. Sie hob ihr Pferd nach Lust und Laune hoch, um Ganoven, die an ihren Geldkoffer wollten, zu zeigen, wie stark sie war, und sie machte lauter verrückte Sachen, die außer ihr nur andere Kinder lustig fanden. Es war auch nicht wichtig, dass Erwachsene darüber lachen konnten, ganz im Gegenteil.

Pippi war aber vor allem eins: immer fair und gerecht.

Beim Schreiben war Astrid ein Satz durch den Kopf gegangen, den sie nicht mehr loswurde: Wer stark ist, muss auch gut sein. Stärke und Kraft konnten äußerst gefährlich sein, wenn man nicht im Gegenzug auch Großherzigkeit, Wohlwollen und einen Sinn für Gerechtigkeit besaß.

Elsa Olenius hatte ihr anvertraut, dass der Verlag schon bald einen zweiten Wettbewerb ausschreiben würde. »Diesmal geht es um Geschichten für Sechs- bis Zehnjährige. Was hältst du davon, wenn du *Pippi Langstrumpf* einreichst?« Sie duzten sich längst, hatten sich angefreundet und sprachen offen miteinander.

Astrid hatte genickt. »Das werde ich. Aber weißt du, in mir schlummert schon eine ganze neue Geschichte. Nein, genau genommen tobt sie, will unbedingt raus.«

Elsa hatte sich wieder vorgebeugt, wie sie es gern tat, wenn sie gespannt war. »Erzähl!«

»Es wird eine Geschichte über Kinder werden, die so aufwachsen dürfen wie ich und meine Geschwister. Es wird ein zweites

Vimmerby, ein zweites Näs geben. Ich weiß auch schon, wie der Ort heißen wird: Bullerbü.«

Seitdem schrieb Astrid Morgen für Morgen an einer neuen Geschichte der Kinder aus Bullerbü. Lisa, Britta und Inga waren sie, Stina und Ingegerd, und Lasse war ihr Bruder Gunnar. Genau wie er war Lasse der Sachensucher, fand ständig Dinge, die andere übersahen. Wenn sie auf dem Heuboden spielten, entdeckte er die kleinen Kätzchen, während Inga und Britta darüber zankten, wer den Puppenwagen schieben durfte. Er grub eine alte Kiste aus, in der er einen Schatz vermutete, während Lisa über einen Stein gleich daneben stolperte, der aus der Erde ragte, und sich das Knie aufschlug.

Astrid legte Lisa die Worte in den Mund, die Stina irgendwann abends gesagt hatte, als sie nebeneinander im Bett lagen und dem Gewitter lauschten, das draußen tobte. »Irgendwann bin ich zu groß, um mit Puppen zu spielen. Hoffentlich dauert es noch sehr, sehr, sehr lange!«

Und sie ließ Inga das aussprechen, was sie selbst vor so vielen Jahren mit trauriger Stimme verkündet hatte: »Alle Menschen, die nicht auf Näs leben, können einem leidtun.« Nur dass Inga natürlich Bullerbü sagte.

In Bullerbü geschah all das, was damals auch auf Näs geschehen war. Natürlich hatten die Kinder auch einen wunderbaren, sanftmütigen Großvater, den sie über alles liebten. Vorbild für ihn war Astrids Vater. Er bekam all seine guten Eigenschaften und war selbstverständlich der beste Geschichtenerzähler, den man sich vorstellen konnte.

Beim Schreiben war Astrid wieder Kind, taumelnd vor ungläubigem Glück, wenn es etwas Aufregendes entdeckt hatte, vor

Vergnügen jauchzend, wenn es einen Abhang hinunterkugelte, und kreischend vor erwartungsvoller Anspannung, wenn es vom Heuboden sprang. Sie ließ es vor Furcht bibbern, wenn es bei Gewitter in seinem Bett lag, die Decke bis zur Nasenspitze und bei jedem Donnergrollen leise mitzählte.

Die Erwachsenen spielten in Bullerbü und ihren anderen Geschichten keine allzu wichtige Rolle, außer die, dass sie ganz einfach da waren und den Kindern Geborgenheit, Fürsorge und Liebe gaben – und so viel Freiheit, wie Astrid und ihre Geschwister sie hatten genießen dürfen.

Im Winter wurde »*Britt-Mari erleichtert ihr Herz*« veröffentlicht, und als Astrid das Buch zum ersten Mal in Händen hielt, weinte sie. Und lachte. Und jubelte. Und lief mit dem Buch vor der Brust durch die Wohnung, blieb immer wieder stehen, um es anzusehen. Blätterte darin, als läse sie die Geschichte zum ersten Mal und konnte nicht glauben, dass ihr Name wirklich und wahrhaftig darauf stand. *Astrid Lindgren.*

Mit dem Finger zog sie die Buchstaben nach, schlug es wieder auf und schnupperte daran. Es roch wunderbar nach frisch bedrucktem Papier. Sie drückte ihre Nase in die Seiten und schüttelte den Kopf, als Karin das Buch auch in die Hand nehmen wollte. »Noch nicht, mein Schatz. Ich will es erst noch ein bisschen auskosten.«

Die ersten Buchbesprechungen kamen und mit ihnen die Unsicherheit und Angst. Würde man das Buch, ihr Buch, mögen? Die Kritiken fielen gut aus, sehr gut sogar. Man schätzte den Humor, lobte die feine Ironie und die Herzenswärme.

Astrid war erleichtert und selig. Und sie fühlte sich mit jedem Tag mehr wie eine richtige Schriftstellerin.

Ich bin tatsächlich ein klitzeklein wenig berühmt, schrieb sie an diesem Abend in ihr Tagebuch. *Aber im Grunde interessiert es mich gar nicht. Berühmtheit kann so schnell wieder vorbei sein.*

Kapitel 27

Stockholm im Frühjahr 1945

Astrid saß an diesem Nachmittag wie üblich an ihrer Schreibmaschine und tippte die Seiten ab, die sie am Morgen im Bett stenografiert hatte, als plötzlich die Tür aufflog und Lasse hereingestürmt kam. »Der Krieg ist vorbei!«

Astrid sprang auf, und sie fielen sich in die Arme.

»Es kam gerade im Radio«, sagte Lasse atemlos und lachte. »Ich hab's erst gar nicht glauben wollen.«

Astrid lachte mit, und wieder fielen sie sich in die Arme und tanzten durchs Zimmer.

Karin kam herein, und sie tanzten zu dritt weiter. »Der Krieg ist aus, der Krieg ist aus!«

Sie blieben stehen, schauten einander an und lachten wieder.

Astrid holte ihre Geldbörse und schenkte ihren Kindern je eine Krone. »Macht damit, was ihr wollt. Spart oder gebt es gleich aus.« Ihr war danach, die gesamte Menschheit zu beschenken, egal, womit.

Jubelnd liefen die Kinder aus dem Zimmer.

Astrid setzte sich wieder an den Tisch und griff nach ihrem Tagebuch.

Anschließend lehnte sie sich mit geschlossenen Augen zurück und weinte. Die Tränen quollen unter ihren Lidern hervor und liefen ihr in den Blusenkragen. Es kümmerte sie nicht.

Wenige Tage später kam Sture, den Koffer in der Hand, wie an dem Tag, an dem er fortgegangen war. Er blieb im Flur stehen und blickte sich um. Dann drang ein tiefes Seufzen aus seiner Kehle, er hängte seinen Mantel an die Garderobe und ging in die Küche. Dort stellte er sich ans Fenster und schaute hinaus.

Sobald Astrid den Schlüssel in der Tür gehört hatte, hatte sie gewusst, dass es Sture war. Es hatte einen ganz eigenen Klang, wenn er die Tür aufschloss und hereinkam.

Sie war aufgesprungen und hatte aus der nur angelehnten Tür gelugt. Als ihr Mann in die Küche ging, folgte sie ihm mit leisem Schritt. Sie wusste nicht, wie sie sich verhalten sollte. Sollte sie zu ihm laufen, ihn umarmen? Sollte sie abwarten, was er tun würde?

Irgendwann schien er zu spüren, dass sie in der Tür stand, und drehte sich zu ihr um. »Astrid.« Ein flüchtiges, schiefes Lächeln. Zögerlich, vorsichtig, bange.

»Sture.« Ihr Gesicht blieb eine Maske, inzwischen beherrschte sie es grandios, das wusste sie. Sie ließ sich nur dann in die Karten blicken, wenn sie es wollte.

Er kam zwei Schritte näher, blieb stehen.

Sie rührte sich nicht.

Sture trat noch einen Schritt näher. »Darf ich wiederkommen?« Seine Stimme war leise, rau, bittend.

Astrid nickte, sagte jedoch nichts.

»Ich will nicht ohne dich, ohne euch sein.«

Das genügte, um einen Schritt zu machen und sich an seine Brust zu werfen. Er hielt sie, strich ihr über den Rücken und flüsterte ihr etwas ins Ohr, das sie nicht verstand. Das Blut rauschte so laut in ihren Ohren, und sie hörte ihren eigenen Herzschlag dumpf pochen.

Irgendwann hob sie ihm das Gesicht entgegen, wollte Antworten auf die Fragen, die sie doch nicht stellen würde. »Du bist wirklich wieder da?«, brachte sie nur hervor, und er nickte.

»Gut.« Mehr sagte sie nicht, und auch Sture schwieg.

Sie blieben still eng umschlungen stehen und ließen einfach die Zeit vergehen. Astrid war selig. Sture war wieder bei ihr. Sie waren wieder eine Familie.

Am Abend kochte sie sein Lieblingsessen, und sie saßen danach noch lange zusammen und redeten. Über das Ende des Krieges, die Kinder und auch über ihr Schreiben.

»Du hast also tatsächlich den zweiten Preis eines Wettbewerbs gewonnen.« Er lächelte und streckte die Hand nach ihrer aus.

»Nicht nur das, er ist mit 1200 Kronen dotiert.«

Sture hob die Augenbrauen. »Donnerwetter! Und wie fühlt es sich an, nun eine richtige Buchschreiberin zu sein?«

»Ich hätte nie gedacht, dass es sich so gut anfühlt.«

Über ihre Ehe, seinen Fortgang, seine zeitweilige Verliebtheit sprachen sie nicht. Weder er schnitt das Thema an, noch hatte Astrid das Bedürfnis, darüber reden zu wollen.

Sie hielt es wie immer mit ihren Sorgen und ihrem Kummer: Sie schwieg sich darüber aus, machte es mit sich allein ab. Über Positives, Heiteres wusste sie hervorragend zu plaudern und sich mitzuteilen, Schmerzvolles, das ihr Herz zusammendrückte, behielt sie für sich. So war es immer gewesen, und so würde es wohl auch bleiben.

Als sie spät am Abend schlafen gingen, kroch sie so dicht an ihren Mann heran, wie es nur möglich war. Sie legte den Kopf auf seine Brust so wie früher und lauschte seinem Herzschlag.

Es war, als begreife sie erst jetzt, dass er wirklich und wahrhaftig wieder da war, hier bei ihr, dass er neben ihr lag und atmete.

Kapitel 28

Furusund im Sommer

Astrid war mit den Kindern ins Ferienhaus gefahren, um ein paar Wochen auszuspannen. Sture musste noch arbeiten und wollte kurz darauf nachkommen. Diesmal hatte sie keinen Zweifel, dass er auch tatsächlich kommen würde.

Während Karin und Lasse unten am Wasser herumsprangen, saß Astrid auf dem Balkon, den Stenogrammblock auf den Knien, und schrieb an einer weiteren Bullerbü-Geschichte.

Das Pippi-Manuskript hatte sie für den nächsten Wettbewerb eingereicht, wie Elsa ihr geraten hatte. »Ich werde deine größte Fürsprecherin sein«, hatte sie gemeint. Sie hatte das Manuskript bereits gelesen und war hellauf begeistert. »Was für ein herrlich schräges und zugleich so liebenswertes Mädchen! Alle Mädchen sollten Pippi Langstrumpf kennen.«

Astrid hörte ihre Kinder lachen und musste mitlachen. Gab es etwas Schöneres, Bewegenderes als fröhliches Kinderlachen?

Ein Lachen, das aus einer Kinderkehle kam, war immer aufrichtig und niemals aufgesetzt. Nur Erwachsene verstanden es, aus Höflichkeit zu lachen. Oder weil sie ihr Gegenüber manipulieren wollten. Ein Kind jedoch lachte aus vollem Hals, weil es etwas urkomisch fand, und nicht um jemandem einen Gefallen zu tun.

Gut, dass Lasse meine Gedanken nicht lesen kann, dachte sie. Er war natürlich längst kein Kind mehr, aber er war und blieb doch *ihr* Kind.

Stures Rückkehr hatte er nicht so positiv aufgenommen wie sie und Karin. »Dann ist er also wieder da«, hatte er lediglich gemeint und die Schultern gezuckt.

»Du könntest dich ein bisschen freuen«, hatte sie erwidert.

»Dir zuliebe?«

Sie hatte schlucken müssen. »Nein, mir zuliebe musst du dich nicht freuen, das wäre nicht echt.«

Er sollte sie kennen, sie wollte nur das Echte, Unverstellte.

»Mama!«, rief Karin. »Warum kommst du nicht und spielst mit uns?«

»Ich muss erst noch etwas fertigschreiben!«, rief sie zurück. »Danach gehen wir schwimmen.«

»Au ja!«

Astrid schrieb weiter, die Zungenspitze zwischen den Zähnen. Sie hatte beschlossen, auch die Bullerbü-Geschichten einzureichen.

Sture kam drei Tage später. Er sah gut aus in seinem hellen Leinenanzug, den Sommerhut auf dem blonden Haar, das an einigen Stellen bereits grau wurde.

Er stand plötzlich in der Tür, als Astrid gerade dabei war, die letzte Geschichte abzutippen. »Da bin ich.«

Sie blickte auf und strahlte. »Wie schön, Sture.«

»Wollen wir schwimmen gehen? Mir ist nach einem erfrischenden Bad.« Er war bereits aus der Anzugjacke geschlüpft und warf sie aufs Bett.

Astrid blieb sitzen und sah ihm dabei zu, wie er auch die Hose auszog und seine gestreifte Badehose zum Vorschein kam. »Du bist auf alles vorbereitet«, sagte sie lachend.

»Wie immer.« Er zwinkerte ihr zu und wedelte mit der Hand. »Nun komm schon, zieh deinen Badeanzug an.«

Sie stand auf und zog Bluse und Shorts aus. Darunter trug sie ihren neuen dunkelroten Badeanzug.

Sture lachte. »Sieh an.«

»Was dachtest du denn?« Astrid zog ihn mit sich. »Wer als Erster im Wasser ist, hat ein großes Eis gewonnen.«

Sie lief los, im Laufen war sie nach wie vor unschlagbar. Selbst Lasse lief sie dann und wann noch davon.

Sture war ihr dicht auf den Fersen, und sie kicherte übermütig, weil sie jeden Moment damit rechnete, dass er sie packen würde.

»Und was bekommt der Verlierer?«

»Das kleinste Eis.« Sie rannte den Grashang hinab, sprang über einen Ast und war als Erste mit einem Bauchklatscher im Wasser.

»Ich hatte vergessen zu erwähnen, dass nur elegante Sprünge vom Steg gelten!«, rief Sture hinter ihr und griff nach ihrem Fuß.

Sie kreischte, und Karin, die auf dem Steg stand, wollte sich vor Lachen ausschütten.

Wie immer steckte Astrid alle mit ihrem kindlichen Übermut, ihrer Albernheit an, sogar Sture lachte so, wie sie es selten zuvor erlebt hatte.

In der Woche darauf lud Sture sie zu einer Bootsfahrt in ihrem kleinen Ruderboot ein. Astrid hatte einen Picknickkorb gepackt, Karin und sich gründlich mit Sonnencreme eingerieben und Stift und Stenogrammblock mitgenommen.

Sture und Lasse wechselten sich mit dem Rudern ab, so dass Karin entspannt in der Mitte saß, den Kopf im Nacken und sich die Sonne aufs Gesicht scheinen ließ. Astrid saß im Schneidersitz neben ihr, den Block im Schoß und beobachtete Sture, der mit geschlossenen Augen ruderte, als sei er eins mit sich und der Natur. Ein Anblick, der ihr nicht nur gefiel, er berührte sie. Sture sah so friedlich und glücklich aus.

Lasse, der hinter ihr saß und schnaufend ruderte, rief: »He, Steuermann, aufpassen!«

Sture grinste. »Keine Sorge.«

Astrid lächelte und spürte eine tiefe Ruhe und einen inneren Frieden, der ihr Herz erwärmte. Bisher hatte sie nur eine kleine Szene mit Inga und Lisa aus Bullerbü geschrieben, so recht wollte es heute nicht klappen.

Sie machte die Augen zu und ließ die Gedanken fließen.

»Lasst uns anhalten und ein paar Runden schwimmen«, schlug Lasse vor und ließ die Ruder einrasten.

Astrid öffnete die Augen. War sie kurz eingenickt?

»Gute Idee.« Sture tat es Lasse gleich und blinzelte in die Sonne.

Wieder lächelte sie, und als er es sah, lächelte auch er.

»Warum siehst du mich so an?«

»Nur so.«

Karin und Lasse sprangen ins Wasser und kraulten um die Wette.

»Woran schreibst du gerade?«, wollte Sture wissen, und sie freute sich über sein Interesse.

»An einer neuen Geschichte aus Bullerbü.« Sie betrachtete ihn nachdenklich. »Welche Geschichten haben dich als Junge am meisten gereizt?«

»Detektivgeschichten«, antwortete er wie aus der Pistole geschossen. »Aber es gab so wenige.«

Astrid runzelte die Stirn. »Hmm …«

»Du könntest eine schreiben«, schlug er vor. »Die würde ich dann lesen und dir sagen, ob sie gut ist.«

»Das würdest du tun?«

»Natürlich.«

Er kam vorsichtig zu ihr, das Boot schwankte gewaltig, und sie schrie erschrocken auf. Das spornte ihn an, es noch etwas mehr zum Schwanken zu bringen, und Astrid schrie noch lauter.

Gleichzeitig musste sie lachen. »Wenn wir umkippen, ist unser schönes Picknick dahin!«, rief sie warnend.

Er blieb vor ihr stehen, grinsend. »Na, dann …« Betont langsam setzte er sich zu ihr und gab ihr einen Kuss.

»Was ist nun mit der Detektivgeschichte?«

»Ich könnte es versuchen.«

»Das könntest du.«

Sie schauten einander an, und Astrid spürte so viel heißes, herrliches Glück in sich aufwallen, dass ihr schwindelig wurde.

»Es ist schön, dass du wieder da bist, Sture«, flüsterte sie.

»Das finde ich auch.«

Und dann kam die Geschichte durch die Luft geflogen, herbeigewirbelt, als hätte sie nur darauf gewartet, von ihr aufgefangen zu werden. Als bräuchte sie nur die Hand danach auszustrecken.

Ein dreizehnjährige Junge langweilt sich in seiner Kleinstadt und wird Detektiv. Irgendwo gibt es schließlich immer etwas zu tun, aufzuspüren und herauszufinden. Die Bösen schlafen nicht, selbst nicht in der kleinen Stadt, in der er zu Hause ist.

Der Junge hatte auch schon einen Namen: Kalle Blomquist.

»Hach!«

Sture schaute sie verdutzt an. »Was bedeutet dieses ›Hach‹?«

»Eine Geschichte, Sture. Sie kam plötzlich zu mir, und nun sitzt dieser Junge hier und erzählt sie mir.«

»Dann will ich euch beide nicht stören.« Er schmunzelte, stand auf und zog Hemd und Short aus. Mit einem kühnen Kopfsprung war er kurz darauf im Wasser.

Da hatte Astrid bereits den ersten Satz geschrieben.

Und während sie schrieb, den Block auf den Knien, hatte sie plötzlich Harry Söderman, ihren früheren Chef, vor Augen.

Kapitel 29

Stockholm

Mitte August kehrten sie erholt aus Furusund zurück.

Die folgenden Tage war Astrid mit der Wäsche beschäftigt, und Sture machte den Vorschlag, eine Frau einzustellen, die ihr zur Hand gehen könnte.

Sie war gerade dabei, die frisch gewaschene Wäsche zusammenzulegen und sah ihn überrascht an. »Ich weiß nicht, ich glaube, das käme mir komisch vor, Sture.«

»Wieso komisch?«, fragte er verständnislos. »Ich finde, du brauchst mehr Freiraum, um dich aufs Schreiben konzentrieren zu können.«

Astrid freute sich ja, dass er ihr Schreiben so ernst nahm, aber wollte sie jemand Fremdes um sich haben, die sich um ihren Haushalt kümmerte? »Ich weiß nicht«, sagte sie wieder.

»Schlaf eine Nacht darüber.« Er stellte sich vor den Spiegel und nestelte an seiner Krawatte, und Astrid ging hin, um zu helfen.

»Du bist ein lausiger Knotenbinder, Sture Lindgren.«

Er grinste sie im Spiegel an. »Wozu hab ich eine Frau, die das so viel besser kann?« Er rückte den Hemdkragen zurecht. »Es wird heute Abend etwas später, fürchte ich.«

Wie immer zog sich ihr Magen zusammen, doch sie ließ sich nichts anmerken. Ging es wieder los? Alles wieder auf Anfang?

Bitte nicht!, flehte sie im Stillen. *Ich weiß nicht, ob ich das noch mal ertragen und aushalten kann.*

Sture gab ihr einen Kuss. »Aber ich versuche nicht allzu spät da zu sein.«

Astrid rang sich ein Lächeln ab. »Ich stelle dein Essen in den Ofen.«

»Ist gut.« Sture nahm seine Tasche und verließ die Wohnung.

Sie blickte ihm hinterher, die Hand auf ihrem Magen.

Würde sie es ein weiteres Mal ertragen können?

Am frühen Abend rief Elsa Olenius an. »Sitzt du gerade, Astrid?«

»Nein, warum?«

»Setz dich, sei so gut.« Elsa klang ernst.

Astrid angelte mit dem Fuß nach dem Hocker, der in Reichweite stand, und nahm darauf Platz. »Ich sitze.«

»Gut. Schön.« Ein Räuspern.

»Nun rede schon, ich bitte dich.« Astrid seufzte. »Pippi ist nicht gut angekommen. Du magst sie, aber die Verleger finden sie schrecklich. Viel zu anstrengend, zu vorlaut, zu aufmüpfig. Und wahrscheinlich auch zu stark. Und natürlich darf ein Mädchen von neun Jahren nicht allein in einem Haus wohnen. Und dann hat sie auch noch einen kleinen Affen.« Sie stieß den Atem aus. »Ich verstehe, Elsa. Du musst mich nicht schonen.«

»Bist du fertig?« Elsa lachte.

»Also … Es ist nämlich so, Astrid – Pippi hat den ersten Preis gewonnen!« Elsa hatte es ins Telefon gerufen, und vor Schreck war Astrid der Hörer aus der Hand gefallen. Er lag neben ihren Füßen auf dem Teppich.

Verdattert hob sie ihn auf und räusperte sich. »Wie bitte?«

»Du hast gewonnen, Astrid! Pippi hat gewonnen! Den ersten Platz. Hörst du mir gar nicht zu?«

»Ich weiß nicht … Ich kann es gar nicht fassen.« Sie tastete um sich, als wollte sie sich vergewissern, dass sie auch wirklich saß.

»Es ist wahr, Astrid. So wahr, wie ich hier in der Bibliothek an meinem Schreibtisch sitze und mit dir telefoniere.«

»Der erste Platz«, murmelte Astrid und betrachtete ihre Füße, die in alten, ziemlich schäbigen Pantoffeln steckten. *Ich sollte ruhig ein bisschen eitler sein.*

»Bist du noch dran?«

»Ja, natürlich. Sicher.«

»Freust du dich gar nicht?«

»Doch, schon, ich …« Langsam erhob Astrid sich, den Hörer fest umklammert. »Ich bin nur gerade …«

»Dann lass doch mal hören, wie du dich freust.«

Endlich fiel die eigenartige Starre von ihr ab, und sie legte den Hörer auf die Kommode, riss die Arme hoch und hüpfte um den Couchtisch. »Hurra! Hurra! Meine Pippi ist die Größte!«

Sie hörte Elsa laut lachen.

Als sie den Hörer wieder aufnahm, war sie ganz außer Atem. »Gut so?«

»Großartig, Astrid. Ich freue mich auch. Wir alle freuen uns ganz gewaltig.« Elsa machte eine kleine Pause. »Sitzt du wieder?«, fragte sie dann.

Astrid stöhnte verhalten auf. »Was kommt jetzt?«

»Deine Bullerbü-Geschichte hat leider nicht gewonnen.«

»Nicht so schlimm.«

»Der Verlag will sie aber kaufen.«

»Was?! Das ist ja …«

»Wunderbar? Phantastisch? Phänomenal?«

»Alles zusammen.«

Sie versprach, am nächsten Tag in die Bibliothek zu kommen, damit sie sich umarmen und zusammen feiern konnten.

Astrid hatte nach dem Abendessen das Geschirr gespült und stand am Fenster. Ihre Gedanken kreisten um Pippi und die Kinder aus Bullerbü. Sie drehten und drehten sich wie ein Karussell, und am Ende musste sie die Augen schließen und die rasante Fahrt anhalten. *Alle aussteigen, Ende der Fahrt.*

Ihre Tochter kam hereingestürmt und warf sich an ihre Brust. »Ich bin so furchtbar traurig, Mama.«

»Eben warst du doch noch ganz fröhlich, Schatz.«

»Das war eben.« Karin schluchzte und hob das tränennasse Gesicht. »Jetzt bin ich einfach nur schrecklich traurig.«

»Aber warum denn, Karin?«

»Ich will nie, nie, niemals groß werden!«

Astrid musste lächeln, konnte es aber rechtzeitig verbergen. Wie gut sie ihre Tochter verstand! »Damit hast du ja Gottlob noch etwas Zeit.«

Karin schaute sie mit feuchten, geröteten Augen an, ihre Unterlippe bebte. »Aber wie lange noch?«, flüsterte sie.

»Lange genug, um dich darauf vorzubereiten.«

Wie kannst du so schwindeln! Du hast doch selbst erlebt, wie es ist, plötzlich von der Kinder- in die Erwachsenenwelt katapultiert zu werden.

»Hör zu, Schatz.« Astrid zog sie mit sich, und sie setzten sich nebeneinander an den Tisch. »Das Kindsein ist herrlich, ich weiß das nur zu gut, glaub mir. Und das Erwachsenwerden ist überhaupt nicht herrlich, auch das weiß ich. Und ich will dich nicht anflunkern. Irgendwann wirst du feststellen, dass du nun kein Kind mehr bist, aber du kannst ein bisschen vom Kindsein tief in dir bewahren.« Sie nahm Karins Hand und legte sie auf ihr Herz. »Hier drin.« Sie tippte an ihre Stirn. »Und auch hier.«

Karin schniefte, und Astrid zog ihr Taschentuch aus der Hosentasche. »Meinst du?«

»Ich weiß es sogar. Weil ich es so gemacht habe.«

»Und das funktioniert?« Ihre Tochter gab sich die Antwort selbst. »Ja, bei dir funktioniert's.«

»Man muss es einfach nur wollen, es sich ganz fest vornehmen.«

Karin lehnte den Kopf an ihre Schulter, und sie strich ihr übers Haar. »Meine kleine und irgendwann große Karin.«

Ihr Herz zog sich vor Liebe zusammen.

Wie jeden Abend hatte Astrid ihrer Tochter noch eine Geschichte erzählt und war anschließend ins Wohnzimmer gegangen, um zu lesen. Als sie Stures Schlüssel in der Tür hörte, setzte ihr Herzschlag für einen Moment aus. Er war schon da!

Kurz darauf stand er vor ihr, lächelnd und ein wenig atemlos.

Er war noch im Mantel. »Ich habe mich beeilt.«

Wenn er wüsste, wie viel ihr dieser Satz bedeutete.

»Hast du Hunger?« Sie ging zu ihm und lehnte den Kopf an seine Brust.

»Und wie. Der Tag war anstrengend.«

Arm in Arm gingen sie in die Küche. Sture legte Mantel und Hut auf dem Stuhl ab und setzte sich.

»Pippi Langstrumpf hat den ersten Platz gewonnen«, erzählte Astrid, während sie die Ofentür öffnete und den noch warmen Teller herausnahm. »Es gibt gedünsteten Fisch mit Stampfkartoffeln.«

»Wie bitte?«

»Fisch mit Stampfkartoffeln.« Sie stellte den Teller vor ihn hin. »Mit Dillsauce. Die magst du doch so gern.«

Sture stand auf und zog sie in seine Arme. »Dein Fisch hat den ersten Platz gewonnen?« Er grinste sie an. »Gratuliere.«

»Nicht mein Fisch.« Sie zwickte ihn.

»Ich bin stolz auf dich.« Er hielt sie fest umschlossen, küsste sie aufs Haar, wieder und wieder.

Und sie glaubte, vor Glück und Liebe in tausend Stücke zu zerspringen.

Nach einer kleinen Ewigkeit hielt er sie etwas von sich und schaute sie zärtlich an. »Dann wird es jetzt aber wirklich Zeit für eine Haushaltshilfe.«

Kapitel 30

Am Nachmittag darauf saßen Astrid und Elsa in der gemütlichen Sitzecke der Bibliothek, tranken Kaffee, knabberten Mürbeplätzchen und plauderten. Elsa hatte wie immer die Beine übereinandergeschlagen, und Astrid bewunderte sie im Stillen nicht nur für ihre wohlgeformten Knie. Sie bewunderte auch ihre graziösen Bewegungen, neben ihr kam sie sich ein wenig derb vor. »Kletterst du eigentlich gern auf Bäume?«, fragte sie Elsa.

Die lachte. »Eine sonderbare Frage, Astrid.«

»Findest du?« Sie zuckte die Schultern. »Ich bin schon als Kind ungeheuer gern geklettert, und ich tu's heute noch gern. Es steht doch nicht in den Zehn Geboten geschrieben, dass man das als Erwachsene nicht mehr tun darf, oder?«

»Ich war immer ein klassisches Mädchen; brav und zurückhaltend und habe mit meinen Püppchen gespielt.«

»Oh, das habe ich auch. Aber ich habe auch gerauft. Meine Freundin Madita hat es mir beigebracht.«

»Kann man das Raufen erlernen?«, fragte Elsa ungläubig.

»Und ob. Man muss sich trauen, den anderen fest am Schlafittchen zu packen und umzureißen. Jungen trauen sich das ganz selbstverständlich, Mädchen stehen meistens da und überlegen zu lange, ob sie dem anderen vielleicht wehtun.«

»Was an sich nichts Schlechtes ist.«

Astrid nickte zustimmend. »Natürlich nicht.« Sie zwinkerte Elsa zu. »Wenn ich ehrlich bin, war Madita meistens diejenige, die den Jungs die Flötentöne beigebracht hat.«

Elsa beugte sich vor.

Aha, es wird vertraulich, dachte Astrid amüsiert.

»Rabén und Sjögren wird nächstes Jahr einen weiteren Wettbewerb ausschreiben.«

»Wirklich?« Auch sie hatte sich vorgebeugt.

So saßen sie da, beinahe Nase an Nase, und schauten sich gespannt an.

»Es wird um Detektivgeschichten gehen.«

Astrid dachte sofort an Kalle Blomquist, ihren 13-jährigen Meisterdetektiv, der sie so an Harry Söderman erinnerte.

»Kannst du eine beisteuern?«

Sie nickte.

»Und?« Elsa rutschte noch weiter nach vorn, und Astrid fragte sich, wann sie wohl aus dem Sessel purzeln würde. »Nun erzähl schon, Astrid, spann mich nicht auf die Folter.«

»Kalle Blomquist.«

»Aha. Und wer ist dieser Kalle Blomquist?«

»Ein Junge, der gern so wäre wie Hercule Poirot. Nein, eigentlich findet er, dass er schon beinahe so ist. Beim Schreiben musste ich immerzu an meinen früheren Chef denken, er und Kalle haben eine Menge gemeinsam.« Sie lächelte Elsa an. »Wie du weißt, borge ich mir für meine Figuren gern die eine oder andere Eigenart von Menschen, die ich kenne. Meistens geschieht das von allein, manchmal tue ich es ganz bewusst.« Sie zuckte mit den Schultern.

»Erzählst du mir mehr über deinen Kalle?«

Als sie sich voneinander verabschiedeten, umarmte Elsa Astrid lange. »Ich bin so froh, dich getroffen zu haben. Ich wusste in dem Moment, als du das erste Mal vor mir standst, dass wir Freundinnen werden. Dann wirst du Kalle Blomquist einreichen?« Sie wartete die Antwort gar nicht ab, wohl, weil es längst beschlossene Sache war. »Natürlich wirst du! Ich freue mich, Astrid. Das wird herrlich. *Du* bist herrlich.«

Astrid lachte kopfschüttelnd und strich den Rock ihres Kostüms glatt. »Ich glaube, so etwas hat noch nie jemand zu mir gesagt.«

»Das kann ich mir kaum vorstellen.«

Sie nahm Elsas Hand fest in ihre. »Danke.«

»Wofür denn?«

»Für alles.«

Elsa begleitete sie zum Ausgang. »Ich danke dir auch.«

»Wenn wir uns genug bedankt haben, sollte ich sehen, dass ich in den Verlag komme.« Astrid hatte eine Verabredung mit Hans Rabén, sie wollten über die Veröffentlichung von Pippi Langstrumpf sprechen.

Im Gehen drehte sie sich noch mal zu Elsa um und winkte ihr zu. »*Adjö!*«

Sie lief beschwingt den Gehweg entlang, pfiff vor sich hin und konnte den morgigen Tag kaum erwarten. Ihren Schreibtag.

Hans Rabén saß nicht an seinem Schreibtisch, sondern erwartete Astrid vor dem Haus. Er saß auf einem Stuhl neben der Eingangstür, den Kopf im Nacken, die Augen geschlossen.

»Ich bin zu spät, tut mir leid. Elsa und ich haben uns ein bisschen verplaudert«, begrüßte sie ihn.

Er öffnete die Augen und lächelte. »Ist das nicht ein herrlicher

Tag? Viel zu schön, um im Büro zu sitzen.« Er stand auf und nahm seinen Stuhl. »Was halten Sie davon, wenn wir uns nach hinten in den Garten setzen?«

»Sie haben einen Garten?«, fragte sie überrascht.

»Er liegt gleich hinter Carl-Olofs Büro.«

Astrid mochte auch Herrn Sjögren, den anderen Verleger, bislang hatte sie aber meistens mit Hans Rabén zu tun gehabt.

»Kommen Sie.« Er hielt ihr die Tür auf. »Gehen Sie einfach an seinem Büro vorbei und dann gleich rechts.«

Sie betraten einen kleinen Raum, der als Teeküche genutzt wurde, wie Astrid am Geschirr sah, das auf dem Tisch stand. Es gab außerdem drei Stühle und ein schmales Regal, in dem ein paar Lebensmittel lagen.

Von diesem Zimmer aus ging es direkt in den Garten. Lautes Vogelzwitschern war zu hören, und ihr Herz hüpfte.

Vor ihr lag ein kleiner, bezaubernder Garten mit einem windschiefen Apfelbaum, dessen Äste voll hingen und sich unter der Last bogen. Auf einer Seite standen zwei Stachelbeersträucher, und der süßliche Duft von Rosen stieg ihr beim Näherkommen in die Nase.

Neben dem Apfelbaum standen zwei Stühle und ein kleiner, runder Tisch.

Rabén deutete dorthin. »Setzen Sie sich.«

Als er neben ihr auf den Stuhl sank, stieß er ein tiefes Seufzen aus. »Ich sitze oft hier. Es fühlt sich dann gar nicht wie Arbeit an.«

»Ist das Lesen und Schreiben von Büchern überhaupt Arbeit?«

Rabén lehnte sich zurück und verschränkte die Hände im Nacken. »Für Sie vermutlich nicht, so wie ich Sie inzwischen kenne. Für mich meistens schon. Aber ich mag meine Arbeit.« Er warf ihr einen raschen Blick zu. »Hätte ich mich sonst auf dieses Wagnis eingelassen, ausgerechnet in diesen Zeiten einen Verlag zu gründen?«

Sie schwiegen einen Moment. Astrid sehnte sich nach ihrem Ferienhaus in Furusund.

»Ich habe Ihnen noch gar nicht zum ersten Platz gratuliert«, riss Rabén sie aus ihren Gedanken.

»Ich freue mich, dass Ihnen meine Pippi gefällt.«

Er schmunzelte. »Sie ist ein merkwürdiges Mädchen, das ist nicht zu leugnen. Wir haben beschlossen, die Geschichte noch in diesem Jahr zu veröffentlichen.«

Damit hatte Astrid nicht gerechnet, und das sah er ihr offenbar an. »Warum warten? Sie haben wieder hervorragend überarbeitet, das Manuskript ist druckreif, Frau Lindgren.«

Sie errötete und senkte den Blick.

Rabén musterte sie nur, sagte jedoch nichts. Aber sie ahnte, was er dachte. *Wie erstaunlich, dass man eine erwachsene Frau mit einem Lob dazu bringt, rot zu werden.*

»Das ist … sehr schön, Herr Rabén.«

»Sagen Sie ruhig Hans zu mir. Herr Rabén nennt mich nur die Frau, bei der ich mein Brot kaufe.« Er schloss wieder die Augen und schien eine ganze Weile mit den Gedanken woanders zu sein. Dann war er plötzlich wieder hellwach. »Nächstes Jahr starten wir einen neuen Wettbewerb.«

»Ach ja?« Astrid tat überrascht.

»Mögen Sie Detektivgeschichten?«

»Ich mag fast alle Geschichten, solange sie gut sind.«

»Und was macht eine Geschichte zu einer guten Geschichte?«

Astrid musste nur kurz überlegen. »Sie ist gut, wenn ich an den richtigen Stellen lachen oder weinen muss. Wenn ich mich von allem, was die Figuren erleben, mitreißen lasse.«

Er nickte, schien damit zufrieden. »Haben Sie eine Detektivgeschichte für uns, Astrid?«

»Ja.« Mehr sagte sie nicht. Sie wollte ihn neugierig machen, locken.

»Erzählen Sie.«

»Mir wäre lieber, Sie würden sie lesen.«

Rabén schaute sie verblüfft an. Dann machte er »Hmm« und nickte. »Sie haben recht, Astrid, sie haben vollkommen recht. Wenn Sie mir davon erzählen, werde ich nicht mehr so gespannt sein. Also – wann können Sie die Geschichte abgeben?«

»Nächste Woche?«

»Sie sind wirklich schnell.«

»Sie flog mir in Furusund zu, als wir Ferien machten.« *Und ich schrieb sie im Ruderboot, während mein Mann und meine Kinder fröhlich im See planschten.*

»Schön.« Rabén streckte die Beine aus. »Bleiben Sie ruhig sitzen, Astrid, solange Sie mögen. Wir müssen auch nicht reden, ich mag die Stille ganz gerne.«

»Ich auch.«

Und so blieben sie sitzen, beide die Beine ausgestreckt, die Augen geschlossen und genossen den warmen Wind, der ihnen um die Nase strich.

Mit Linnéa Molander fand Astrid eine Haushaltshilfe. Sie war eine junge, unverheiratete Frau, die vom ersten Tag an einen Narren an Karin gefressen hatte. Auch mit Lasse kam sie gut zurecht – und er mit ihr.

Astrid stellte erstaunt fest, wie gut es sich anfühlte, im Bett oder am Schreibtisch sitzen und arbeiten zu können, während nebenan geputzt und aufgeräumt wurde. Linnéa hatte vorgeschlagen, sich auch um das Mittagessen zu kümmern, doch Astrid hatte abgelehnt. Das Kochen wollte sie nicht aus der Hand geben. »Nicht, dass ich Ihren Fähigkeiten nicht traue, Linnéa, aber ich koche gerne. Ich kann dann wunderbar nachdenken.«

Und doch kam es vor, dass Linnéa das Essen zubereitete. Wenn Astrid beim Schreiben mal wieder die Zeit vergaß und ihr der Duft von Eierkuchen in die Nase stieg, sprang sie in Windeseile aus dem Bett und lief in die Küche. »Das riecht ja himmlisch!«

Das schlechte Gewissen war zwar da, sich nicht hinreichend um die Familie zu kümmern und stattdessen bis zum Mittag im Bett zu lümmeln. Meistens jedoch konnte sie es rasch abschütteln.

Das »Herumlümmeln« war schließlich ihre Arbeit, auch wenn es sich nicht wie Arbeit anfühlte. Das Geschichtenerfinden und Schreiben fiel ihr leicht, aber sie wusste, dass es Schriftsteller gab, die sich plagten und quälten und um Worte und Sätze ringen mussten. Und sie schrieb mal eben wie nebenbei eine Detektivgeschichte im Ruderboot.

Vielleicht sollte ich nicht dauernd darüber grübeln, sondern es nehmen, wie es nun mal ist. Das Schreiben ist ein Geschenk, und über Geschenke freut man sich.

Basta, fügte sie noch hinzu und besiegelte es damit.

Kapitel 31

Stockholm im Jahr darauf

Astrid hatte ihrer Tochter ein *Pippi-Langstrumpf*-Buch geschenkt und es mit einer Widmung versehen. Es fühlte sich noch immer ein wenig unwirklich an, das Buch in Händen zu halten.

Karin hatte es mit großen Augen aufgeschlagen und darin geblättert. »Weißt du was, Mama?«, hatte sie dann gemeint. »Ich glaube, ich mag meine Mappe mit den Pippi-Geschichten noch viel lieber.«

»Das verstehe ich. Niemand außer dir besitzt diese Mappe, sie ist ganz allein für dich und damit etwas Besonderes.«

»Aber es ist schön, dass jetzt alle die Pippi-Geschichten lesen können. Und ich kann allen erzählen, dass meine Mama eine berühmte Schriftstellerin ist.«

Anfangs waren die Reaktionen durchweg positiv, doch dann kamen die ersten negativen Kritiken. Im Feuilleton einer Abendzeitung ging man nicht nur mit ihr und ihrem Buch, sondern auch mit der Jury hart ins Gericht.

Was für ein himmelschreiender Unsinn, hieß es dort, *kein normales Kind isst eine ganze Sahnetorte auf. Es läuft auch nicht barfuß auf Zucker herum. Man muss am Geisteszustand der Autorin zweifeln. Diese Pippi Langstrumpf ist kein gutes Vorbild. Hoffentlich kommen die Kinder nicht auf die Idee, diesem ungezogenen, selbstbewussten Mädchen nachzueifern.*

Astrid schnaubte, als sie das las. War Selbstbewusstsein etwa etwas Negatives?

Wenig später schrieb eine Kinderbuchkritikerin, dass die Entrüstung, die *Pippi Langstrumpf* ausgelöst habe, der beste Beweis für die Wichtigkeit dieses Buches war.

Astrid schnitt den Artikel aus und legte ihn in ihr Tagebuch. Er sprach ihr aus der Seele und dem Herzen, und er versöhnte sie.

Wenige Tage später gab Astrid ihre Kalle-Blomquist-Geschichte im Verlag ab. Sie hatte kaum das Gebäude verlassen, als sie die Stimme ihres Verlegers hinter sich hörte.

Mit fliegender Krawatte kam er angelaufen, den oberen Hemdknopf wie meistens offen. »Astrid! Warten Sie!«

Mit hochrotem Gesicht kam er vor ihr zum Stehen und schnaufte. »Gehen Sie morgen Mittag mit mir essen? Ich möchte etwas mit Ihnen besprechen. Zwölf Uhr?«

Sie nickte und hatte bereits Karins Gesicht vor Augen. »Hurra! Dann macht Linnéa uns Eierkuchen!«

Rabén zeigte nach links zu dem kleinen gemütlichen Restaurant, in dem sie bereits einmal zusammen mit Sjögren und Elsa Olenius zu Mittag gegessen hatten. »Einverstanden?«

»Einverstanden.«

Er murmelte einen Gruß und machte kehrt.

Was er wohl zu besprechen hatte?

Astrid schlenderte weiter und summte ein Lied. Die Sonne schien, die Menschen waren fröhlich und guter Dinge, und es roch nach warmem Asphalt und Zitroneneiscreme, die an der gegenüberliegenden Straßenecke verkauft wurde.

Astrid machte an dem kleinen Eiswagen halt, kaufte sich ein Eis und spazierte weiter. Vor dem Schaufenster eines Modegeschäfts blieb sie stehen. Es war ein sehr feiner Laden, viel zu fein für eine

Frau wie sie. Nur äußerst elegante Damen, die wahrscheinlich niemals barfuß liefen und schon gar nicht auf Bäumen herumkletterten, kauften dort. Damen, die mit reichen Männern verheiratet waren und ein bequemes Leben führten.

Astrid betrachtete ein hübsches hellgrünes Sommerkleid mit enger Taille und schwingendem Rock. Sie überlegte, ob es ihr genauso gutstehen würde wie der Schaufensterpuppe.

Ihr Eis tropfte, und sie leckte über ihr Handgelenk. Das Kleid sollte einhundertzehn Kronen kosten, ein Vermögen.

Sie ging weiter. Was hatte sie vor dem Geschäft verloren?

Nach ein paar Schritten blieb sie stehen und schielte aus dem Augenwinkel zum Schaufenster. Ein so schönes Kleid!

Astrid aß ihr Eis in Windeseile auf, wischte ihre klebrigen Finger am Taschentuch ab und stopfte es in ihre Handtasche. Als sie die Tür zum Geschäft öffnete und ein helles »Kling« ertönte, zuckte sie zusammen. Nicht wegen des Geräuschs, sondern weil sie gar nicht nachgesehen hatte, ob sie genug Geld dabeihatte.

»Guten Tag, meine Dame.« Eine Frau in hellem Kostüm, sandfarbener Bluse und einem Halstuch, das farblich eine Nuance über der Bluse lag, stand hinter dem Tresen.

Oho, sieh an, ich bin also doch eine Dame.

»Ist das nicht ein herrliches, ganz traumhaftes Wetter?«

»Ja, wirklich herrlich«, erwiderte Astrid und blickte sich um.

Die Frau kam hinter dem Tresen hervor. »Möchten Sie sich in Ruhe umschauen, meine Dame?«

Noch einmal »meine Dame«, und ich werde es glauben.

»Ja, das wäre fein.« Astrid stand weiter wie angewurzelt da und blickte sich suchend um. Ihre Augen huschten umher, wussten kaum, wo sie Haltmachen sollten. Alles wirkte so erlesen, als hätte man den Kleiderständer mit den Blusen ganz zufällig ein wenig schräg abgestellt. Dabei war es todsicher alles andere als ein Zufall, dass er exakt so dort stand. Durch das große Schaufenster fiel warmes Sonnenlicht.

In einem der Regale lagen Hüte in allen erdenklichen Formen und Farben, und Astrid trat zögernd näher. Sie mochte Hüte, besaß aber nur praktische und solche, die den Kopf warm hielten und nicht nur schmückten. Sie besaß auch keine farblich zur Garderobe abgestimmten Handtaschen oder Halstücher. Sie kaufte das, was sie benötigte, und wenn der neue Sommermantel zur Handtasche passte – umso besser.

»Ah, ich sehe, Sie interessieren sich für unsere Hüte.« Die Verkäuferin kam herbeigeeilt und griff nach einem schwarzen kleinen Hütchen mit lustiger Feder. »Möchten Sie?« Sie drehte den Spiegel auf dem Tresen, der sich vor dem Regal befand, so, dass Astrid sich darin betrachten konnte.

Was keine gute Idee war, denn Astrid stellte fest, dass sie aussah wie ein zerrupftes Huhn; das Gesicht gerötet, das Haar vom Wind zerzaust, der Kragen ihrer Bluse an einer Seite hochgeklappt. Sie sollte wirklich etwas eitler sein.

Mit einer Hand richtete sie den Kragen, mit der anderen strich sie über ihr Haar. Und sie sollte dringend zum Friseur.

Die Verkäuferin stülpte ihr den Hut auf, zupfte hier, schob dort und drehte erneut am Spiegel. »Et voilà!«

Astrid schluckte, als sie ihr Spiegelbild anschaute. Du lieber Himmel! Der Hut war ohne Zweifel todschick, aber nichts für sie. Sie sah aus, als hätte sie Verkleiden gespielt und das Erstbeste aus der Truhe genommen. »Nein.« Sie rang sich ein Lächeln ab. »Vielleicht doch lieber kein Hut.«

»Jede Dame kann einen Hut tragen«, meinte die Verkäuferin und griff nach einem anderen, diesmal in einem Tannengrün und ohne jeglichen Schnickschnack.

Astrid wagte nur einen flüchtigen Blick.

»Hinreißend«, meinte die Verkäuferin.

»Nein, ich fürchte … Ich möchte gern das hübsche grüne Kleid anprobieren, das im Schaufenster ist.« Na bitte, warum nicht gleich so.

»Ah, das Kleid in Lindgrün.« Die Verkäuferin nickte und eilte davon. Kurz darauf war sie wieder da, murmelte etwas von »Ein Sommertraum in Grün« und reichte es Astrid feierlich. »Es wird Ihnen glänzend stehen.«

Sie ging voran und zeigte Astrid eine der Umkleidekabinen, die mit einem Vorhang abgetrennt waren.

Astrid schlüpfte aus Rock und Bluse – beides kam ihr mit einem Mal nicht nur schlicht, sondern fast schäbig vor – und stieg vorsichtig in den Sommertraum in Grün. Es passte perfekt. Als hätte man es extra für sie geschneidert, und die Farbe stand ihr erstaunlich gut. Sie betrachtete sich eingehend im Spiegel, drehte sich hin und her, strich über den weichen Stoff und drehte sich erneut.

Dann zog sie es genauso vorsichtig wieder aus, hängte es zurück auf den Bügel und zog ihre Sachen an. Mit dem Kleid über dem Arm verließ sie die Kabine und blickte geradewegs in das fragende, gespannte Gesicht der Verkäuferin. »Und?«

»Wunderschön.« Sie verkniff sich ein Seufzen. Und dann hörte sie sich tatsächlich sagen: »Ich nehme es.«

Die Verkäuferin schien nicht im Mindesten überrascht. Mit einem Lächeln nahm sie das Kleid. »Ich packe es Ihnen ein.« Dann zeigte sie plötzlich mit dem Finger auf Astrid.

Nicht sehr höflich, dachte Astrid. *Gar nicht wie eine Dame.*

»Jetzt weiß ich, wer Sie sind!« Die Verkäuferin wedelte mit dem Finger. »Schon, als Sie hereinkamen, dachte ich, ich kenne Sie doch. Nur woher bloß? Ich hab überlegt und überlegt, und jetzt plötzlich weiß ich's! Sie sind diese Schriftstellerin, die Frau, die über dieses verrückte Mädchen geschrieben hat. Wie heißt es gleich? Pippi Langbein. Nein, warten Sie – Lang*strumpf*. Ich hab in der Zeitung ein Foto von Ihnen gesehen.«

Astrid schüttelte bedauernd den Kopf. »Ich bin nicht diese Schriftstellerin, aber ich muss ihr sehr ähnlich sehen, Sie sind nämlich schon die Zweite, die mich darauf anspricht.«

Die Verkäuferin legte den Sommertraum in Grün zusammen und holte eine Tasche. »Hmm, ich hätte schwören können … Meine Nichte hat das Buch gelesen und war ganz begeistert.« Sie reichte Astrid die Einkaufstasche. »Aber Ihnen kann ich es ja sagen: Wer sich so etwas ausdenkt, muss wirklich …« Sie tippte sich an die Stirn.

»Eine gewaltige Schraube locker haben?«, ergänzte Astrid mit liebenswürdigem Lächeln.

»Ja, ganz genau, Sie sagen es.«

Als Astrid wieder auf der Straße stand und einen Blick auf die farbenfrohe Tasche in ihrer Hand warf, sagte sie laut zu sich: »Ich muss wirklich eine gewaltige Schraube locker haben.«

Sie ging los, musste lachen und überquerte die Straße.

Beschwingt spazierte sie weiter, schneller nun, weil sie urplötzlich große, eine fast unbändige Lust hatte, erst Elsa und dann Karin das neue Kleid zu zeigen.

Sie würde den Sommertraum in Grün morgen beim Mittagessen mit Rabén tragen.

Ihr Verleger fiel gleich mit der Tür ins Haus. Er kam immer schnell auf den Punkt, was Astrid sehr mochte.

»Erstens: Ich habe einen Blick in Ihren Meisterdetektiv geworfen.«

»Und?«

»Gefällt mir, gefällt mir sogar sehr. Woher wissen Sie so viel über Kriminaltechnik?«

»Ich habe vor Jahren als Stenotypistin bei einem Kriminalisten gearbeitet.«

»Interessant.«

Sie nickte. »O ja, sehr interessant. Ich habe viel von Herrn Söderman gelernt.«

»Nicht zufällig Harry Söderman? Revolver-Harry?«

»Genau der. Sie sagten eben ›Erstens‹, also gibt es auch ein Zweitens?«

Rabén nickte und kam wie üblich gleich auf den Punkt. »Haben Sie Lust, bei uns die Kinderbuchabteilung zu übernehmen?« Er räusperte sich. »Nun ja, aufzubauen trifft es wohl besser.«

»Die Kinderbuchabteilung?«, wiederholte sie verdattert. »Aber ich … bin Schriftstellerin, keine Verlegerin oder Lektorin.«

»Was nicht ist, kann ja noch werden, nicht wahr?« Er schenkte ihr Tee nach. Sie tranken immer eine Kanne Tee, wenn sie sich trafen, es war ihr Ritual geworden. »Ich glaube, Sie sind genau die Richtige dafür, Astrid. Sie sehen sich die Manuskripte an, sortieren aus, lektorieren, sprechen mit den Autoren. Sie wissen schon, all das, was man eben so macht.«

Was man eben so macht. Astrid trank schnell einen Schluck Tee.

Konnte sie das? War sie wirklich genau die Richtige, wie er behauptete? Es war eine Herausforderung, und es juckte sie schon jetzt in den Fingern. Sie würde in Zukunft den ganzen Tag mit Geschichten zu tun haben, war das nicht verlockend?

»Danke für Ihr Vertrauen, Hans …«, begann sie zögernd.

»Kommen Sie, Astrid, geben Sie Ihrem Herzen einen Stoß.« Er lächelte sie aufmunternd an.

Ihrem Herzen einen Stoß geben, auch darin war sie ausnehmend gut und erfolgreich. Das hatte sie schon oft bewiesen.

Nach einer ganzen Weile schenkte Astrid ihnen Tee nach, hob ihre Tasse und sagte: »Ich mach's.«

Am Abend bereitete sie Fleischklöße und Salzkartoffeln mit Erbsen und Rosenkohl zu, Karins und auch Lasses Lieblingsessen. Sture aß für gewöhnlich alles gern, was sie kochte.

Ein Tuch auf dem Kopf, um ihre neue Frisur vor dem Kochdampf zu schützen, stand sie singend und glänzender Laune am Herd.

Ihre Tochter kam herein. »Was ist denn passiert?« Sie hob einen der Deckel an und schnupperte. »Hast du was angestellt, Mama?«

»Ich? Nein, ganz und gar nicht. Du?«

Karin kicherte. »Nein, ich auch nicht.«

»Wer dann?«

»Lasse vielleicht? Oder Papa.«

»Sture, nein.« Astrid schüttelte überzeugt den Kopf.

Sie gab Butter an die Erbsen und goss den Rosenkohl ab. »Das Essen ist gleich fertig. Du kannst schon mal den Tisch decken.«

»Der ist doch schon fertig«, gab Karin zurück. »Du bist ja heute wirklich *zu* komisch.«

Astrid tat verwundert und warf einen Blick zum festlich gedeckten Tisch, auf dem heute sogar frische Blumen und eine Kerze standen. »Es gibt etwas zu feiern. Aber psst!« Sie legte den Finger auf die Lippen.

Karin machte das Schwur-Zeichen. »Versprochen.«

Eine Stunde später stießen Astrid und Sture auf ihre neue Stelle an. Sie hatte für den Anlass eine teure Flasche Sekt gekauft. »Ich kann vormittags schreiben und nach dem Mittagessen gehe ich in den Verlag.« Sie musste lachen. »Träume ich eigentlich gerade, Sture?«

Er sah müde und abgekämpft an diesem Abend aus und wirkte ungewöhnlich schutz- und anlehnungsbedürftig.

Als er zur Tür hereingekommen war, hatte sich ihr Herz zusammengezogen. Wo war der fröhliche, energiegeladene Mann geblieben?

»Du wirst bestimmt eine gute Lektorin sein.«

»Das hoffe ich«, sagte sie nachdenklich. »Es wird sich ziemlich seltsam anfühlen, die Bücher von anderen zu beurteilen, wo ich doch selbst gerade erst Autorin geworden bin.«

Sture legte die Hand auf ihre. »Unsinn. Im Grunde hast du doch dein ganzes Leben lang Geschichten erzählt.«

Sie schauten sich an, lächelten. Und wieder spürte Astrid dieses warme, beinahe heiße Glücksgefühl aufsteigen, das ihr das Gefühl gab, alles bewältigen zu können.

Teil 5

1949–1950

Kapitel 32

Stockholm im Frühjahr 1949

Astrid war ihrem Vorsatz treu geblieben und hatte an keinem weiteren Wettbewerb mehr teilgenommen. Kalle Blomquist, ihr Meisterdetektiv, hatte wieder den ersten Platz gewonnen, und sie hatten erst im Verlag und später zu Hause ihren Sieg gefeiert. Danach hatte sie verkündet, von nun auch keine Erfolge mehr großartig zu feiern, weil sie nicht gern im Mittelpunkt stand.

Nach wie vor empfand sie das, was sie tat, nicht als Arbeit oder herausfordernde Aufgabe, und das Berühmtsein war ihr eher unangenehm. Wurde sie auf der Straße angesprochen, konnte sie nun nicht mehr behaupten, es müsse sich um eine Verwechslung handeln. Was nicht bedeutete, dass sie es hin und wieder nicht doch versuchte.

Pippi Langstrumpf war inzwischen ein Bestseller in Schweden und auch in Norwegen, Dänemark und Finnland erschienen.

Die Kinder liebten Pippi, und vor allem die Mädchen schrieben Astrid lange, ganz wunderbare Briefe, die sie mit großer Freude las. Selbstverständlich beantwortete sie auch jeden einzelnen und stellte sich das Gesicht des Kindes vor, wenn es den Brief las.

Noch immer hagelte es gute wie schlechte Kritiken. Astrid hatte sich vorgenommen, sich aus allem herauszuhalten und sich grundsätzlich nicht zu einer der harschen und oft auch beleidigenden Rezensionen zu äußern. Was würde es auch nützen?

Die boshaften Kommentare kümmerten sie nicht, weil sie von

Erwachsenen stammten. Kindliche Kritik dagegen würde sie sehr ernst nehmen.

Eifrig und mit größter Hingabe schrieb Astrid weiter.

Das erste Buch der *Kinder aus Bullerbü* war bereits erschienen, aber es schlummerten noch so viele Bullerbü-Geschichten in ihr, dass es wohl noch mindestens zwei Bücher geben würde.

Auch ein zweites *Pippi-Langstrumpf*-Buch war erschienen, und von *Kalle Blomquist* sollte es ebenfalls weitere Bände geben. Rabén hatte gleich vorgeschlagen, eine Serie daraus zu machen.

Schritt für Schritt, Buch für Buch war Astrid aus der bislang geschätzten Unsichtbarkeit getreten und eine bekannte, ja berühmte Kinderbuchautorin geworden, die man auf der Straße ansprach.

Hätte ihr das jemand vor ein paar Jahren vorhergesagt, sie hätte ihn für komplett verrückt erklärt.

Im Jahr zuvor hatte Astrid eine vierwöchige Rundreise durch Amerika gemacht. Der Verlag Åhlén & Åkerlund hatte sie gefragt, ob sie nicht Lust hätte, unterhaltsame Glossen für eine Frauenzeitschrift zu schreiben.

Nach kurzem Zögern – huh, Amerika, das war verflixt weit weg! – und Rücksprache mit Sture, hatte sie zugesagt.

Amerika war das Land der großen Hoffnungen und unendlichen Möglichkeiten, vor allem für junge Menschen. So viele schielten sehnsüchtig dorthin, glaubten, dort das erreichen zu können, was ihnen anderswo verwehrt blieb.

Zuerst flog Astrid nach New York – ohne Sture, der zu viel zu tun hatte, um sie begleiten zu können. Der Flug war besorgniserregend holprig, und wegen eines Sturms mussten sie in Boston landen. Die Landung war nicht weniger holprig, und der Mann, der neben ihr saß – ein älterer Norweger – war ein einziges Häufchen Elend. Immer wieder tastete seine Hand nach ihrem Arm, um sich festzukrallen. »Werden wir auch heil runterkommen?«, fragte er bestimmt zehnmal.

»Natürlich, keine Sorge«, antwortete Astrid jedes Mal geduldig.

»Wie können Sie so ruhig sein? Sie fliegen wohl oft.«

»Nein, nicht sehr oft. Um ehrlich zu sein, ist es mein dritter Flug.« Sie tätschelte seine Hand. »Sie schaffen das.«

Er fiel in seinem Sitz in sich zusammen, schlotterte, bibberte und betete schließlich. Als die Maschine endlich stand, weinte er wie ein kleiner Junge.

Von Boston aus ging es mit dem Zug weiter nach New York, und als sie endlich nach mehr als fünf Stunden dort ankamen, fiel auch Astrid in sich zusammen. Doch sie ließ sich nichts anmerken, geleitete den Norweger zu seinem Hotel und sorgte dafür, dass er wohlbehalten in sein Zimmer kam. »Wenn Sie nicht gewesen wären …«, setzte er an und winkte schließlich ab. Er war zu müde, zu erschöpft und vermutlich auch zu erleichtert, um noch weiterzureden.

Sture hatte für Astrid ein Zimmer im *Ritz Tower*, einem der besten Hotels, bestellt. Die Kosten übernahm der Verlag, also wollte er an nichts sparen. »In dem Hotel wohnt auch Greta Garbo«, hatte er erzählt. »Ist das nicht aufregend? Zwei berühmte Frauen aus Stockholm!«

»Ja, ungeheuer aufregend«, hatte Astrid trocken entgegnet.

Aber sie wollte ihm die Freude machen und nicht auf ein anderes, billigeres Hotel bestehen.

Sie würde nur zwei, drei Nächte bleiben und dann weiterreisen, doch dummerweise kam die telegrafische Geldanweisung vom

Verlag nicht an. Und so hockte sie in ihrer Suite, zu der ein riesiges, luxuriöses Bad, ein Extra-Duschraum und ein Wohnzimmer gehörten, das doppelt so groß war wie ihres in Stockholm. Mit sage und schreibe fünf Dollar in der Tasche. Astrid traute sich kaum, das Hotel zu verlassen, weil sie befürchtete, für eine Zechenprellerin gehalten zu werden.

Sie träumte sogar davon, dass sie sich des Nachts aus dem Hotel schlich und einer der Pagen hinter ihr herrannte. »Haltet sie auf! Sie hat noch nicht bezahlt!«

Es war mehr als ein Glück, dass sie einem schwedischen Verleger begegnete, der so freundlich war und ihre Suite bezahlte. Konnte man tatsächlich so viel Glück haben?

Er lieh ihr sogar etwas Geld, so dass sie nach New Orleans weiterreisen konnte.

Dort wurde Astrid das erste Mal mit etwas konfrontiert, was ihr zwar ein Begriff war, weil sie darüber gelesen und gehört, es aber nie mit eigenen Augen gesehen hatte: die Unterdrückung der Schwarzen.

Seite um Seite ihres Tagebuchs füllte sich in dieser Zeit, sie notierte alles, was sie auf den Straßen erlebte und sah. Sie konnte nicht glauben, dass so etwas in einem Land geschah, das für Freiheit und Unabhängigkeit stand.

Sie kam mit einem schwarzen Zimmermädchen ins Gespräch, das erst scheu und ängstlich war, und dann, nachdem Astrid ihr Fotos ihrer Kinder zeigte, ebenfalls ein Foto ihrer Tochter aus der Schürzentasche zog.

Als Astrid mit dem Zug über den Fluss Potomac nach Virginia fuhr, sah sie verfallene Schuppen, in denen die Schwarzen hausten, als seien sie keine Menschen, sondern Vieh.

Astrid war entsetzt, erschüttert und tief schockiert.

Und in ihr wuchs die Idee, aus den Glossen einen Roman für junge Menschen werden zu lassen.

Die Idee ging ihr auch auf dem Rückflug nach Stockholm nicht mehr aus dem Kopf, und so entstand Kati, die Hauptfigur im Roman, eine junge, pfiffige Sekretärin, die in der Welt umherreist. Ihr erstes Ziel würde Amerika sein, und Kati würde all das erleben, was auch Astrid erlebt hatte.

Die Arbeit im Verlag machte Astrid großen Spaß, doch es fühlte sich auch zum ersten Mal wie »richtige« Arbeit an.

Astrid las Manuskripte und behandelte jedes mit Respekt. Mit großer Sorgfalt und Weitsicht sortierte sie die aus, denen es an Potenzial fehlte und schrieb eine Ablehnung. Oft versuchte sie auch, sich genauer zu erklären, und die meisten Einsender waren dankbar. Es gab jedoch auch die Unbelehrbaren und die tödlich Beleidigten, die eine Absage persönlich nahmen und böse Briefe schickten.

Und es gab die, die Trost brauchten, außer sich vor Enttäuschung waren und nie wieder ein Wort schreiben wollten. Astrid konnte sich in jeden einzelnen hineinversetzen, sie verstand, dass man wütend auf sie war, und konnte nachvollziehen, dass jemand so fest an seine Geschichte glaubte, dass er ein »Nein« nicht akzeptieren wollte. Sie verstand auch die, die alles hinwerfen und nie mehr schreiben wollten.

Zwar versuchte sie behutsam, einfühlsam und aufmunternd zu sein, doch sie sparte nie mit ehrlicher Kritik und auch nicht mit Lob. Denn es gab auch vielversprechende Autoren und Geschichten, die wie kleine Rohdiamanten waren, die nur noch etwas Schliff brauchten.

Das eine vom anderen zu unterscheiden und dabei gerecht und uneigennützig vorzugehen, war jeden Tag wieder eine immense Herausforderung, die Astrid oft auslaugte und ihr alles abverlangte. Es kam durchaus vor, dass sie bitterböse Briefe bekam, in denen sie beschuldigt wurde, nicht fair und objektiv sein zu können.

Es war schwierig, doch sie hatte sich vorgenommen, diese Aufgabe zu meistern.

Abends, wenn Astrid heimging, ließ sie den Verlag hinter sich, dann gab es nur noch ihr Familienleben. Aus diesem Grund hatte sie noch nie ein Manuskript mit nach Hause genommen.

Als sie an diesem Abend die Wohnungstür aufschloss, hörte sie Karins Schluchzen aus der Küche und lief noch im Mantel zu ihr.

Ihre Tochter saß am Tisch, die Ellbogen aufgestützt, das Gesicht in den Händen und weinte herzzerreißend.

Astrid setzte sich neben sie. »Was hast du denn?«

»Ich bin so traurig und auch so schrecklich wütend«, stieß ihre Tochter hervor.

»Traurig *und* wütend? Ach je, das klingt nach Liebeskummer.« Astrid legte den Arm um sie. »Was ist passiert?«

»Es ist wegen Mattis.« Karin schniefte.

»Der gutaussehende Bursche mit den hellbraunen Locken, der dich so oft zum Lachen bringt?«

»Und jetzt bringt er mich zum Heulen«, schluchzte Karin.

Ein Mann wird dich noch oft zum Lachen und zum Weinen bringen, dachte Astrid. »Was hat er angestellt?«

»Gar nichts, das ist es ja.« Karin schniefte und nahm das Taschentuch, das sie ihr hinhielt. »Er tut so, als wäre ich Luft. Früher hat er mich dauernd angesehen, mir zugezwinkert oder im Unterricht was zugeflüstert – und jetzt? Tut er rein gar nichts, sitzt nur da und guckt an mir vorbei.«

»Dann mag er dich vermutlich sehr viel mehr als du glaubst.«

»Wie kommst du denn darauf?«, fragte Karin fassungslos.

»Weil Jungs in dem Alter so sind. Ihr seid miteinander befreundet, und jetzt ist ihm wahrscheinlich klar geworden, dass er mehr als nur deine Freundschaft will.«

»Meinst du?«

Wie hübsch sie ist, dachte Astrid, *und wie erwachsen sie mir mit einem Mal vorkommt.*

»Warst du oft verliebt, Mama?«

»Nein. Ich war nur ganz selten verliebt. Ich war da wohl ziemlich komisch.«

Karin grinste, schluchzte aber gleich darauf erneut. »Was soll ich denn jetzt tun?«

»Ihn anlächeln, lock ihn aus der Reserve. Oder traust du dich das nicht?«

Ihre Tochter sah sie erstaunt an. »Doch, natürlich traue ich mich.«

»Natürlich.« Astrid lächelte und gab ihr einen Kuss auf die Stirn. »Habe ich dir eigentlich schon jemals gesagt, wie unglaublich stolz ich auf dich bin? Und wie ungeheuer froh, dass ich eine Tochter wie dich habe?«

»Ach, Mama …« Karin schien es etwas unangenehm zu sein, wenn Astrid so rührselig wurde. »Hast du«, sagte sie dann und musste lachen.

»Schön, dass du wieder lachen kannst.«

Sie war reich beschenkt mit einer Tochter wie Karin und einem Sohn wie Lasse, der nach einer schwierigen, zermürbenden Schulzeit doch noch das Abitur gemacht hatte und mittlerweile Ingenieur war.

Sie war auch reich beschenkt mit einem Mann wie Sture, obwohl es nicht immer leicht zwischen ihnen war.

Astrid hatte ihn nie nach der anderen Frau gefragt, in die er sich Hals über Kopf verliebt und dann doch wieder verlassen hatte. Vielleicht hatte sie nicht hören wollen, warum er sich verliebt hatte und was an dieser Frau so reizvoll war. Sie hatte einfach beschlossen, all das nicht zu hinterfragen. Sich selbst nicht ständig zu fragen, warum sie Sture nicht genügt hatte. Und es war ihr gelungen. Sie hatte Sture zurückgenommen ohne Wenn und Aber. Er war ihr Ehemann, der Mann, in den sie sich vor Jahren stürmisch verliebt hatte. Der Mann, der ihr Halt und Wärme gab und ihren Sohn ganz selbstverständlich aufgenommen hatte und ihm ein Vater geworden war.

Sie würde wieder so handeln, das wusste sie. Es war die richtige Entscheidung gewesen.

»Ich wünsche dir, dass du auch irgendwann eine so wunderbare Tochter haben wirst«, sagte sie und musste lachen, als Karin die Augen verdrehte. »Schon gut, ich bin schon still.«

Kapitel 33

Wenige Tage später steckte Linnéa den Kopf zur Tür herein. »Sie wollten doch längst im Verlag sein.«

Astrid saß an ihrer Schreibmaschine und blickte gedankenverloren auf. »Wie bitte? Ach Gott, ja, natürlich! Ich habe die Zeit vollkommen vergessen.« Hatten sie nicht eben erst zu Mittag gegessen?

Sie warf einen raschen Blick auf ihre Uhr. Schon so spät!

Mit einem Satz war sie hoch und schnappte sich ihren Mantel, der über der Stuhllehne hing. »Danke, Linnéa, Sie sind ein Schatz.«

»Gern geschehen.« Ihre Haushaltshilfe lächelte, als Astrid an ihr vorbei zur Wohnungstür stürmte. »Ihre Handtasche!«

Astrid machte kehrt, nahm die Handtasche vom Haken und machte, dass sie fortkam.

Es regnete, und sie versuchte im Gehen ihren neuen Regenschirm aufzuspannen. »Bist wohl noch *zu* neu«, murmelte sie und zupfte ungeduldig an den Streben.

Der Regen hörte auf, als der Schirm endlich aufgespannt war, und Astrid eilte weiter, ohne ihn zuzuklappen.

Eine Frau kam ihr entgegen, und sie lächelte erfreut. Ingrid! Sie hatten sich eine Weile nicht gesehen.

Sie blieben voreinander stehen, lachend und sich von oben bis unten betrachtend. »Gut siehst du aus«, sagten beide wie aus einem Mund und lachten wieder.

»Es funktioniert noch immer«, meinte Astrid. »Es tut mir leid, aber ich bin schrecklich in Eile, Ingrid. Warum müssen wir uns auch ausgerechnet jetzt über den Weg laufen?« Sie schielte auf ihre Armbanduhr.

Ingrid blickte sich um. »Hoffentlich sehen mich gerade ganz viele Leute, schließlich bist du jetzt eine Berühmtheit.«

»Du hast dich kein bisschen verändert«, meinte Astrid trocken.

»Du dich auch nicht.«

»Dann hätten wir das ja geklärt.« Astrid umarmte sie rasch, wobei ihr der Schirm aus der Hand in eine Pfütze fiel. »Entschuldige, aber ich muss wirklich weiter.«

»Gehen wir mal zusammen spazieren und reden? So wie in alten Zeiten? Mir fehlt das gemeinsame Lachen.«

»Mir auch, Ingrid. Ruf mich an, dann machen wir was aus.«

Wie viel Spaß sie damals gehabt hatten! Mit jemandem gemeinsam lachen und herumalbern zu können, war etwas Herrliches.

Außerdem war Ingrid doch irgendwie dafür verantwortlich, dass Sture und sie sich nähergekommen waren.

Mit einem Lächeln hob Astrid die Hand und ging weiter.

Später saß sie in ihrem kleinen Büro, das Fenster weit geöffnet, damit sie die Vögel hören konnte. Vor ihr auf dem Tisch lagen drei Manuskripte, die sie noch begutachten musste.

Es klopfte.

»Ja, bitte?«

Ein Mann, vermutlich ungefähr in ihrem Alter, öffnete die Tür und schenkte ihr ein freundliches, schüchternes Lächeln. »Frau

Lindgren?« Er sprach mit Akzent, und sie überlegte, woher er kommen mochte.

»Die bin ich.«

»Mein Name ist Friedrich Oetinger«, sagte er. »Ich komme aus Deutschland, genau gesagt aus Hamburg.«

»Treten Sie doch bitte ein«, erwiderte sie in ihrem besten Deutsch.

»Oh, Sie sprechen Deutsch«, sagte er erfreut. »Darf ich mich setzen?«

»Natürlich.« Sie deutete auf den Stuhl vor ihrem Schreibtisch.

»Ich habe in der Schule Deutsch gelernt.«

»Welche Sprachen sprechen Sie noch?«, wollte er wissen.

»Englisch und Französisch und recht passabel die Räubersprache. Mein Mann hat sie mir beigebracht.«

Er grinste. »Ich beherrsche die Hühnersprache.«

»Wirklich? Ich habe nie zuvor davon gehört. Eine Kostprobe, bitte!«

Er lachte und räusperte sich. »Es ist ähm schon eine ganze Weile her.«

Astrid winkte ab. »Ach, ich werde bestimmt gar nicht merken, wenn Sie sich versprechen.«

Er lachte wieder. »Nein, lieber nicht. Ich würde mich schrecklich blamieren.«

»Schade. Möchten Sie einen Kaffee, Herr Oetinger?«

»Kaffee wäre fein.«

Ein paar Minuten später saßen sie sich gegenüber, beide eine Tasse Kaffee vor sich.

Astrid hatte sich bereits ein Bild von Herrn Oetinger gemacht; ein überaus höflicher, bescheidener Mann mit großer dunkler

Brille vor braunen Rehaugen, nicht besonders adrett gekleidet, der eine verblüffende Ähnlichkeit mit Franz Schubert hatte. Ob er das wusste? Hatte ihm das schon mal jemand gesagt?

»Wissen Sie, dass Sie Franz Schubert ähnlich sehen?«

Er stutzte und stellte seine Tasse ab. »*Dem* Franz Schubert? Nein, Sie sind die Erste, die das sagt.«

»Einer muss immer der Erste sein.«

»Darf ich zum Grund meines Besuches kommen, Frau Lindgren?«

»Natürlich.«

»Ich bin Verleger und besuche gerade einen alten Freund hier in Stockholm. Er erzählte mir von einem ganz besonderen Buch, das in Schweden ziemlich für Furore gesorgt hat.«

Astrid drehte sich zu dem Regal hinter ihr um und nahm ein Exemplar von *Pippi Langstrumpf* heraus. »Ich nehme an, Sie meinen dieses hier.«

Er nickte und betrachtete den Einband, auf dem Pippi so getroffen war, wie Astrid sie vor Augen hatte, aber selbst nicht hatte zeichnen können. »Es sei außerordentlich erfolgreich und recht ungewöhnlich.«

»Das sagt man, ja.«

»Und Sie haben es geschrieben.« Oetinger blickte auf.

»Ja. Sie sind also Verleger.«

»Es ist noch ein ganz junger Verlag, und ich bin auf der Suche nach ungewöhnlichen Kinderbüchern.« Er schlug das Buch auf und blätterte darin. »Ich würde mir gern selbst ein Bild von Ihrem Buch machen.«

»Nehmen Sie es ruhig mit.«

»Wirklich? Das ist nett von Ihnen.«

»Fünf deutsche Verlage haben es bereits abgelehnt«, erklärte Astrid geradeheraus. Warum sollte sie es auch verschweigen?

Seit sie bei Rabén und Sjögren arbeitete, kümmerte sie sich auch um die Übersetzungsrechte ihrer Bücher. »Es ist ihnen wohl *zu* ungewöhnlich.«

Oetinger schmunzelte, sagte aber nichts.

»Können Sie denn Schwedisch lesen?«

Er winkte ab. »Ja, ja, das dürfte kein Problem sein.«

Sie plauderten noch ein wenig, dann verabschiedete Friedrich Oetinger sich und versprach, sich möglichst rasch zu melden.

Am Abend, während Astrid das Essen aufwärmte, das Linnéa vorbereitet hatte, dachte sie noch kurz über die Begegnung mit Oetinger nach. Es würde so sein wie immer: Nach den ersten Kapiteln würde er ihr das Buch zurückgeben und mit bedauernder Miene sagen: »Es ist in der Tat ein ungewöhnliches Buch, aber nichts für uns.«

Es würde sie nicht groß kümmern, weil es ihr genügte, dass die schwedischen Kinder Pippi liebten. Alle Kinder auf der Erde mit dem Mädchen bekannt machen zu wollen, wäre vermessen.

Sture kam herein, und sie fuhr zusammen. Sie hatte seinen Schlüssel zur Abwechslung nicht gehört.

Er stellte sich hinter sie und schlang die Arme um ihren Oberkörper. »Wie war dein Tag?«

»Sehr schön. Und deiner?« Sie drehte sich zu ihm um.

»Auch sehr schön.«

Sie wusste, dass er mindestens übertrieb, wenn nicht schwindelte. Sein graues, eingefallenes Gesicht strafte seine Worte zudem Lügen.

»Du hast bestimmt Hunger.« Sie strich liebevoll über seine Wange.

Er setzte sich an den Tisch. Als er sich ein Glas Wasser einschenkte, zitterte seine Hand. Nach wie vor trank er gern ein Gläschen zu viel und immer mehr, als ihm guttat –, und nach wie vor schwieg Astrid sich darüber aus. Sture wusste auch so, dass sie sich Sorgen um seinen Alkoholkonsum machte, dass sie es nicht schätzte, wenn er betrunken heimkam.

Karin kam in die Küche und umarmte ihn. »Mein allerliebster Papa ist da!«

Für einen Augenblick hellte sich sein müdes, abgespanntes Gesicht auf, und er war wieder der alte Sture. »Karin, meine bildhübsche, wundervolle Tochter!«

Sie herzten sich, als hätten sie sich Monate nicht gesehen.

Astrid stellte das Essen auf den Tisch und setzte sich, den Blick erst auf ihre Tochter, dann auf ihren Mann gerichtet.

Lasse kam herein und nahm neben ihr Platz.

In einem Jahr wäre er mit Inger verheiratet und würde nicht mehr hier wohnen. Dann wären sie nur noch zu dritt, und Astrid sträubte sich gegen die Vorstellung, wie es sein würde, wenn auch Karin ausgezogen wäre. Wie still und leer es in der Wohnung sein würde.

»Was hast du denn, Mama?«, fragte ihre Tochter.

»Gar nichts, ich musste nur gerade an den Brief denken, den ich morgen einem jungen Autor schreiben muss, dessen Manuskript ich ablehne.«

»Und wieso musst du es ablehnen?«

»Weil es nicht gut ist.«

»Warum ist es nicht gut?«

»Es fehlt an allem, was eine spannende Geschichte ausmacht«, erklärte sie geduldig, und Karin schien damit zufrieden zu sein.

Sture hatte die ganze Zeit noch kein Wort gesagt.

Sie legte die Hand auf seine. »Möchtest du dich gleich hinlegen? Du siehst müde aus.«

»Ja, vielleicht ist das eine gute Idee.«

»Mama hat immer gute Ideen«, meinte Karin, und alle lachten, sogar Sture.

Am Nachmittag darauf kam Rabén in Astrids Büro und blieb vor ihrem Schreibtisch stehen, als habe er etwas auf dem Herzen.

»Hab ich was ausgefressen?«, fragte sie.

»Nein.« Er winkte ab und schaute zum Fenster. »Nein, nein«, sagte er dann wieder. »Es ist nur … Ich weiß nicht recht, wie ich es dir sagen soll …«

»Du willst mich feuern?«

Jetzt lachte er lauthals. »Dann wäre ich der dümmste Dummkopf auf Erden.«

»So was soll's ja geben«, gab sie trocken zurück.

»Pippi soll verfilmt werden.«

Sie fiel beinahe vom Stuhl. »Was?«

»Der Produzent hat eben angerufen, und wenn ich ehrlich bin …« Er seufzte schwer. »Der Erfolg überrennt mich gerade, Astrid.«

Nun musste sie lachen.

Der Blick, den er ihr zuwarf, war eine Mischung aus Belustigung und Verunsicherung. »Du hast ja recht, mich auszulachen, ich sollte einfach selig sein.« Er kratzte sich am Kinn. »Was sagst du dazu, dass es einen Film geben soll?«

Tja, was sagte sie dazu? Zunächst einmal nichts, denn sie wollte darüber nachdenken. Ein Zeichen, dass es sie nicht schwindelerregend glücklich machte. »Ich bin auch ehrlich, Hans … Ich weiß es nicht. Ein Buch ist ein Buch, und ich bin grundsätzlich skeptisch, ein Buch angemessen verfilmen zu können.« Angemessen. Das klang arrogant, und sie ärgerte sich, dass ihr kein anderes Wort eingefallen war. »Kann man die Stimmung, den Zauber einer Geschichte, eines Buches in einem Film einfangen?«

Rabén zuckte mit den Schultern.

»Siehst du, so geht's mir auch.«

Es klopfte, und sie sagte: »Herein.«

Friedrich Oetinger stand in der Tür, im selben Anzug wie am Tag zuvor, der Blick verhuscht, die Haare leicht zerzaust. Er sah aus, als sei er gerade aus dem Bett gestiegen. »Störe ich?«

»Nein«, sagten sie wie aus einem Mund.

»Ich lasse euch dann mal allein.« Rabén wollte an Oetinger vorbeigehen, doch der legte die Hand auf seine Schulter.

»Das, was ich zu sagen habe, können auch Sie gerne hören.« Er zog das *Pippi Langstrumpf*-Buch aus der Jackentasche und strich über den Einband. »Ich habe es gelesen.«

»Das ganze Buch?«, fragte Astrid verblüfft.

»Nein, nur die ersten drei Kapitel.«

Sie nickte. Aha, daher wehte der Wind. Er wollte ihr, ihnen, behutsam und schonend beibringen, dass er es nicht mochte. Oder vielleicht mochte er es, traute sich aber nicht an eine Veröffentlichung, wie auch die anderen Verlage, die es abgelehnt hatten.

»Sagen Sie es ruhig frei heraus, Herr Oetinger«, forderte sie ihn auf.

»Darf ich?« Er deutete auf den Stuhl vor ihrem Schreibtisch. »Ich muss Ihnen ein Geständnis machen, Frau Lindgren. Ich spreche ein bisschen Schwedisch, aber im Lesen bin ich lausig. Also habe ich meinen Freund gebeten, mir die ersten drei Kapitel zu übersetzen.« Er räusperte sich. »Es ist wunderbar, Frau Lindgren! Ich bin angetan, sehr sogar. Ich mag Ihre kleine Pippi, sie ist ein mutiges, selbstbewusstes und grundehrliches Mädchen.«

So hatte noch kein Verleger Pippi bezeichnet, die meisten benutzten Worte wie schräg, abgedreht, rebellisch und unbelehrbar.

»Das freut mich«, stammelte sie überrascht.

Rabén warf ihr einen amüsierten und zufriedenen Blick zu. *Na also*, schien der zu bedeuten.

»Ich möchte die deutschen Übersetzungsrechte für Ihre Pippi Langstrumpf.« Oetinger schlug die Beine übereinander und nahm seine Brille ab, um sie an seinem Taschentuch zu putzen.

»Die schwedische Ausgabe besteht aus drei Einzelbänden«, erklärte Rabén. »Ich weiß nicht, ob Sie darüber im Bilde sind.«

»Jetzt schon.« Oetinger lächelte. »Ich möchte unbedingt, dass die deutschen Kinder Pippi Langstrumpf kennenlernen.«

»Dann soll es mir sehr recht sein«, sagte Astrid und erwiderte das Lächeln. »Ich freue mich, Herr Oetinger.«

»Alles Weitere besprechen wir beim Abendessen«, schlug Rabén vor, und sie und Oetinger nickten.

Kapitel 34

Furusund

Stures Mutter war vor zwei Jahren gestorben, seitdem gehörte das Ferienhaus ihm und Astrid.

Diese Sommerferien wollte Astrid ihre ganze Familie dort um sich haben, und sie hatte ihren Eltern und Geschwistern eine Einladung geschickt.

Wenn Ihr nicht kommt, werde ich eine ganze Woche kein einziges Wort sprechen.

Gunnar und seine Familie sagten zu, und am Tag darauf kam ein Brief ihrer Mutter.

Es wäre tragisch, wenn Du eine Woche lang nicht sprechen würdest, meine liebe Astrid. Du hast immer so viel zu sagen, und ich weiß, dass alle Dir gern zuhören. Also ja – wir kommen. Dein Vater freut sich genauso darauf wie ich.

Nur ihre Schwestern konnten nicht dabei sein. Stina, die als Übersetzerin arbeitete, war mit ihrem Mann im Ausland, und Nickon, die Journalistin war, hatte zu viel zu tun.

Das Wetter war herrlich, wenn auch heiß und viel zu trocken.

Im Haus war es kühl, und wer Lust auf eine besondere Abkühlung hatte, konnte in den See springen.

Astrid kochte jeden Tag für alle, und als sie eines Mittags wieder am Herd stand und den fröhlichen Stimmen lauschte, die aus dem Garten zu ihr drangen, lächelte sie selig.

Auch Sture schien es gutzugehen, er lachte viel und hielt sich mit dem Alkohol zurück. Sie war dankbar dafür, auch wenn sie den Grund für seine Enthaltsamkeit nicht kannte. Neuerdings klagte er gelegentlich über Magenprobleme, vielleicht war das der Grund.

Am Vormittag waren sie alle zusammen auf dem See gewesen, hatten ein zweites Ruderboot gemietet und waren hinausgefahren.

»Lässt man dich hier eigentlich in Ruhe?«, hatte ihr Bruder gefragt. Er wusste, dass sie in Stockholm oft angesprochen wurde.

»Ja, die Nachbarn halten dicht«, hatte sie erwidert. »Ich habe sie mit selbstgemachter Marmelade bestochen.«

Astrid gab ein Kräutersträußchen in den Fischeintopf. Es blubberte, und sie legte den Deckel darauf.

Ihre Mutter kam herein. »Das riecht gut. Kann ich dir helfen?«

»Nein, du setzt dich brav wieder zu den anderen«, befahl Astrid gespielt streng, und ihre Mutter gehorchte.

Kurz darauf kam ihr Vater herein und stellte sich neben sie. »Es ist herrlich hier. Ihr habt ein Riesenglück, Astrid.«

»Oh, das weiß ich, Papa. Ich habe allein ein Riesenglück, eine so wundervolle Familie zu haben.«

»Meinst du damit uns oder deinen Mann und deine Kinder?« Er grinste und stibitzte sich eine Scheibe frisches Weißbrot, das sie gerade aus dem Ofen genommen und angeschnitten hatte.

»Euch alle zusammen, Papa.«

Er setzte sich an den großen Tisch. »Und jetzt bist du also eine berühmte Schriftstellerin. Also doch noch eine Selma Lagerlöf aus Vimmerby.«

»Du kannst es nicht lassen, was?« Sie drehte sich zu ihm und bedachte ihn mit einem liebevollen Blick.

Er war alt geworden, alt und ein wenig schwerfällig, aber im Geist noch immer putzmunter und rege. »Nein, kennst mich doch. Und ich mag es, wenn deine Augen blitzen.« Er streckte die Beine aus und knabberte an seinem Brot. »Ist es nicht wunderlich, dass wir vier Kinder haben, die alle was mit Schreiben zu tun haben?«

Astrid musste lachen, sagte aber nichts.

»Wir sind mächtig stolz auf dich.«

»Auch Mama?«

»Mit »wir« meinte ich nicht mich und die Kühe.«

Sie blieb ernst. »Ach so.«

»Du hast es zu etwas gebracht, Astrid, und du kannst das tun, was du liebst. Das ist ein Riesenglück.«

Sie lehnte sich an den Herd, den Kochlöffel in der Hand und sah ihren Vater an. »Ich habe einen deutschen Verleger kennengelernt, der meine Pippi übersetzen lassen will.«

»Sieh mal an, also hat doch noch einer angebissen.«

»Und ich werde im Herbst das erste Mal nach Hamburg reisen und den Verlag besuchen.«

Sture wollte sie begleiten, was sie umso mehr freute. Sie würden endlich einmal wieder ihre Zweisamkeit genießen können.

Ein Hoch auf Linnéa, dachte sie.

»Hamburg soll ja sehr nett sein.« Ihr Vater betrachtete gedankenverloren den letzten Bissen seines Brotes. »Früher jedenfalls. Wie es inzwischen, nach dem Krieg, aussieht …« Er seufzte. »Ich glaube, ich wäre auch gern viel gereist.«

»Heutzutage ist das so viel leichter, Papa.«

»Deine Mutter hat's, wie du weißt, nicht so mit dem weiten Reisen.« Er zuckte mit den Schultern. »Aber zu Hause ist's auch schön.«

Astrid ging zu ihm und hockte sich neben ihn. »Ach, Papa ...«

Er strich ihr übers Haar, so wie früher, wenn sie traurig gewesen war. »Du hast ein gutes Leben, Astrid.«

»Ja, das ist wahr.«

»Gibt's heute Nachmittag deine berühmte Käsetorte?«

»Natürlich.« Sie bereitete die Käsetorte genauso zu, wie ihre Mutter es ihr vor vielen Jahren beigebracht hatte. Mit einem Kilogramm Quark, den sie aus sieben Litern Milch selbst herstellte. Das ließ sie sich nicht nehmen, egal, wie wenig Zeit sie hatte.

»Ein bisschen was hat dir deine Mutter doch beigebracht«, meinte ihr Vater grinsend. »Huh, lassen wir sie das bloß nicht hören.«

»Es würde sie wohl kaum schrecken, Papa, schließlich kennt sie dich lange genug.«

Er lachte, und sie schmiegte ihre Wange an die seine.

Was, wenn er mal nicht mehr ist?, ging ihr durch den Kopf, und sie versuchte, die aufkommende Traurigkeit wegzulächeln.

»Was guckst du denn so, mein Mädchen?«, fragte er leise, und sie spürte, dass sie mit den Tränen kämpfen musste.

»Ich muss doch gucken, damit ich was sehen kann, Papa«, erwiderte sie genauso leise und schluckte die Tränen hinunter.

Am Abend saßen sie zusammen im Garten. Sture hatte ein kleines Lagerfeuer gemacht, das heimelig knisterte und die Bäume und Büsche ringsherum und auch sie selbst in ein gespenstisches Licht tauchte. Als Kinder hatten Astrid und ihre Geschwister Lagerfeuer geliebt. Vor allem die Kartoffelfeuer waren herrlich gewesen, dann hatten sie Kartoffeln in die Glut geworfen und waren ums Feuer herum getanzt.

Hinterher hatten sie sich Spukgeschichten erzählt. Vor allem Anders, der Knecht, konnte so gruselige Geschichten erzählen, dass sie sich später nicht ins Bett getraut hatten.

Einmal hatte er von einem einarmigen Mann in langem dunklem Mantel und einem riesigen Hut auf dem verfilzten Haar erzählt, der durch die Gegend strich und den Leuten alte Lumpen abschwatzte. Was er daraus machen wollte, hatte er nicht gesagt, und Anders hatte es so ausgeschmückt, dass sie am Ende davon überzeugt waren, der Landstreicher könnte unmöglich Gutes im Schilde führen. Als Anders dann auch noch im Dunkeln die Hand ausgestreckt und irgendwem ans Bein gegriffen hatte, hatten alle so laut aufgeschrien, dass ihre Mutter aus dem Haus gelaufen kam.

Daran musste sie nun denken und lachte leise.

Dann wurde sie ganz wehmütig.

Und bald heiratet mein Lasse und hat eine eigene Familie und Kinder, denen er Gruselgeschichten erzählen kann. Er wird mir fehlen, so sehr fehlen. So wie damals, als sie ihn bei Marie hatte lassen müssen.

Kurz, nur ganz flüchtig, durchzuckte sie das lähmende Gefühl von Leere und Einsamkeit, das sie so gut kannte. Was, wenn auch Karin heiraten würde und nicht mehr bei ihnen war?

Astrid räusperte sich energisch. Nein, daran wollte sie jetzt nicht denken, dieser Tag war hoffentlich noch fern.

Schäm dich, du Glucke, dachte sie zerknirscht. *Es ist der Lauf der Dinge, dass die Kinder heiraten und fortgehen. Du wirst Großmutter werden und dich an deinen Enkeln erfreuen.*

Wie es sich wohl anfühlen würde, das erste Enkelkind im Arm zu halten?

Ihr Vater durchbrach ihre wehmütigen Gedanken mit einem tiefen Seufzer und den Worten: »Ich könnte die ganze Nacht hierbleiben, und ich wünschte, mein Bett stünde gleich hier neben mir.«

»Ja«, erwiderte Astrid. »Es ist glatt ein Wunder, dass sich die Erde nicht auftut und es ausspuckt.«

Es blieb einen Moment still, dann lachte der Erste – es war Lasse –, und gleich darauf fielen alle ein.

So einfach müsste es immer sein, dachte Astrid. *Ein paar Worte und ein Lachen, und schon ist die Melancholie verschwunden.*

Kapitel 35

Hamburg im Herbst

Das Flugzeug rollte über die Landebahn, und Astrid atmete auf. Das Fliegen machte ihr nichts aus, bis auf den Start und die Landung.

Sture saß neben ihr, die Augen geschlossen.

»Wir sind da«, flüsterte sie. »Hast du den ganzen Flug verschlafen?«

»Du etwa nicht?« Er hatte ein Auge geöffnet.

Er erinnerte sie so manches Mal an ihren Vater. Beide hatten eine ganz ähnliche Art, belustigt zu schmunzeln oder eine trockene Bemerkung zu machen.

Im Geiste strich sie mit dem Finger über sein Kinn, seine Nase und Wangen, bis hoch zu seiner Stirn, die neuerdings so oft in Falten lag. »Ich kann im Flugzeug nicht schlafen, das weißt du doch.« Sie musste gähnen und nahm ihre Handtasche. »Komm.«

Bis eben noch hatte sie sich auf Hamburg gefreut, war gespannt gewesen. Nun spürte sie, wie ihre Beine bleischwer wurden, und sie fühlte sich so matt, dass sie sich am liebsten hinlegen würde. Von Vorfreude keine Spur. Im Gegenteil, sie würde sich furchtbar gern irgendwo verkriechen.

Ach, verflixt! Sie sollte doch vergnügt sein, glücklich und hochzufrieden, weil sie ein gutes Leben hatte. Sie hatte die liebsten Menschen um sich, eine Familie, aus der sie Kraft und Inspiration schöpfte, und einen Beruf, der ihr Erfüllung brachte.

Ich bin ja auch zufrieden und im Grunde sehr glücklich, dachte sie, als müsse sie sich vor sich selbst rechtfertigen.

Sture schob sie zum Ausgang. »Warum bist du denn so störrisch?«

»Störrisch?«, fragte sie zurück.

»Du bleibst ständig stehen.«

Das war ihr gar nicht aufgefallen.

»Ich bin wohl ziemlich müde.« Sie ging hinter den anderen Passagieren her und unterdrückte ein weiteres Gähnen.

Als sie die Halle durchquerten, ihre Mäntel überm Arm, sah Sture sie von der Seite an. »Was ist mit dir?«

»Gar nichts.«

»Du bist die schlechteste Lügnerin, die ich kenne.« Er blieb stehen und zog sie in seine Arme. Mitten in der Halle, zwischen all den Menschen, die an ihnen vorbeiströmten und sie anrempelten. »Was hast du denn?« Er küsste sie aufs Haar.

»Ich frage mich schon wieder, warum zum Teufel ich nicht einfach nur glücklich bin.«

»Dann bist du nicht glücklich?«

»Doch, natürlich bin ich das, Sture, aber … Ach, es ist kompliziert.«

»Ich weiß.« Er hob ihr Kinn und sah ihr in die Augen. »Der kleine Urlaub wird uns guttun.« Er legte den Arm um ihre Taille. »Komm, lass uns Hamburg entdecken.«

Das Pressehaus, in dem sich Friedrich Oetingers Verlag befand, war ein großes schmuckloses Gebäude. Auf dem Weg dorthin hatte Astrid sich neugierig umgeblickt. Vor dem Krieg musste Hamburg eine sehr schöne Stadt gewesen sein.

Die Straßenbahnen, die an ihnen vorbeiratterten, waren hoffnungslos überfüllt. Oetinger hatte ihnen ein Zimmer in einer kleinen Pension besorgt und sie bereits vorgewarnt. »Wenn Sie gut zu Fuß sind, sollten Sie besser laufen.«

Zwei britische Soldaten gingen an ihnen vorbei, als sie vor dem Pressehaus standen. Astrid schaute ihnen hinterher und fragte sich, wie man sich als Bürger einer Stadt wohl gefühlt haben mochte, die unter fremder Besatzung gestanden hatte.

»Komm.« Sture riss sie aus ihren Gedanken und hielt ihr die Eingangstür auf.

Sie betraten einen langen Flur mit Dutzenden Briefkästen und einer Treppe, die sich hoch hinaufschraubte.

Astrid fühlte sich so träge, dass sie sich am liebsten auf eine der Stufen gesetzt hätte. »Ich bin völlig erledigt.« Sie sah ihren Mann an. »Wieso machst du nicht einen kleinen Spaziergang, und ich gehe allein hinauf? Du würdest dich nur langweilen.«

Sture zuckte mit den Schultern. »Wie du meinst.«

»Aber wenn du lieber mitkommen möchtest …«

Er winkte ab. »Nein, nein, du hast recht, ich würde mich bestimmt langweilen.« Er zeigte hinter sich. »Dort drüben auf der gegenüberliegenden Straßenseite habe ich ein kleines Lokal gesehen. Ich werde einen Kaffee trinken und eine Kleinigkeit essen und auf dich warten.«

»Gut.« Astrid unterdrückte erneut ein Gähnen. Die Reise hatte sie ungeheuer angestrengt, dabei hatte sie schon sehr viel weitere Reisen unternommen, die um ein Vielfaches anstrengender gewesen waren. Vielleicht lag es an ihrer momentanen Verfassung. Sie sollte sich ein bisschen häufiger Ruhe gönnen.

Matt ging sie die Treppe hinauf und musste auf jeder Etage kurz haltmachen und durchatmen. Endlich hatte sie die Tür zu Oetingers Verlag erreicht und klopfte an.

Es dauerte eine Weile, bis geöffnet wurde.

Eine schwarzhaarige Frau mit dunklen großen Augen stand vor ihr und sah sie erwartungsvoll an. »Ja, bitte?«

»Mein Name ist Astrid Lindgren. Ich möchte zu Herrn Oetinger.«

»Sie sind die Schriftstellerin aus Schweden!« Die Frau lächelte strahlend. »Wie schön, Sie kennenzulernen! Kommen Sie, kommen Sie!« Sie trat beiseite und rief: »Herr Oetinger, Frau Lindgren ist da!«

Astrid betrat ein kleines, spartanisch eingerichtetes Zimmer, in dem sich zwei Schreibtische befanden. Sonst gab es nur noch ein größeres Regal und zwei Stühle, die an der Wand standen.

Oetinger saß an einem der Schreibtische und stand auf, als sie hereinkamen. »Frau Lindgren, wunderbar, dass Sie es einrichten konnten.« Er kam zu ihr und begrüßte sie.

In diesem Moment ging ihr auf, dass es nur dieses eine Zimmer gab. Der Verlag bestand aus einem einzigen Raum.

Astrid gefiel das. Sie hatte Friedrich Oetinger als äußerst angenehmen Mann eingeschätzt, der für seine Arbeit, seinen Verlag brannte und ganz offenbar auch sehr bescheiden war.

»Sie müssen entschuldigen, aber wir haben nur dieses Zimmer«, sagte er in diesem Augenblick, als hätte er ihre Gedanken erraten.

»Es gibt keinen Grund, sich zu entschuldigen, Herr Oetinger.«

»Wir sind ja noch im Aufbau«, fügte er hinzu und bat sie, Platz zu nehmen. »Das ist übrigens meine Sekretärin Frau von Hacht.«

»Sehr angenehm.« Astrid schlug die Beine übereinander und stellte ihre Handtasche neben sich.

»Hatten Sie eine gute Reise?«

Sie nickte halbherzig. »Schon, aber ich muss zugeben, dass ich lieber mit der Bahn fahre.«

»Sind Sie mit der Pension und Ihrem Zimmer zufrieden?«, erkundigte er sich.

»Sehr, vielen Dank.«

»Gut.« Oetinger nickte. »Dann wollen wir über die Arbeit sprechen.« Er blätterte in einem Papierstapel, der vor ihm auf dem Tisch lag.

»Darf ich Frau Lindgren zuerst etwas sagen?«, fragte seine Sekretärin. Sie hatte ganz rote Wangen, wahrscheinlich vor Aufregung und Freude.

Auch das gefiel Astrid. Die Frau war ihr auf Anhieb sympathisch.

»Ich habe eine achtjährige Tochter, Silke. Ich habe ihr von Ihrem Buch erzählt, Frau Lindgren. Sie freut sich schon so darauf, es endlich lesen zu können. Sie kann es kaum erwarten.«

»Das freut mich, Frau … Wie ist gleich noch mal Ihr Name?«

»Von Hacht. Aber sagen Sie ruhig Heidi zu mir.«

»Heidi. Was für ein schöner Name.«

»Ich finde, alle Mädchen sollten Pippi Langstrumpf kennen«, sagte Heidi von Hacht leidenschaftlich, und Astrid sah, dass Oetinger schmunzelte. »Die Kinder werden sie lieben, davon bin ich überzeugt.«

»In Schweden gibt es einen Film«, erzählte Astrid. »Aber er gefällt mir ganz und gar nicht.«

»Nein? Und warum nicht?«

»Tja, wie soll ich sagen? Er gibt nicht das wieder, was ich mir beim Schreiben gedacht habe. Verzeihung, das mag seltsam klingen, aber so habe ich es empfunden.«

Oetinger nickte nachdenklich. »Ich glaube, ich verstehe, was Sie meinen, Frau Lindgren.« Er warf seiner Sekretärin einen flüchtigen Blick zu. »Ich bin begeistert von Ihrer Pippi, aber das wissen Sie ja längst.« Er machte eine kurze Pause und sah mit einem Mal sehr ernst aus.

Ob er es sich anders überlegt hatte?

»Nun, ich will ehrlich sein, es war … es ist nicht ganz unproblematisch. Ich hatte mir in den Kopf gesetzt, Ihr Buch übersetzen zu lassen und herauszubringen. Dabei hatte ich nicht die geringste Ahnung, wie ich das Ganze überhaupt bewerkstelligen soll. Ich hatte ähm eigentlich gar kein Geld.« Wieder sah er seine Sekretärin an, und Astrid meinte, ein kurzes Aufflackern in seinem Blick zu erkennen. »Und da hat Frau von Hacht …« Er verstummte wieder und sprach dann weiter. »Sie hat vorgeschlagen, für die nächsten zwei Jahre auf ihr Gehalt zu verzichten.«

Seine Sekretärin war feuerrot geworden und nestelte an ihrem oberen Blusenknopf. »Herr Oetinger hat Visionen«, sagte sie leise. »Und Visionen muss man doch unterstützen, nicht wahr? Ich bin Witwe, Frau Lindgren, und ich kann von meiner Witwenrente mich und meine Tochter durchbringen. Das geht schon irgendwie, aber Ihr Buch, Ihre Pippi muss noch in diesem Jahr veröffentlicht werden.«

Astrid konnte nicht umhin, diese temperamentvolle Frau ins Herz zu schließen. Was für ein Opfer sie brachte! Aber wahrscheinlich empfand sie selbst das nicht einmal so.

Sie musste auch sehr an Pippi glauben, wenn sie sich so dafür einsetzte, dass das Buch veröffentlicht werden konnte.

Astrid betrachtete die beiden vor sich und lächelte in sich hinein.

Und sie muss auch sehr an Oetinger glauben.

Kapitel 36

Stockholm, Ostern 1950

Astrid saß auf der Bettkante und hielt Stures Hand.

Es ging ihm schlecht, sehr schlecht. Der Arzt beschrieb es als Erschöpfungszustand, Astrid aber vermutete etwas anderes.

Der Alkohol hatte ihren Ehemann krank gemacht und von innen ausgehöhlt, so dass nur noch eine Hülle neben ihr im Bett lag.

Eine Hülle, die zu schwach war, um noch wirklich Freude am Leben verspüren zu können. Sture aß zu wenig und schlief nach wie vor sehr schlecht. Wenn er durch die Wohnung ging, war es, als würde ein Geist, ein Schatten umherwandeln.

Er schlug die Augen auf und lächelte matt. »Astrid.«

»Ich bin da«, flüsterte sie und strich über seinen Handrücken. »Hast du Hunger?«

»Nein.«

»Aber du solltest etwas essen.«

»Ich würde ja doch nichts hinunterbringen.« Er lächelte wieder. »Du bist eine wunderbare Frau, Astrid.«

Ihr war ganz eigenartig zumute, und sie würde es gern mit einem trockenen Spruch überspielen, doch es wollte ihr keine Erwiderung über die Lippen kommen. Stattdessen drückten eisige Finger ihr Herz zusammen, bis es schmerzte. »Bald geht es dir wieder besser«, hörte sie sich sagen.

Er sah sie noch immer unverwandt an. »Musst du gar nicht arbeiten?«

»Heute ist Ostern«, erinnerte sie ihn.

Er nickte, schien tatsächlich kurz vergessen zu haben, dass ein Feiertag war. »Du hast heute noch gar nicht geschrieben.«

»Nein.« Sie tippte sich an die Stirn. »Aber hier drin ist schon alles gespeichert, ich muss es nur noch notieren.«

»Du bist unglaublich.« Er regte sich und verzog dabei leicht das Gesicht. »Ich bewundere dich, weißt du das?«

»Wofür bewunderst du mich?«, fragte sie ehrlich verwundert.

»Für vieles.« Wieder verzog er flüchtig das Gesicht. »Für deine unerschöpfliche Phantasie, deinen sprudelnden Geist, deine Unermüdlichkeit … Ach, ich könnte noch mehr aufzählen, wenn ich nicht so furchtbar müde wäre. Dabei tue ich seit gestern kaum etwas anderes als schlafen.«

»Du brauchst viel Ruhe.« Sie streichelte seine Wange und wünschte, sie könnte mehr für ihn tun, als nur dazusitzen und ihn zu berühren. Sie wünschte, sie könnte etwas tun. Sie fühlte sich so hilflos.

»Erzähl mir, woran du gerade schreibst«, bat er und drehte sich auf die Seite, die Hand unter dem Kopf.

»An einer neuen Geschichte aus Bullerbü. Und mir schwirrt eine neue Kati-Geschichte im Kopf herum. Diesmal wird sie nach Italien reisen.«

Das erste Kati-Buch sollte in diesem Jahr erscheinen. *Pippi Langstrumpf* war auch in Deutschland ein großer Erfolg geworden, und auch dort schieden sich die Geister an dem Mädchen. Die Kinder liebten sie, deren Eltern und Lehrer fanden sie unmöglich. »Ein schlechteres Vorbild kann es kaum geben«, hieß es.

Astrid störte sich auch weiterhin nicht an den Kritiken, sondern erfreute sich an den kleinen Lesern. Die Briefe der Kinder wurden täglich mehr, und sie beantwortete noch immer jeden einzelnen. Wie lange würde sie das wohl noch schaffen?

Sture schloss die Augen. »Erzähl mir von Bullerbü.«

Sie schluckte und hielt seine Hand fest. »Lasse plumpst beim Eislaufen in den See, aber er kommt selbstverständlich wieder heraus. Und Lisa und Inga gehen einkaufen und vergessen ständig etwas. Immer, wenn sie schon wieder fast zu Hause sind, fällt ihnen auf, dass sie etwas vergessen haben. Zwischendrin haben sie dann auch noch die Idee für ein Spiel, und so vergessen sie nicht nur ihre Einkäufe, sondern auch die Zeit. Am Ende ist es Abend, als sie heimkommen.«

Sture war eingeschlafen, noch immer ein leichtes Lächeln auf den Lippen. Es war, als sei er für einen kurzen Moment wieder Kind geworden, das einer Geschichte gelauscht hatte und dabei eingeschlummert war.

Astrid stand auf und verließ leise das Zimmer. Sie ging in die Küche und setzte sich an den Tisch. Die Tränen wollten fließen, doch sie ließ es nicht zu. Sie räusperte sich energisch und lenkte ihre Gedanken auf etwas anderes.

Lasses Heirat stand kurz bevor. Sie mochte ihre zukünftige Schwiegertochter, aber sie war sich nicht sicher, ob Inger und Lasse auch wirklich zusammenpassten. Es war dumm und vollkommen überflüssig, sich darüber Gedanken zu machen, das wusste sie. Trotzdem tat sie es. Sie wollte, dass Lasse glücklich war, so glücklich wie nur irgend möglich. Sie wollte sich keine Sorgen mehr um ihn machen müssen.

Es klopfte, und Karin kam herein. »Inger steht vor der Tür und heult.«

»Was? Aber warum?« Astrid war erschrocken aufgesprungen.

Sie hatte die Klingel gar nicht gehört, so abwesend war sie gewesen.

»Sie sagt, sie kann nicht heiraten.«

Astrid atmete auf, ach darum ging es. Das war doch normal, die meisten Frauen gerieten kurz vor der Heirat in Panik. »Ich spreche mit ihr.«

»Gut, ich weiß nämlich nicht, was ich ihr sagen, wie ich sie trösten soll. Schläft Papa?«

»Ja, aber du kannst dich gern zu ihm setzen. Dann ist jemand da, wenn er aufwacht.« Astrid ging zur Tür und sah ihre zukünftige Schwiegertochter wie einen begossenen Pudel auf dem Flur stehen. »Komm, ich mache uns Tee.«

Später saßen die beiden zusammen in der Küche.

»Du musst mich für vollkommen dämlich halten«, sagte Inger, nachdem sie eine Tasse Tee getrunken und geschwiegen hatte.

»Nein, das tue ich keineswegs.«

»Aber ich denke gerade darüber nach, Lasse nicht zu heiraten«, erklärte Inger verzweifelt und den Tränen nahe. Die sie bereits reichlich vergossen hatte.

»Unsinn, ich glaube nicht, dass du ernsthaft darüber nachdenkst.«

»Doch, das tue ich.« Es klang trotzig.

»Das geht den meisten Frauen so, glaub mir.«

»Auch dir? Warst du damals genauso?«

»Nein«, musste sie zugeben. »Ich war froh, heiraten zu können. Weil ich Lasse endlich eine richtige Familie bieten konnte, einen Vater, der sich um ihn kümmern würde. Er hatte es gut bei meinen Eltern, aber ihn zu uns holen zu können, war wunderbar. Ich konnte endlich für ihn da sein, ohne mir ständig Sorgen machen zu müssen.« Sie lächelte. »Und ich war glücklich, weil ich so verliebt in Sture war.«

Inger schaute sie an und nickte. »Ich bin auch sehr verliebt. Aber was, wenn es nicht funktioniert?«

»Das weiß man vorher nie, Inger. Man muss einfach alles dafür tun, *dass* es funktioniert.«

»Das ist das ganze Geheimnis?«

»Es ist kein Geheimnis.« Astrid schenkte ihnen nach. »Du musst dir vertrauen. Und Lasse.«

Inger legte den Löffel weg und seufzte.

»Ich verrate dir noch etwas.« Astrid legte die Hand auf ihre. »Es ist besser, hin und wieder enttäuscht zu werden, als niemandem zu vertrauen.«

Es wurde eine schöne Hochzeit, aber gab es überhaupt Hochzeiten, die nicht schön waren?

Astrid genoss das Treiben um sich herum und horchte dann und wann in sich. Wie fühlte es sich an, ihren Sohn loszulassen?

Gut, dachte sie nach einer ganzen Weile, in der sie auf ihrem Stuhl am Tisch saß und den Menschen beim Tanzen zugesehen hatte. Für einen Moment sah sie sich wieder mit Lasse an der Hand durch das regennasse Stockholm gehen; er gerade drei Jahre alt geworden und sie eine junge, unbedarfte und unglückliche Mutter, die ständig hungrig gewesen war und sich einsam gefühlt hatte. »Wenn du magst, gehen wir später in den Park«, hörte sie sich wieder sagen, und sie hatte das verängstigte Gesicht ihres kleinen Sohnes vor sich, der sie fragend ansah.

Gott, ist das lange her! Wie viel seitdem passiert ist!

Sie musste schlucken, und als sie den fragenden Blick ihrer Tochter auf sich zog, die gerade mit einem jungen gut aussehenden Burschen an ihr vorbeitanzte, zwang sie sich zu einem heiteren Gesichtsausdruck. Wie immer gelang es ihr fast mühelos. Aber sie ahnte, dass Karin sie durchschaute.

Sture saß neben ihr, wie meistens still und in sich gekehrt.

Nein, nicht wie meistens, wie seit einiger Zeit, verbesserte sie sich. Früher war er ein Anderer gewesen. Diese verfluchte Alkoholsucht hatte ihn so verändert.

Astrid hatte das unbändige Bedürfnis, ihn zu umarmen und zu halten, ihn zu beschützen und auf ihn aufzupassen.

Sie schnaubte leise und schüttelte den Kopf.

»Was hast du?« Er griff nach ihrer Hand.

»Gar nichts, ich musste nur daran denken, wie wir damals auf unserer Hochzeit getanzt haben.«

Wild und ausgelassen, genauso wie er damals gewesen war.

Sture erhob sich, ihre Hand noch in seiner. »Komm, wir wollen sehen, ob wir das heute auch noch hinbekommen.«

In der Nacht lag sie wach neben ihm und zählte in Gedanken immerzu auf: Sture und Astrid und Karin, Astrid und Karin und Sture, Karin und Sture und Astrid. Immer wieder diese drei Namen, es war wie ein innerer Zwang, ein Verlangen, es wieder und wieder aufzusagen, um sich klarzumachen, dass es eine Veränderung gab, dass ein Name fehlte.

Himmelherrgott, Astrid!, schimpfte sie mit sich. *Bist du noch bei Trost! Was tust du da?*

»Kannst du nicht schlafen?« Sture regte sich neben ihr.

»Nein.«

Mehr musste sie offenbar nicht sagen, denn er zog sie an sich, und sie bettete den Kopf auf seine Brust.

Geborgen. Sicher. Sie atmete tief durch.

»Das ist der Lauf der Dinge.« Sture küsste sie aufs Haar. »Irgendwann muss man sein Kind ziehen lassen.«

»Ich weiß, Sture. Trotzdem kann ich nicht anders.«

»Ich weiß«, sagte auch er.

Sie lächelte, plötzlich glücklich, weil er sie so gut kannte. »Nicht traurig sein.« Wieder ein Kuss auf ihr Haar. »Es wird vergehen, wie alles vergeht.«

»Ja.« Astrid seufzte schwer. »Wie alles vergeht.«

Eine Woche später besuchten sie Lasse und seine Frau in deren hübscher Wohnung. Inger kochte Kaffee und stellte die Zimtschnecken auf den Tisch, die Astrid mitgebracht hatte.

Astrid war schwer ums Herz, dabei freute sie sich für die beiden. Es war schön, sie so glücklich zu sehen.

Wieso kann ich nicht auch einfach mit ihnen glücklich sein?

Sie war wütend auf sich, nannte sich eine grässliche Glucke und ein noch viel grässlicheres Gewohnheitstier, das nicht imstande war, ihren Sohn loszulassen.

Sie tranken Kaffee, aßen die Zimtschnecken und plauderten.

Sture lehnte den Schnaps ab, den Lasse einschenken wollte, was Astrid verblüfft, aber auch erleichtert zur Kenntnis nahm.

»Wir wollen euch etwas sagen«, sagte Inger nach einer Weile und warf Lasse einen fragenden Blick zu.

Er nickte, und sie sprach weiter. »Ich erwarte ein Kind, ihr werdet Großeltern.«

Astrid fiel die Zimtschnecke aus der Hand. »Was? Das ist

ja … absolut wundervoll!« Sie sprang auf und umarmte erst ihre Schwiegertochter, dann ihren Sohn. »Ich werde Großmutter, ist das zu fassen!«

Und mit diesem Satz wendete sich das Blatt. Statt Wehmut und Traurigkeit spürte sie nun Aufregung und helle Freude.

Ihr erstes Enkelkind!

Etwas Altes war vorbei und etwas Neues begann. Der Lauf der Dinge.

»Ich freue mich so unbändig, das glaubt ihr nicht.«

Lasse legte die Hand auf ihren Arm. »Du wirst bestimmt eine ganz und gar verrückte, sehr, sehr liebe Großmutter.«

Teil 6

1952–1953

Kapitel 37

Stockholm im Frühjahr 1952

Astrid ging mit ihrem kleinen Enkel Mats auf dem Arm durch ihre Wohnung. Der Kleine wimmerte und schluchzte, hatte die ganze Nacht gegreint. Inger hatte am frühen Morgen angerufen und gefragt, ob sie ihn für ein paar Stunden bringen könnte, sie habe kaum geschlafen.

Wie jeden Morgen hatte Astrid im Bett gesessen und geschrieben, ihr tägliches Ritual, das sie nicht missen wollte. Trotzdem hatte sie sich sofort einverstanden erklärt, sich um Mats zu kümmern. Der Kleine war inzwischen siebzehn Monate alt, ein hinreißender Junge mit unbestechlichem Charme.

Er hatte das Gesicht in ihre Halsbeuge gedrückt und war still. Ob er eingeschlafen war?

Astrid hielt ihn ein wenig von sich, und als sie sah, dass seine Augen offen waren, lachte sie. »Du kleiner Schelm. Du solltest schlafen, deine Großmutter ist mit dir ein paar Kilometer durch die Wohnung gewandert.«

Er nickte eifrig und schüttelte dann den Kopf, den kleinen Mund zu einem drolligen Lächeln verzogen.

»Du weißt wohl noch nicht so recht, was du willst. Ich mache dir einen Vorschlag: Ich bringe dich ins Bett und erzähle dir eine Geschichte.«

Wie meistens funktionierte es auch dieses Mal. Innerhalb weniger Minuten war Mats eingeschlafen, den Daumen im Mund, und Astrid legte sich neben ihn, zwei Kissen im Rücken, und schrieb weiter an ihrer neuen Kati-Geschichte.

Inzwischen vertrat sie Hans Rabén des Öfteren im Verlag.

»Ich bin nicht nur Schriftstellerin und Lektorin, ich bin auch noch Verlegerin«, hatte sie ihrer Freundin Elsa erzählt, als die beiden wieder einmal durch den Park spaziert waren.

»Wie machst du das alles bloß, Astrid?«, hatte Elsa gefragt.

Astrid hatte die Schultern gezuckt. »Ich mache es einfach.«

Sie liebte die Arbeit im Verlag beinahe genauso wie das Schreiben.

Der Verlag, der *Pippi Langstrumpf* damals abgesagt hatte, machte seit einiger Zeit regelmäßig äußerst großzügige Angebote. »Womit kann ich Sie locken, Frau Lindgren?«, hatte der Verleger am Telefon gefragt.

»Mit gar nichts«, hatte sie erwidert.

»Ach, kommen Sie, jeder lässt sich irgendwann umstimmen.«

»Ich nicht.«

Doch er versuchte es unermüdlich weiter. Wenn er wüsste, wie wenig ihr derartige Verlockungen bedeuteten. Weil ihr Geld nichts bedeutete, Loyalität und Freundschaft dagegen viel.

Als Hans Rabén davon erfahren hatte, war er ganz kleinlaut geworden. »Verlieren wir dich nun, Astrid?«

»Ich bin eine treue Seele, das weißt du doch. Für mich gibt es Wichtigeres als Geld, das solltest du inzwischen auch wissen.«

Es klingelte an der Wohnungstür, und sie erhob sich schnaufend. Es war gerade so schön gemütlich.

Sie ließ ihre Schwiegertochter herein. »Er schläft.«

»Wie machst du das nur immer?« Inger schüttelte ungläubig den Kopf.

»Ich erzähle ihm eine Geschichte.«

Inger seufzte ergeben. »Darin bist du so viel besser, Schwiegermama. Mir fällt nie etwas ein.«

Astrid hatte noch nie so recht verstanden, wie es sein konnte, dass manchen Menschen die Phantasie fehlte. Vielleicht fehlte sie auch gar nicht, sondern drang nur nicht zu ihnen durch.

Inger verließ mit dem schlafenden Mats auf dem Arm die Wohnung, und Astrid warf einen Blick auf die Uhr.

Am Nachmittag war sie mit Elsa Olenius verabredet, sie wollten einen ausgedehnten Spaziergang machen.

Bis dahin würde sie noch weiterschreiben.

Elsa war ungewöhnlich still an diesem Nachmittag.

Astrid hatte sich bei ihr untergehakt, und sie schritten gemächlich den Weg entlang. Zu beiden Seiten blühten die Maiglöckchen und Buschwindröschen, der süßliche Duft der weißen Glöckchen war geradezu betörend.

»Was ist mit dir, Elsa?«

»Ach, wenn ich das wüsste.«

»Das kenne ich gut. Meistens vergeht es von allein.«

»Neuerdings ist mir manchmal so … so seltsam zumute. Früher war ich anders.«

»Das ist das Alter. Bei dir jedenfalls«, erwiderte Astrid trocken. »Ich war schon immer so. Nun mach nicht so ein betrübtes Gesicht, Elsa.«

»Ist es nicht eigenartig? Man denkt plötzlich über Dinge nach, an die man früher keinen Gedanken verschwendet hat.« Elsa blieb plötzlich stehen. »Ich hab eine Idee! Lass uns über den Friedhof gehen.«

»Ach du lieber Himmel«, entgegnete Astrid. »So schlimm steht's schon um dich?«

Elsa lachte. »Wollen wir?«, fragte sie dann. »Ich gehe gern über Friedhöfe, du etwa nicht?«

»Doch«, gab Astrid zu. »Aber ich wäre wohl nicht auf die Idee gekommen, dir diesen Vorschlag zu machen.«

»Warum soll ich nicht mal die Mutigere von uns sein?«

Sie waren mehr als eine Stunde über den nördlichen Friedhof geschlendert und immer wieder stehen geblieben, um sich ein besonders prächtiges Grab oder eine Inschrift anzuschauen.

Der Friedhof war von hohen Bäumen umgeben, die Schatten spendeten und im lauen Wind rauschten.

Dann hatten sie sich auf eine Bank unter eine Linde gesetzt, um auszuruhen, und Astrid hob den Kopf und blickte in den Himmel. Die Sonnenstrahlen drangen durch das Blätterdach über ihnen und zauberten wirbelnde Muster auf ihre Kleidung.

»Es ist herrlich hier, nicht wahr?«, flüsterte Elsa und sah tief bewegt aus.

Astrid nickte stumm, sie war von Ehrfurcht erfasst und ganz sonderbarer Stimmung. So ging es ihr immer, wenn sie auf einem Friedhof war. Sie hatte dann den Eindruck, ganz tief in sich hineinhorchen zu können. Sie musste an das vergangene Osterfest denken. Sture ging es plötzlich wieder sehr schlecht, und sie hatte sogar befürchtet, er könnte sterben. Es war kaum auszuhalten gewesen.

»Bist du den ganzen Sommer über wieder in Furusund?«, riss Elsa sie aus ihren Gedanken.

»Ja, ich freue mich schon auf die Stille und Ruhe, das kannst du mir glauben.« Drei ganze, wunderbare Monate lagen vor ihr, die sie dem Schreiben, Schwimmen und den Spaziergängen widmen konnte.

»Aber so ganz ungetrübt ist deine Vorfreude nicht.« Elsa schaute sie ernst an. »Dir liegt etwas auf der Seele.«

Astrid verschränkte die Hände im Nacken. »Dir kann ich wohl nichts mehr vormachen. Es ist wegen Sture. Ich mache mir Sorgen um ihn.« Sie erzählte ihr von Ostern. »Es war schrecklich, Elsa. Ich dachte wirklich …« Sie schluckte mühsam. »Ich dachte, er würde sterben.«

Elsa legte ihr die Hand aufs Knie. »Ach, Astrid … Das tut mir so leid.«

Eine Weile blieben sie noch sitzen, dann seufzten beide wie auf Kommando, erhoben sich und schlenderten weiter.

Vor einem Grab mit einem hohen, schlichten und dunklen Stein blieb Astrid stehen. Sie betrachtete die Inschrift, den Kopf zur Seite geneigt. »Sieh nur. Hier liegen zwei Brüder begraben.« Einer war gerade mal ein Jahr alt geworden, der andere zwei. »Was für ein Drama. Die arme Mutter.« Sie war ebenfalls hier begraben. »Ich glaube, ich hätte es nicht überlebt, wenn eins meiner Kinder so jung gestorben wäre.«

Elsa legte den Arm um ihre Taille. »Ich glaube, man überlebt noch viel mehr, Astrid. Das ist ja das Unglaubliche am Leben. Komm, lass uns weitergehen, bevor wir beide noch heulen müssen.«

Nachdem sie sich voneinander verabschiedet hatten und Astrid allein weiterging, brummte ihr der Kopf von all den wirren Gedanken, die sie befielen.

Wie viel manche Menschen aushalten mussten.

Bislang hatte sie fröhliche Bücher geschrieben, Bücher über lustige, pfiffige Kinder, die behütet und sorglos aufwachsen durften. Selbst Pippi, die nie wirklich behütet worden war, weil sie ja keine Mutter mehr hatte und der Vater weit weg war, führte ein sorgloses, heiteres Leben.

Aber was war, wenn diese Sorglosigkeit vorbei war? Oder wenn es sie erst gar nicht gab? Wenn das Kind krank war, zum Beispiel und sterben musste. Konnte, durfte sie über so etwas schreiben? *Sollte* sie es nicht vielleicht sogar tun?

Ich könnte Kindern Trost geben, sie mit dem Tod auf eine Weise konfrontieren, die nichts Lähmendes und Entsetzliches hat. Ich könnte ihnen erzählen, dass der Tod nicht das Ende ist, dass es ein Land gibt, in das wir alle gehen werden.

Astrid wurde das Herz ganz schwer, und sie schüttelte den Gedanken ab, vorerst, weil sie tief in sich spürte, dass die Zeit für eine solche Geschichte noch nicht reif war. Weil sie selbst dazu noch nicht bereit war.

Aber die Zeit würde kommen, auch das spürte sie.

Kapitel 38

Einen Monat später ging es Sture erneut sehr schlecht.

Astrid hatte ihn vor zwei Tagen ins Krankenhaus bringen müssen und darum gebeten, eine Schlafmöglichkeit neben seinem Bett aufzustellen. Sie wollte ihn nicht mehr allein lassen.

Man hatte eine Art Ottomane gebracht, auf dem sie ruhte und dann und wann sogar einschlief. Wenigstens für eine halbe Stunde. Die andere Zeit saß sie neben ihrem Mann, seine Hand in ihrer. Der Alkohol hatte ihn zerstört, die Diagnose lautete Leberzirrhose. Allein das Wort war schon schrecklich.

In seiner Speiseröhre war eine Ader geplatzt, und es war zu einem Blutsturz gekommen. Als der Arzt mit Astrid sprach, wurde ihr klar, dass es keine Besserung geben würde. »Es tut mir leid, Frau Lindgren, aber ich kann es nicht beschönigen. Es gibt keine schönen Worte für das, was mit Ihrem Mann ist.« Er ging aus dem Zimmer und sie sank auf die Ottomane. Keine Besserung, hämmerte es in ihrem Kopf.

Ihr Mann, ihr geliebter Sture, würde sterben. Er starb bereits. Sie wollte weinen, Tränen würden sicher guttun, doch keine einzige kam.

Stattdessen nahm sie ein Blatt Papier und schrieb einfach drauflos. Worte, die direkt aus ihrem Herzen, ihrer Seele flossen. Wenn Karin doch nur hier wäre!

Ihre Tochter fehlte ihr entsetzlich. Karin machte gerade Ferien in

Paris. »Paris, Mama! Ist das nicht herrlich!«, hatte sie geschwärmt, und Astrid hatte sich für sie gefreut.

Und nun fehlte sie ihr so sehr, dass es wehtat.

Stures Atem ging wieder rasselnd und stoßweise, und sie umfasste seine Hand. »Ich bin da, Sture, ich bin da.«

Seine Augen öffneten sich flackernd, und sein Blick huschte unruhig durchs Zimmer. Er murmelte etwas, dann schloss er wieder die Augen.

Astrid war nicht sicher, ob er überhaupt wahrnahm, dass sie hier war. Wie gerne würde sie mit ihm sprechen, noch einmal seine Stimme hören, mit ihm lachen.

Sacht streichelte sie seine warme Hand, zeichnete die Adern darauf nach und beugte sich dann vor, um ihm einen Kuss auf die Stirn zu hauchen. »Bleib bei mir, Sture«, flüsterte sie, und endlich glaubte sie, weinen zu können.

Aber wieder kam keine Träne.

Offenbar war sie eingeschlafen und schreckte auf, als sie eine Hand auf ihrer Schulter spürte. Sie saß noch immer neben ihrem Mann, hatte seinem Atem gelauscht und war dabei eingenickt.

»Astrid?«

Sie blinzelte. Wessen Stimme war das? Sie drehte sich um und sah ihre Schwester neben sich stehen. »Stina?« Sie musste träumen.

»Komm, leg dich ein bisschen hin und ruh dich aus. Ich bleibe bei Sture.« Stina schob sie in Richtung Ottomane, wartete, bis sie sich hingelegt hatte, und deckte sie zu.

»Du musst mich wecken, wenn irgendetwas ist. Versprich's mir.«

»Natürlich. Und nun schlaf.«

Ihre leise, beruhigende Stimme lullte Astrid ein.

Sie träumte von Näs. Sie und ihre Geschwister rannten über den Hof, hinunter zum Bach, wo Gunnar am Tag zuvor zwei Feuersalamander entdeckt hatte. Kichernd sprangen sie über die Grasnarben, stolperten, liefen weiter. Astrid war federleicht ums Herz, und sie lachte am lautesten von allen.

Plötzlich blieb Nickon stehen und starrte sie mit gerunzelter Stirn an. »Was ist mit deinem Kleid, Astrid?«

Sie blickte an sich hinab. Hatte sie sich schmutzig gemacht? Nein, es war kein Schmutz, sondern die Farbe ihres Kleides.

Es war tiefschwarz, und mit einem Mal sah sie alles wie durch einen dunklen Schleier. Sie wischte sich hektisch übers Gesicht, rieb sich die Augen. »Was ist das?«, schrie sie und wischte weiter.

Nickon und Stina kamen und hielten ihre Hände fest. »Nicht reiben, Astrid. Das ist der Schleier.«

»Welcher Schleier?« Ihre Stimme war hoch, panisch.

»Du trägst einen schwarzen Schleier.«

Astrid wachte auf, setzte sich hin und wusste nicht sofort, wo sie war. Ach ja, im Krankenzimmer. Bei Sture.

Sture!

Sie sprang auf, sah erst jetzt, dass ihre Schwester an seinem Bett saß. »Stina, ich …«

»Du hast geträumt. Leg dich wieder hin.«

»Ich kann nicht.« Und dann kamen die Tränen, liefen, flossen nur so aus ihr heraus. »Er wird sterben, Stina.«

Am Tag darauf tat ihr Mann seinen letzten Atemzug.

Astrid hatte ihre Schwester gerade abgelöst und war kurz eingenickt, nur sehr kurz. Sie fuhr hoch, als sein Atem leiser wurde.

Zuvor hatte er keuchend geatmet, rasselnd, doch plötzlich waren seine Atemzüge tiefer und regelmäßiger geworden.

Astrid umschlang seine Hand, die auf der Bettdecke lag, mit ihren Händen, hauchte Küsse auf sein Gesicht und wartete, bis er nicht mehr atmete. »Sture, mein armer Sture …«

Als er reglos dalag, lehnte sie den Kopf an seine Wange, verharrte.

Stina kam herein, stand in der Tür, die Hand auf dem Mund. »Ich hole den Arzt«, stieß sie dann hervor und war wieder verschwunden.

Astrid blieb neben ihrem Mann sitzen.

Lasse kam mit seiner Familie, hielt sie, tröstete sie.

Am Tag darauf kam auch Karin aus Paris, weinend, blass und aufgelöst. »Ich hätte da sein sollen, Mama.«

»Nein, es ist gut so, Karin.« Mehr sagte Astrid nicht.

Sie konnte nicht, hatte keine Worte.

Bis zum Begräbnis saß sie stumm und teilnahmslos da, meistens am Fenster, und überließ sich der Trauer.

Es war nicht immer leicht mit Sture und ihr gewesen, aber sie hatten sich geliebt, waren füreinander da gewesen. Und er war der Vater ihrer geliebten Tochter, dem größten Geschenk, das er ihr hatte machen können. Dass er sie betrogen und verlassen hatte, bereitete ihr keinen Kummer mehr, es war fast, als wäre es in einem anderen Leben geschehen. Bereits kurz nachdem er zu ihr zurückgekehrt war, hatte sie ihm alles verziehen.

Vielleicht lag es schlicht und ergreifend an ihrem Charakter, dass ihr das Verzeihen leichtfiel, vielleicht war der Grund auch, dass sie selbst um Verzeihung bitten konnte, ohne dass es ihr alles abverlangte. Menschen sollten jederzeit bereit sein, sich die Hände zu reichen, weil es niemanden gab, der unfehlbar war. Menschen sollten auch Verständnis für die Schwächen anderer haben.

»Brich nie den Stab über andere, du bist selbst nur ein Menschlein, das Fehler macht«, hatte ihr Vater früher gesagt, und sie hatte es sich zu Herzen genommen.

Und einmal hatte er auch gesagt: »Es gibt Dinge, die man tun muss, sonst ist man kein Mensch, sondern ein Häuflein Dreck.«

Astrid hatte es damals auf das Verzeihen bezogen, und das tat sie heute noch. Wenn man nicht verzeihen konnte, war man ein Häuflein Dreck.

Kapitel 39

Furusund

Astrid fuhr allein nach Furusund. Sie wollte dort in der Abgeschiedenheit um ihren Mann trauern, ihre Gedanken sortieren und zur Ruhe kommen. Sie hatte ihre Kinder gebeten, erst später nachzukommen. Und sie waren nicht in sie gedrungen, hatten nicht versucht, sie zu überreden. »Ihr seid eben kein Häuflein Dreck«, hatte Astrid zum Abschied gesagt, und Karin hatte sie erst fragend angesehen und dann genickt. »Nein, Mama, sind wir nicht.«

Ob sie genau verstanden hatte, was Astrid damit meinte, war nicht klar, aber auch nicht wichtig. Karin besaß eine besondere Antenne für Stimmungen, insbesondere für Astrids.

Wir sind so viel mehr als nur Mutter und Tochter, dachte Astrid nun, als sie auf dem Balkon ihres Hauses saß, die Füße auf einem Hocker, den Blick in die Ferne gerichtet.

Sie hörte das Wasser gluckern und schmatzen, wenn die Wellen an Land spülten, und sie vernahm den Ruf des Kleibers, der in einem der Bäume saß.

Immer, wenn sie in Furusund war, konnte sie alles abstreifen und hinter sich lassen. Der Ort, das Haus waren von einem tiefen Frieden erfüllt, und diese Ruhe und dieser Frieden senkten sich auf jeden, der hier war.

Astrid hatte ihren Stenogrammblock neben sich gelegt und bereits ein paar Zeilen geschrieben. Doch so recht voran kam sie an diesem Vormittag nicht. Zu viel anderes ging ihr durch den Kopf, ständig musste sie an Sture denken, an das, was sie künftig ohne ihn tun müsste. Ein Weihnachtsfest ohne ihn konnte sie sich gar nicht vorstellen, sie beide mochten Weihnachten so sehr.

Ach, es war albern und absurd, ausgerechnet jetzt an Weihnachten oder andere Feiertage zu denken. Es begann ja bereits am Morgen, wenn sie aufwachte und sein Platz war leer. Sein Bettzeug hatte sie sofort weggeräumt, weil sie den Anblick seines Kopfkissens nicht ertrug.

Manchmal lag sie in der Nacht wach im Bett und dachte darüber nach, wo Sture jetzt wohl sein mochte. Gab es etwas nach dem Tod? Etwas Überirdisches? Was war überhaupt überirdisch?

Als Kind hatte Astrid furchtbare Angst vor dem Tod gehabt, wie wohl alle Kinder in einem gewissen Alter. Sie hatte sich ständig gefragt, ob es wirklich sein konnte, dass man nach dem Tod in der Erde lag und mitbekam, wie die anderen weiterlebten. Aber bekam man es überhaupt mit, schließlich war man ja tot? Ein Teufelskreis, der nicht zu durchbrechen war, Gedanken, die sich im Kreis drehten, und Ängste, die ihr den Hals zuschnürten. Manchmal – es geschah sogar beim Spielen – hatte es sie heiß durchzuckt, und sie war weinend zu ihrem Vater gelaufen. »Papa, Papa, was ist, wenn ich tot bin? Muss ich dann die ganze Zeit im Sarg liegen und euch zuschauen, ohne dass ich eigentlich noch schauen kann?«

Er hatte ihr dann liebevoll übers Haar gestrichen. »Ach, mein kleines Mädchen, vor dem Tod musst du nun wirklich keine Angst haben.«

»Aber ich hab Angst, Papa, ganz schreckliche, fürchterliche Angst, die mir den Hals hochkriecht.«

»Diese Angst vergeht wieder, wirst sehen. Der Tod ist nichts Schreckliches, nur die Angst davor ist schlimm. Weil man es sich schlimm vorstellt.« Er hatte gelächelt. »Ich stelle mir ein wunderschönes Land voller Ruhe und Frieden vor, in das wir gehen werden.«

»Ein Land?« Sie hatte den Atem angehalten.

»Ja, meine kleine Astrid, ein herrliches Land voller bunter Farben und Tiere und Blumen, die wir nicht kennen. Ein Land, in dem es keine Angst und keinen Schmerz gibt, keinen Krieg und keine Grausamkeit. Es gibt nur Wärme, helles Licht und Frieden.«

Sie hatte sich an ihn gekuschelt und seinen Worten gelauscht, die sie getröstet, ihr Mut gemacht hatten.

Ja, ein Land voller Farben und herrlicher, ungewöhnlicher Blumen, die nach Honig und Butter dufteten, und Tieren, die an Bächen tranken, und die man nie zuvor gesehen hatte.

Daran musste Astrid nun denken, und sie war wieder von der Ruhe erfüllt, die sie damals als kleines Mädchen empfunden hatte. Es mochte kindisch sein, sich auch als erwachsener Mensch ein solches Land vorzustellen, aber sie fand die Vorstellung wundervoll. Und sehr beruhigend.

Morgens schwamm Astrid ein paar Runden, danach legte sie sich auf den Steg und ließ sich von der Sonne trocknen.

Dabei dachte sie nach. Über Sture und ihre Ehe, die Fehler, die sie beide gemacht hatten. Sie dachte auch gern an die Zeit zurück, als sie sich kennengelernt hatten. Wie unbekümmert und fröhlich Sture stets gewesen war, und wie sehr er sich um sie bemüht hatte.

Manchmal glaubte sie, die Leere, die er zurückgelassen hatten, nicht zu ertragen, dann wieder fühlte sie sich stark und war sicher, es durchzustehen. Wie sie bislang alles durchgestanden hatte.

Nachmittags saß sie auf dem Balkon und schrieb an einer neuen

Kalle Blomquist-Geschichte. Diesmal sollte es um Entführung gehen. Kalle beobachtete, wie der kleine Rasmus von Ganoven verschleppt wurde, und nahm sich selbstverständlich des verzwickten Falles an.

Wenn Astrid schrieb, gab es nur die Geschichte in ihrem Kopf und den Stift, aus dem die Worte förmlich aufs Papier flossen. Es gab keinen Sture, keinen Tod und keine Traurigkeit. Sie spürte nicht einmal den Wind, der ihr um die Nase strich und mit ihrem Haar spielte. Sie bemerkte auch nicht, dass der Himmel sich zusammenzog und der Wind auffrischte.

Erst, als sie mit dem Stift kleine Löcher ins Papier stach, fiel ihr auf, dass es regnete.

»Ach je!« Sie sprang auf und brachte den Block in Sicherheit und sich selbst ins Trockene.

Der Regen war stärker geworden, und der Wind pfiff ums Haus und wirbelte ein paar Rosenblätter umher, die abgefallen waren.

Eine Weile setzte sie sich in den Sessel ans Fenster und schaute den dicken Regentropfen zu, die an der Fensterscheibe herunterperlten, dann schrieb sie weiter.

Am Abend hörte der Regen auf, und der Wind ließ so plötzlich nach, dass Astrid verblüfft den Kopf hob und hinaus schaute. Ihr taten die Finger weh, und sie legte den Block beiseite und stand auf. Sie ging ein paar Schritte umher, dehnte ihren Rücken und lockerte ihre Nackenmuskulatur.

Ihr Magen knurrte, und sie überlegte, wann sie zuletzt etwas Anständiges gegessen hatte. Zum Frühstück? Dann war das laute Grummeln kein Wunder.

Sie ging in die Küche und machte sich ein belegtes Brot mit

Käse, den ihre Schwägerin ihr geschickt hatte. Gunhild war im Käsen mittlerweile genauso flink wie Astrids Mutter. Die ließ es sich nach wie vor nicht nehmen und half auf dem Hof mit, wo sie konnte oder besser gesagt, wo Gunhild es zuließ. »Setz dich doch irgendwo hin, Schwiegermama.«

»Das Herumsitzen liegt mir nicht im Blut.«

»Dann wirst du es lernen müssen. Das hier ist jetzt mein Bereich, du hast lange genug geschuftet.«

Ihre Mutter war inzwischen dreiundsiebzig und noch immer gut auf den Beinen, viel zu gut, um den lieben langen Tag tatenlos herumzusitzen und Däumchen zu drehen.

Ihr Vater war siebenundsiebzig, er dagegen hatte sich an das süße Nichtstun gewöhnt und genoss es. »Komm, meine liebe Hanna, setz dich zu mir und sieh dir den herrlichen Himmel an«, versuchte er es unermüdlich, und hin und wieder gab sie nach und setzte sich still neben ihn. Dann saßen sie da, die Hände ineinander verschlungen und schwiegen.

Astrid hatte sie oft so gefunden und gelächelt. »Man könnte glatt meinen, ihr wäret euch gerade erst begegnet. Wie ein frisch verliebtes Paar«, hatte sie einmal gemeint.

»Na, das sind wir ja auch, nicht wahr, Hanna?«, hatte ihr Vater erwidert.

Sie wollte sich nicht vorstellen, wie es war, wenn seine geliebte Hanna als Erste gehen würde. Er sagte gern: »Wenn wir schon nicht gemeinsam gehen können, will ich unbedingt der Erste sein.«

Astrid machte sich noch ein Brot und belegte es mit einer dicken Scheibe rahmigem und herzhaftem Käse. Er schmeckte köstlich. Dann öffnete sie alle Fenster im Haus und ging nach draußen, um einen Spaziergang zu machen.

Unterwegs traf sie ihre Nachbarin Frau Svensson, eine ältere Frau, die das Haus nie ohne ein gestreiftes Kopftuch verließ.

Sie blieben voreinander stehen, und Frau Svensson streckte die Hand aus. »Mein aufrichtiges Beileid.«

Es sprach sich immer rasch herum, wenn Astrid da war, und es war keine Überraschung, dass alle von Stures Tod wussten.

Aber man ließ Astrid grundsätzlich in Ruhe, niemand käme auf die Idee, einfach bei ihr hereinzuschneien. Doch sobald sie sich draußen blicken ließ, gingen ringsherum die Türen oder Fenster auf, und man winkte oder rief ihr etwas zu. Dann und wann kam auch jemand zum Steg, wenn sie dort saß, und hielt ein kurzes Schwätzchen mit ihr. Aufdringlichkeit schätzte man hier nicht, und das war etwas, was Astrid mindestens genauso gut gefiel wie die Stille und Abgeschiedenheit. Sie mochte es auch, dass zwar alle Nachbarn wussten, dass sie die bekannte Schriftstellerin aus Stockholm war, das jedoch keine Rolle spielte. Es war schon vorgekommen, dass Reporter im Sommer den Weg hierher gemacht hatten, in der Hoffnung auf ein Interview. Da aber keiner von ihnen die genaue Adresse wusste und die Nachbarn äußerst verschwiegen waren, hatten sie wieder abziehen müssen.

»Wenn ich etwas für Sie tun kann ...« Frau Svensson sah sie mitfühlend an.

»Vielen Dank, mir geht es ganz gut.«

»Ansonsten wissen Sie ja, wo ich wohne.« Ihre Nachbarin nickte ihr zu und ging weiter.

Astrid überlegte, welchen Weg sie einschlagen sollte, und entschied sich für den direkten Weg zum Kaufladen. Sie hatte Lust auf ein Eis.

Als sie zurückkam, war es schon spät. Sie war noch am Wasser gewesen und hatte sich im Gras ausgestreckt und vollkommen die Zeit vergessen.

In der Ferne grummelte und rumorte es, offenbar war ein Gewitter im Anmarsch. Sie sollte schleunigst ins Haus und die Fenster schließen.

Astrid blieb abrupt stehen, als sie vor ihrem Haus eine junge Frau sah, die suchend umherblickte. Sie duckte sich hinter eine Hecke und spähte vorsichtig zu ihr.

Die Frau schien auf sie zu warten. Woher wusste sie, dass sie vor dem richtigen Haus stand? Reiner Zufall oder hatte einer der Nachbarn doch geschwatzt?

Astrid kam eine Idee. Sie lief zurück zu Frau Svenssons Haus und klopfte an.

Die Tür wurde geöffnet, und ihre Nachbarin sah sie überrascht an.

»Da steht eine Reporterin vor meinem Haus.« In diesem Moment ging ihr auf, dass die Frau möglicherweise gar keine Reporterin war. Aber wer war sie dann?

»Ach je. Also von mir weiß sie's nicht.«

»Das dachte ich mir. Haben Sie einen Hut und vielleicht eine Brille für mich?«

Ihre Nachbarin schaute verblüfft, dann grinste sie schelmisch. »Kommen Sie, ich habe eine Truhe im Schlafzimmer mit lauter altem Zeugs. Meine Enkelinnen spielen für ihr Leben gern Verkleiden.«

Ich auch, dachte Astrid und folgte ihr ins Haus.

Wenige Minuten später kam eine elegant gekleidete Frau den Weg entlang. Sie trug ein schickes, wenn auch etwas altmodisches geblümtes Kleid, zu dem die flachen, ausgetretenen Sandalen nicht recht passen wollten, einen großen hellen Hut und eine Brille mit getönten Gläsern. Ein ebenfalls geblümtes Tuch hatte sie salopp umgeschlungen, ein Ende flatterte wie eine Fahne im Wind. Auf ihren Lippen leuchtete kirschroter Lippenstift, und an ihrem Handgelenk klimperten unzählige Armbänder. Sie musste an Karins Geburtstagsfeier vor vielen Jahren denken, als sie eine Modenschau veranstaltet hatten.

Als sie an der jungen Frau vorbeigehen wollte, wurde sie angesprochen. »Verzeihung? Ich bin Reporterin und auf der Suche nach Frau Lindgren, Astrid Lindgren. Ich hörte, sie soll hier irgendwo wohnen. Ich habe schon alle Häuser in der Umgebung abgeklappert. Sie wissen nicht zufällig, ob sie gerade da ist?«

Eigentlich hatte Astrid sich als Amerikanerin ausgeben und wortlos weitergehen wollen, doch als sie der jungen Frau ins Gesicht sah, brachte sie es nicht über sich.

Sie blieb stehen und überlegte, was sie sagen sollte.

»Ich weiß, es war furchtbar dumm von mir, einfach hierher zu fahren … Was mache ich denn jetzt?« Der Reporterin rutschte die Handtasche von der Schulter, und Astrid bückte sich danach.

Dabei fiel ihr der Hut vom Kopf und landete in einer Pfütze. Auch das noch!

Sie fluchte leise, und als sie ihn aufhob, hörte sie die junge Frau sagen: »Sind Sie nicht …? Natürlich! Sie sind Frau Lindgren!«

Das hast du nun von deiner Freundlichkeit und Hilfsbereitschaft, du Schaf!

»Ich gebe in meinen Ferien keine Interviews«, erklärte sie ein wenig säuerlich.

Und die junge Frau tat etwas, das sie verblüffte: Sie nickte ergeben, verständnisvoll. »Das sagte mein Chef auch, aber ich wollte es wenigstens versuchen. Tut mir leid, wenn ich Sie belästigt habe.« Sie drehte sich um und wollte gehen.

Irgendetwas an ihr erinnerte Astrid an Karin – und ein bisschen auch an sie selbst. »Woher kommen Sie?«

»Aus Uppsala.« Die junge Frau war stehen geblieben. »Ich habe dort studiert und mache gerade ein Volontariat bei einer kleinen Zeitung in Nyköping.«

Plötzlich sah sie sich wieder in Vimmerby an dem verschrammten Schreibtisch sitzen, so jung und unverdorben, so gutgläubig und neugierig. »Ein Volontariat.« Sie lächelte. »Ich mache Ihnen einen Vorschlag. Sie kommen morgen Nachmittag wieder, und dann dürfen Sie mir Ihre Fragen stellen.«

Die junge Reporterin schaute sie überrascht und ungläubig an. »Wirklich? Das ist aber nett von Ihnen.«

Astrid zeigte zum Bootssteg. »Wir treffen uns dort drüben um sechzehn Uhr. Einverstanden?«

»Sehr gerne. Vielen Dank, Frau Lindgren. *Vi ses*!« Ein schüchternes Lächeln, dann wandte die junge Frau sich ab und war wenig später um die Ecke verschwunden.

Astrid warf einen Blick auf den feuchten Hut von Frau Svensson und seufzte. »Ach je, ich fürchte, du bist hinüber.«

Ganz in der Nähe war ein heftiges Donnern zu hören, und gleich darauf durchtrennte ein greller Blitz den Himmel.

Astrid machte, dass sie ins Haus kam.

Als sie wenig später in ihrem Lieblingssessel am Fenster saß und dem Gewitter zuschaute, musste sie lachen.

Wann hatte sie das letzte Mal Verkleiden gespielt?

Kurz darauf begann sie zu weinen. Sie zitterte am ganzen Körper, so sehr weinte sie. Bis sie glaubte, für die nächsten Jahre keine Tränen mehr zu haben.

Sture fehlte ihr so! Wie gern hätte sie ihn jetzt bei sich. Sie würden zusammen über ihre urkomische Aufmachung lachen.

Astrid legte den Kopf auf den Tisch und schluchzte.

Sie musste auch an früher denken, an ihre Jugend und die ersten Jahre in Stockholm. Alles zog wie in einem Film an ihr vorbei.

Es war, als hätte die Reporterin eine Tür geöffnet, die lange verschlossen geblieben war.

Kapitel 40

Stockholm, Ende des Jahres

Das Schreiben war Astrid Trost, Beistand und Zerstreuung, es war sogar so, dass sie noch mehr Einfälle hatte, noch produktiver war.

Auch die Arbeit im Verlag ging ihr zügig von der Hand. Doch es gab auch Tage, an denen sie nicht aufstehen wollte und ihr alles so schwerfiel, dass es ein Wunder war, wenn sie überhaupt etwas zustande brachte. Aber diese Tage waren selten. Sie haderte auch nicht mit ihrem Schicksal, das hatte sie noch nie getan. »Das Leben ist das, was man dir vor die Füße legt«, hatte ihre Mutter oft gesagt. »Man kann das Beste draus machen oder aber es beweinen.«

Astrid beweinte ihr Schicksal nicht, sie versuchte es zu meistern und nicht als Bürde zu sehen. An ihren Mann dachte sie jeden Tag, und er fehlte ihr auch an jedem Tag.

An diesem Nachmittag im Dezember – bis Weihnachten waren nur noch wenige Tage –, saß sie wie immer in ihrem kleinen Verlagsbüro. Vor sich auf dem Tisch lag ein Stapel Manuskripte, die sie noch durchzusehen hatte. Außerdem musste sie noch drei Absagen schreiben, wofür sie sich stets besonders viel Zeit nahm. Sie wollte die richtigen Worte finden, behutsam sein.

Sie spannte einen Bogen in die Schreibmaschine und dachte nach. Dann schüttelte sie den Kopf und griff zum Telefonhörer. Erst würde sie mit einem vielversprechenden Autor reden, der an einer Kinder-Detektivgeschichte arbeitete und feststeckte. Sie selbst hatte noch nie ernsthaft festgesteckt, im Gegenteil, meist musste sie ihre Gedankenflut bremsen und sich zwingen, nicht die Nacht hindurch weiterzuschreiben. Die Einfälle sprudelten nach wie vor nur so aus ihr heraus, dass es ihr oft selbst ganz unheimlich war. Hatte sie erst einmal den Namen für eine Hauptfigur – der Name war das A und O, fehlte er, fehlte die ganze Geschichte –, schrieb sich fast alles von allein.

Hin und wieder nahm die Geschichte auch einen anderen Verlauf, als sie vorgesehen hatte. Dann war sie überrascht, manchmal auch verwirrt. Die Figuren entwickelten ein Eigenleben, agierten vollkommen anders, als sie beabsichtigte.

Manchmal rief sie sie zur Räson: »So geht das nicht!«, meistens aber ließ sie sie machen. Es sollte dann wohl so sein. Hinterher, wenn Elsa oder Hans den Text lasen und sie fragten, warum zum Beispiel Kalle sich so verhalten hatte, zuckte Astrid mit den Schultern. »Frag mich was Leichteres, ich weiß es nicht. Er wollte es einfach so, und ich hab ihn gelassen.«

Peer, der vielversprechende Autor, nahm gleich nach dem zweiten Läuten ab. »Ich dachte mir schon, dass Sie anrufen.«

»Haben Sie gestern noch weitergeschrieben?«

»Keine Zeile.«

Peer schrieb an einer Geschichte für Jungen zwischen zehn und vierzehn, eine wirklich spannende und phantasievolle Geschichte mit einem liebenswerten Hauptcharakter, dem elfjährigen Pelle, der immer mit dem Kopf durch die Wand wollte und ihn sich meistens ordentlich anstieß.

Astrid seufzte verhalten und hoffte, dass er es nicht gehört hatte. »Ich habe auch noch mal nachgedacht, Peer. Ich glaube, es hakt daran, dass Pelle etwas tun will, das nicht gut für ihn ist, und das spürt er instinktiv. Weil er ein kluger kleiner Kerl ist.«

»Sie meinen, ich sollte ihn dümmer machen?«

Sie verkniff sich ein Lachen. »Nein, ich meine, Sie sollten mal überlegen, ob er es nicht einfach jemand anderem überlassen soll.«

»Sie meinen, sein Freund Anders könnte den seltsamen Mann verfolgen?«

»Zum Beispiel, ja.«

»Hm …« Es blieb eine Weile still, dann gab Peer zu bedenken: »Tja, aber Anders ist nicht wie Pelle.«

»Eben.«

»Anders ist … ängstlicher, viel zögerlicher. Pelle ist der Draufgänger.«

»Aber klug genug, um zu wissen, dass es schwierig werden könnte.«

Er machte erneut »Hm« und sagte schließlich: »Sie meinen, Anders sollte sich eine blutige Nase holen. Die Kinder werden es mögen, weil sie sich darüber freuen, dass Pelle endlich eingesehen hat, wo seine Grenzen sind, dass er dazugelernt hat.«

Davon hatte sie kein Wort gesagt, aber es funktionierte wie meistens. Sie musste nur eine kleine, vage Andeutung machen, und schon hatte der Autor, die Autorin, die Lösung parat. Weil sie die ganze Zeit in ihnen geschlummert hatte.

»Ich hätte längst selbst darauf kommen können, aber ich stand wie der berühmte … Wie sagt man noch gleich?«

»Ochs vor dem Berg.«

»Genau. Jetzt plötzlich weiß ich auch, wie die Geschichte weitergeht.« Er lachte auf. »Ist das zu fassen! Da ist sie wieder!«

»Schön, das freut mich, Peer. Es ist eine wunderbare Geschichte, und ich bin davon überzeugt, dass die Kinder sie lieben werden.«

»Mich?«

»Ja, Sie auch.« Astrid lächelte. »Was meinen Sie, werden Sie den Abgabetermin einhalten können?«

»Ach je …« Seine Freude schien dahin. »Wenn Sie mir vielleicht noch einen Monat geben könnten …«

»Das sollte kein Problem sein. Wir werden einfach ein anderes Buch vorziehen.« Eine Jungmädchengeschichte einer ebenfalls vielversprechenden Autorin, die nicht mehr ganz jung war. Astrid liebte die Geschichte. Wie hatte sie beim Lesen gelacht und in Erinnerungen geschwelgt!

»Das erleichtert mich sehr, Astrid. Danke, tausend Dank für Ihre Hilfe. Wenn ich Sie nicht hätte!«

»Hätten Sie jemand anderes«, gab sie zurück. »Auf bald, Peer.« Sie legte auf und widmete sich dem ersten Absageschreiben.

Hans Rabén kam in ihr Büro, als sie einen Brief von Heidi Oetinger las, der am Vormittag gekommen war. Heidi und Friedrich Oetinger hatten im Spätsommer geheiratet und Astrid eingeladen, doch sie hatte abgesagt. »Ich traue mir nicht zu, fröhlicher Gast auf eurer Hochzeit zu sein.«

»Du brauchst eine Sekretärin, Astrid.« Hans setzte sich auf die Ecke ihres Schreibtischs und sah sie an. »Was hältst du davon?«

»Wovon?« Sie legte den Brief beiseite.

»Von einer Sekretärin.« Er deutete auf ihren vollen Schreibtisch. »Jemand muss dir bei all dem hier helfen, sonst versinkst du mir eines Tages hinter dem Papierstapel.«

»Ach, das schaffe ich schon.«

»Ich habe nicht erwartet, dass du etwas anderes sagst. Trotzdem«, beharrte er. »Lass mich für dich eine Sekretärin suchen.«

»Können wir uns denn eine leisten?«

Er hob die Augenbrauen. »Was für eine Frage. Dank dir könnten wir uns sogar zwei leisten.« Er betrachtete seine Schnürsenkel. »Wäre deine Pippi nicht gewesen … Ich glaube, dann gäbe es uns heute schon längst nicht mehr. Sie hat uns gerettet, und das weißt du auch, du hörst es nur nicht gern.«

»Also schön, eine Sekretärin«, lenkte sie rasch ein, weil ihr das Thema, die Lobhudelei etwas unangenehm waren.

Hans stand auf und ging zufrieden, ein breites Grinsen im Gesicht. »Na also.«

Heidi Oetinger fragte Astrid in dem Brief, ob sie nicht Lust hätte, im kommenden Jahr in Hamburg und Bremen Lesungen zu veranstalten.

Ich würde Dich dann auch gern einer sehr netten Frau vorstellen: Sybil Gräfin Schönfeldt. Sie arbeitet als freie Journalistin und schreibt über Kinder- und Jugendliteratur. Ihr Büro ist im Pressehaus, gleich über unserem früheren Büro.

Die Oetingers waren inzwischen in die Wohnung umgezogen, die Heidi zuvor allein mit ihrer Tochter bewohnt hatte.

Astrid faltete den Brief und steckte ihn zurück in den Umschlag. Sie war bereits zu einem internationalen Kinderliteraturkongress nach Zürich eingeladen worden und könnte die Lesereise damit verbinden. Zuerst würde sie in die Schweiz und anschließend nach Deutschland reisen.

Sie lehnte sich zurück und schaute aus dem Fenster, ohne etwas wahrzunehmen. Das klang interessant, und es wäre gewiss auch spannend, die deutschen Kinder zu erleben.

Astrid wippte auf ihrem Stuhl und tippte sich mit dem Stift an den Nasenflügel. Dann stand sie auf und bat Hans zu sich.

»Die Oetingers fragen, ob ich Lust hätte, in Deutschland zwei Lesungen zu machen.«

Hans stellte sich ans Fenster und verschränkte die Arme. »Sagtest du nicht, du wärst zu einem Kongress nach Zürich eingeladen? Du könntest es miteinander verbinden.«

»Das ist mir auch schon durch den Kopf gegangen. Ich denke, ich werde zusagen. Heidi meint, die deutschen Kinder seien ganz ausgehungert nach etwas Fröhlichem, etwas, das sie wenigstens für eine Weile das vergessen lässt, was sie erleben mussten.«

Hans verzog das Gesicht und seufzte. »Wissen wir überhaupt, wie gut wir es hier hatten, Astrid?«

»Ich schon.« Sie schob das Manuskript vor sich zusammen und legte es auf einen der beiden Stapel. »Ich mache Feierabend, Hans, ich bin zu müde und gleichzeitig zu aufgedreht, um weiterzuarbeiten.«

Auf dem Heimweg spazierte sie gedankenversunken durch den Tegnérpark. Am Nachmittag hatte es zu schneien begonnen und auf dem Gehweg lag eine dünne, rutschige Schneeschicht.

Sie musste daran denken, wie sie vor beinahe zehn Jahren im Park ausgerutscht und zum Nichtstun verdonnert worden war.

Was wäre, wenn das nicht passiert wäre? Wer wäre sie heute?

Hätte sie zu schreiben begonnen, oder war dieser Ausrutscher der berühmte Stein, der alles ins Rollen gebracht hatte?

Es war müßig, sich darüber den Kopf zu zerbrechen, wie sie es auch drehte und wendete: Sie konnte sich ein Leben ohne Schreiben nicht mehr vorstellen.

Wahrscheinlich hätte ich noch einige Umwege gemacht, aber das Schreiben, das Geschichten erzählen wäre früher oder später meine Welt geworden. Der dumme verknackste Fuß hat es nur beschleunigt.

Astrid nahm etwas Anlauf und schlitterte den Weg entlang. Sie hatte plötzlich ihren Mann vor sich, der amüsiert den Kopf schüttelte: »*Wirst du je erwachsen, Astrid?*«

Ich bin erwachsen, Sture, antwortete sie im Stillen. *Aber ich bin auch Kind geblieben. Du weißt doch, ich kann beides vereinen.*

Vielleicht wäre es gut und würde die Welt verändern, wenn alle Menschen dazu in der Lage wären. Oder war das anmaßend und womöglich arrogant, so zu denken?

Astrid spazierte weiter und hob den Kopf. Der Himmel war dunkelgrau, voller Schneewolken. Sie wickelte den Schal enger und zog ihn bis zum Kinn.

Weiter entfernt auf einer Bank rechts von ihr, saß ein kleiner Junge, vielleicht neun oder zehn Jahre alt. Ganz reglos saß er da, die Augen ins Nirgendwo gerichtet.

Sie lächelte ihn an, doch er schien sie gar nicht wahrzunehmen. Er kam ihr einsam vor, und dieser Gedanke bestürzte sie. Kein Kind sollte einsam sein müssen!

Ob er niemanden hatte, keine Mutter, keinen Vater? Niemanden, der ihn liebhatte?

Du übertreibst wieder, Astrid, du siehst Gespenster und malst dir die schlimmsten Dinge aus. Dieser Junge wird auf jemanden warten, auf seinen Freund vielleicht.

Der Junge hob den Kopf und schaute in den Himmel, genau wie sie kurz zuvor. Dann huschte ein rasches Lächeln über sein Gesicht, und er sah wieder in die Ferne.

Astrid ging weiter, und nach wenigen Schritten kam die Geschichte angeflogen: Ein Junge, der bei Pflegeeltern aufwuchs. Bosse, ja, er würde Bosse heißen. Aber das war nicht sein richtiger Name, wie er bald herausfinden würde. Weil er nämlich in ein Zauberland reisen würde, nein, es würde eine Insel sein. Wie er dorthin gelangt, wusste sie noch nicht, das würde sich finden. Später, wenn sie zu schreiben anfangen würde.

Mio. Astrid lächelte. Ja, Mio war sein richtiger Name, und er hatte einen Vater, den er sich so sehr wünschte.

Die einzelnen Szenen flatterten um sie herum, und sie tat das, was sie immer tat, wenn eine Geschichte zu ihr kam: Sie hielt sie fest, ganz fest in ihrem Kopf verankert.

Astrid ging schneller, sie hatte es mit einem Mal sehr eilig, nach Hause zu kommen. Sie wollte sich ein paar Stichworte aufschreiben, hin und wieder entglitt ihr die eine oder andere Idee doch. Meistens kehrte sie irgendwann zu ihr zurück, aber darauf wollte sie es nicht ankommen lassen.

Mio. Eine Abenteuergeschichte sollte es werden.

Zuhause setzte sie sich noch im Mantel an ihren Schreibtisch und notierte sich einige Dinge. Den Namen von Bosses Pflegeeltern, seine Stockholmer Adresse – er wohnte in der Upplandsgatan –, den Namen seines besten Freundes. Plötzlich wusste sie auch, dass es einen Laden geben würde, in dem Bosse einen besonderen Apfel, einen goldenen Apfel, finden sollte.

Und es würde einen Flaschengeist geben, mit dessen Hilfe er auf die Insel gelangen würde.

Astrid schrieb und schrieb, bis Karin irgendwann hereinkam.

»Seit wann bist du da, Mama?«

Astrid fuhr herum, blinzelte und brauchte einen Moment, um zu wissen, wo sie war. »Du liebe Güte, ich habe die Zeit ganz vergessen.«

»Du hast deinen Mantel gar nicht ausgezogen.«

Astrid blinzelte wieder, musste Bosse-Mio energisch verscheuchen, damit sie ins Hier und Jetzt fand.

»Was ist denn?« Karin stellte sich neben sie und warf einen Blick auf den Stenogrammblock. »Manchmal wünschte ich, ich könnte dein Gekritzel lesen.«

Astrid schlüpfte aus ihrem Mantel und klappte den Block zu.

»Und ich bin froh, dass du's nicht kannst. So kann ich die Geschichte erst einmal nur für mich schreiben und dir dann davon erzählen.«

Ihre Tochter legte den Arm um ihre Schultern. »Stimmt, du hast recht. Verrätst du mir beim Abendessen, woran du da gerade schreibst?«

Astrid nickte. »Zuerst aber muss ich dir von der Einladung nach Deutschland erzählen.«

Sie deckten gemeinsam den Tisch, und Astrid stellte die Suppenterrine auf den Tisch. Linnéa hatte einen Gemüseeintopf gekocht, der verführerisch duftete.

»Die deutschen Kinder werden dich lieben, Mama.«

Astrid reichte Karin eine Serviette.

Und während sie aßen, schaute Astrid immer wieder zu ihrer Tochter hinüber. *Wie wird es sein, wenn auch sie nicht mehr hier ist? Wenn ich allein am Tisch sitzen werde.*

Das Herz wurde ihr ganz schwer, und ihr Magen zog sich schmerzhaft zusammen. Der Lauf der Dinge, ja, und nichts, was sich ändern ließ. Aber dennoch etwas, vor dem ihr grauste, dem sie mit Schrecken und großer Angst entgegenblickte. Schon jetzt konnte sie körperlich spüren, wie sie sich fühlen würde.

Es war die bekannte und sehr vertraute eisige Faust, die sich um ihr Herz schloss und es zusammendrückte.

Kapitel 41

Hamburg im Herbst 1953

Astrid war auch nach Berlin eingeladen worden.

Louise Hartung, die im Hauptjugendamt arbeitete und sich um Leseförderung kümmerte, hatte sie im Spätsommer angeschrieben.

Bei meinen Lesekreisen spreche ich anschließend mit den Kindern über das Buch, das ich vorgestellt habe. Damit sie nicht mit lauter Fragen im Kopf heimgehen.
Ich würde mich freuen, wenn Sie aus Pippi Langstrumpf *lesen würden, Frau Lindgren. Anschließend lade ich Sie zu einer Erkundungstour durch Berlin ein.*
Und wenn Sie keine Hotelzimmer mögen, biete ich Ihnen meine Wohnung an.

Astrid antwortete noch am selben Tag.

Ich komme sehr gern, liebe Frau Hartung.
Zuerst werde ich in Zürich auf einem Kongress sein und von dort aus nach Hamburg und Bremen reisen. Anschließend könnte ich in einen Flieger nach Berlin steigen. Ich freue mich auf die Lesung, kann aber keine langen Reden auf Deutsch halten. So gut ist mein Deutsch leider nicht.

Als Astrid dann im Flugzeug nach Hamburg saß, versuchte sie sich vorzustellen, wie Louise Hartung wohl aussah, was für ein Mensch sie war.

Vor dem Krieg war sie eine bekannte Konzertsängerin gewesen, hatte mehrere Grammophonplatten aufgenommen und zahlreiche Engagements im Ausland. Mehr wusste Astrid nicht, und sie war ungeheuer gespannt, was sie in Berlin erwartete.

Doch zunächst besuchte sie Heidi und Friedrich Oetinger, plauderte eine ganze Weile mit ihnen und lernte anschließend die Journalistin Sybil Gräfin Schönfeldt kennen, von der Heidi ihr bereits erzählt hatte.

Sie waren sich auf Anhieb sympathisch, und Sybil Schönfeldt, die auch als Schriftstellerin arbeitete, fragte Astrid, ob sie ihr nach Stockholm schreiben dürfe.

»Sehr gerne, ich freue mich und ich werde antworten.«

»Frau Oetinger sagte, Sie würden täglich eine Menge Briefe bekommen.«

Astrid nickte. »O ja, das stimmt, aber ich beantworte jeden einzelnen.«

»Wirklich?«, fragte Frau Schönfeldt verwundert. »Wie machen Sie das nur?«

Insgeheim musste Astrid über diese Frage lachen. Wie oft schon war sie gefragt worden, wie sie etwas machte. Nun, sie machte es einfach, sie überlegte nicht lange, machte keine großen Pläne, sondern tat, was getan werden musste oder was sie unbedingt erledigt haben wollte. Im Grunde war es ganz einfach, und sie war erstaunt, dass andere Menschen es nicht genauso handhabten.

»Ich tue es einfach«, antwortete sie. »Und wenn ich es mal nicht mehr schaffe, werde ich eine Lösung suchen.«

Sybil Gräfin Schönfeldt lachte. »Das klingt einleuchtend.«

»Werden Sie heute Abend bei meiner Lesung sein?«

»Aber natürlich. Ich bin schon sehr gespannt. Darf ich fragen, woran Sie gerade schreiben, Frau Lindgren?«

»An einer Abenteuergeschichte.«

»Wunderbar! Ich liebe Abenteuergeschichten. Schon als Kind war ich ganz verrückt danach.«

»Haben Sie auch gern klassische Mädchengeschichten gelesen?«

»Ach, es gab ja kaum welche. Stattdessen habe ich alles gelesen, was bei meinen Eltern im Bücherschrank zu finden war. Und Sie? Gab es eine Mädchengeschichte, die Sie geliebt haben?«

»O ja.« Astrid kam gleich wieder ins Schwärmen. »*Anne auf Green Gables*.« Die Bücher würden wohl auf ewig eine ganz besondere Rolle für sie spielen.

»Davon habe ich nie gehört. Bitte erzählen Sie mir mehr, ja?«, bat Sybil Gräfin Schönfeldt.

»Anne ist ein rothaariges, temperamentvolles Waisenmädchen, das aufgrund eines Missverständnisses zu einem älteren Geschwisterpaar kommt. Das Paar hat eine Farm und wollte eigentlich einen Jungen. Die Schwester will Anne sofort wieder zurückschicken, aber ihr Bruder kann es verhindern. Anne hat längst sein Herz erobert. Ein wunderbares, zauberhaftes Buch mit einer Hauptfigur, die ich bis heute liebe.«

»Hat Anne Sie zu Pippi Langstrumpf inspiriert?«

»Das kann ich nicht leugnen, auch wenn die beiden Mädchen sich hauptsächlich in Haarfarbe und Temperament ähneln. Pippi ist aufmüpfig, ungehorsam, frech und wild. Anne verweigert ebenfalls dann und wann den Gehorsam, aber nicht aus Rebellion, sondern weil sie gute, vernünftige Gründe hat. Sie ist phantasiebegabt, verträumt und poetisch, ein hinreißendes, kluges Mädchen, das ich sehr bewundert habe.«

»Das klingt nach einer Lektüre, die alle Mädchen lesen sollten.«

Astrid nickte leidenschaftlich. »Unbedingt.«

»Genau wie *Pippi Langstrumpf.*« Sybil Gräfin Schönfeldt lächelte.

»Wenn Sie das sagen.«

Die beiden Frauen schauten sich an, schmunzelten und besiegelten ihre gegenseitige Sympathie mit dem Satz »Wir schreiben uns!«

Am frühen Abend saß Astrid vor einer großen Kinderschar und las aus *Pippi Langstrumpf.* Weiter hinten saß Frau Schönfeldt, ein Block auf den Knien. Sie hatten sich zugewinkt, bevor Astrid zu lesen begonnen hatte.

Danach stand sie für Fragen Rede und Antwort, signierte Bücher und schüttelte Hände. Ein Mädchen, etwa acht Jahre alt, kam zu ihr, als sie gerade ihre Sachen zusammenpackte und ihre Handtasche nehmen wollte. »Ich mag Pippi so sehr.«

Astrid drehte sich zu dem Mädchen mit hellblonden Zöpfen um und widerstand der Versuchung, ihm übers Haar zu streichen. »Das ist schön. Wie heißt du?«

»Helga.«

»Ein schöner Name.« *Ich sollte dringend an meinem Deutsch arbeiten*, dachte sie kleinlaut. Außer den Adjektiven schön und nett fiel ihr nichts Gescheites ein.

»Hast du schon alle Pippi-Bücher gelesen?«

Das Mädchen schüttelte den Kopf, dass ihre Zöpfe flogen. Astrid nahm ein *Pippi in Taka-Tuka-Land* aus der Kiste, die neben dem

Tisch stand, und schlug es auf. »Für Helga von Deiner Astrid Lindgren«, schrieb sie hinein und reichte es dem Mädchen.

Mit großen, ungläubigen Augen nahm es das Buch entgegen. »Für mich?«

»Du musst doch wissen, was Pippi auf Taka-Tuka für Abenteuer besteht.«

Helga drückte das Buch an ihre Brust, und ein seliges Strahlen leuchtete auf ihrem Gesicht. »Danke, vielen Dank!«

Astrid gab nun doch dem Wunsch nach und legte ihr kurz die Hand auf den Kopf. »Ich wünsche dir viel Spaß damit, Helga.«

Ein anderes Mädchen, etwas älter als Helga, gesellte sich dazu und schaute Astrid fragend an. »Darf ich Sie was fragen?«

»Du darfst mich alles fragen.«

»Wirklich alles?«, fragte das Mädchen verblüfft.

»Aber gewiss doch. Ob ich auf alle Fragen eine Antwort habe, ist was anderes.«

»Warum sprechen Sie so gut Deutsch?«

»Oh, das ist nett, dass du das sagst.« Nett. Astrid verwünschte sich und nahm sich feierlich vor, noch an diesem Abend ihr Vokabular aufzufrischen. »Ich habe in der Schule Deutsch gelernt.«

»Kann ich in der Schule dann auch Schwedisch lernen?«, wollte das Mädchen wissen.

»Nun, ich glaube, eher nicht. Aber du kannst bestimmt Englisch lernen. Und vielleicht Französisch.«

Vier Kinderaugen waren auf sie gerichtet, und sie fühlte sich diesen beiden Mädchen verbunden. Wie sie sich genau genommen allen Kindern verbunden fühlte. Doch dieser Moment war etwas Besonderes, weil er ihr wieder einmal deutlich machte, warum sie für Kinder und nicht für Erwachsene schrieb.

»Ich möchte auch dir ein Buch schenken«, sagte sie mit kratziger Stimme, weil die Emotionen sie übermannen wollten. »Darf ich ein Kalle-Blomquist-Buch haben?«, fragte das Mädchen schüchtern.

»Natürlich darfst du.« Astrid nahm eins aus der Kiste und signierte es. »Wie ist dein Name?«

»Karin.«

Astrid blickte auf. »So heißt meine Tochter auch.«

Ihr war plötzlich ganz wehmütig zumute. Sie wünschte, Karin hätte sie begleiten können.

Nach der Lesung gingen sie und Heidi und Friedrich Oetinger in ein nahegelegenes, kleines Lokal, in dem Hochbetrieb herrschte. Heidi hatte einen Tisch bestellt, und sie nahmen Platz.

»Eine sehr schöne Lesung, Astrid.« Heidi fuhr sich mit der Hand durchs dunkle Haar.

»Neue Frisur?«, erkundigte Astrid sich.

Heidi nickte. »Die Friseuse hat gemeint, das würde man heute tragen. Ich schlafe neuerdings auf Lockenwicklern.« Sie verdrehte die Augen.

»Ach du liebe Zeit, das wäre nichts für mich.«

Sie bestellten bei einem äußerst zuvorkommenden Ober, und nachdem er wieder abgezogen war, zog Friedrich sein Jackett aus und schien aufzuatmen. »Heidi hat recht, es war wirklich eine schöne Lesung. Du triffst immer genau den richtigen Ton. Es scheint, als könntest du dann einfach das Kind Astrid sein, und später bist du wieder die erwachsene Frau.«

»Ich und erwachsen.« Astrid schnaubte, musste aber grinsen. »Apropos schön. Ich muss dringend mein Deutsch – wie sagt man – aufputzen.«

»Aufmöbeln, meinst du?«

Sie nickte. »Es wird doch sicher noch andere Begriffe als schön und nett geben.«

»Na und ob. Reizend zum Beispiel.«

»Eine reizende Lesung?« Astrid runzelte die Stirn, und er lachte.

»Nein, aber ein reizender Mensch.«

»Und eine großartige Lesung«, warf Heidi ein. »Oder wundervoll, einzigartig, grandios, hervorragend, erstklassig …«

Astrid hob lachend die Hand. »Genug, Heidi, ich fürchte, das kann ich mir nicht alles merken.«

Als das Essen kam – Rindsrouladen mit Speck gefüllt, dazu Salzkartoffeln, Erbsen, Möhren und eine köstlich duftende dunkle Soße, in der Wacholderbeeren schwammen –, unterbrachen sie ihre Unterhaltung und redeten erst weiter, als Friedrich für alle Rote Grütze mit Schlagsahne bestellte.

Er räusperte sich und betrachtete sein Weinglas. »Ich würde gern etwas sagen.«

»Oh, mein Mann hält eine Rede.« Heidi kicherte und stieß mit dem Dessertlöffel an ihr Glas.

Ein paar Leute, die an den Nebentischen saßen, verstummten und schauten in ihre Richtung.

Friedrich errötete und murmelte: »Musste das wirklich sein, Heidi?« Dann aber grinste er und wartete, bis die anderen Gäste sich wieder in ihre Unterhaltung vertieften. »Du weißt, dass es anfangs nicht sehr gut um unseren Verlag stand, Astrid …« Er machte eine Pause und betrachtete wieder sein Glas. »Nun – inzwischen geht es bergauf, deutlich bergauf würde ich sogar behaupten wollen. Heidi?«

Seine Frau nickte, ein feines, amüsiertes Lächeln umspielte ihre

Lippen. »Ja, mein lieber Friedrich, so ist es. Wir sind über den Berg.«

»Über den Berg, ganz genau. Und daran hat deine Pippi einen nicht unerheblichen Beitrag geleistet.« Er sah Astrid an und hob sein Glas. »Auf dich, Astrid, und darauf, dass noch viele, viele Bücher von dir kommen werden.«

Bevor sie etwas sagen konnten, trat eine jüngere Frau an ihren Tisch. »Verzeihung, sind Sie nicht die berühmte Schriftstellerin?«

Astrid hielt inne und überlegte, was sie antworten sollte. Sie entschied sich für die Wahrheit. »Ja, die bin ich wohl. Aber berühmt … Na, ich weiß nicht.«

»Würden Sie mir ein Autogramm geben?« Die Frau hatte ein kleines Büchlein aus ihrer Manteltasche gezogen.

Ein Mann, vermutlich ihr Ehemann, kam an den Tisch und legte die Hand auf ihre Schulter. »Ilona, ich bitte dich. Lass die Frau in Ruhe essen.«

»Aber das ist Astrid Lindgren, Rolf. Die berühmte Schriftstellerin.«

»Und wenn sie die Kaiserin Sisi wäre …«

»Die ist längst tot, Rolf!«, zischte die Frau.

»Entschuldigung«, murmelte er und schaute Astrid an.

Er entschuldigte sich für seine Ehefrau?

Astrid nahm das Büchlein entgegen, sah ihn demonstrativ an und schenkte dann der Frau ein breites Lächeln. »Selbstverständlich bekommen Sie ein Autogramm. Darf ich »Für Ilona« dazuschreiben?«

»Du hast eine Frau sehr glücklich gemacht«, meinte Heidi später, als sie nebeneinanderher zu Astrids Hotel schlenderten.

»Ich habe mich über ihren Mann geärgert«, gab Astrid zu. »Wieso glaubt er, sich für seine Frau entschuldigen zu müssen? Sie wird doch wissen, was sie tut.«

»Die deutschen Männer sind so«, gab Heidi trocken zurück, und Friedrich zwickte sie in die Seite.

»Nicht alle, darauf muss ich bestehen.«

»Na schön, nicht alle.« Heidi hakte ihn unter.

Sie überquerten die Straße und blieben vor dem Hotel stehen.

Heidi hatte es für Astrid gebucht.

Nachdem sie sich die Hände geschüttelt hatten, umarmten sie sich. »Danke für den schönen Abend«, sagte Heidi und hielt Astrid eine Weile fest. »Es ist wunderbar, dich getroffen zu haben.«

»Das finde ich auch, Heidi.« Astrid spürte, dass ihr die Tränen kamen, was sie sehr verblüffte. Normalerweise hatte sie nicht so nah am Wasser gebaut. »Gute Nacht, ihr zwei. Oder wie wir in Schweden sagen: *Got natt*!«

Kapitel 42

Berlin, zwei Tage später

Als Astrid am Tempelhofer Flughafen aus der Halle kam, nieselte es. Sie blickte in den grauen Himmel und überlegte, ob sie ihren Schirm aufspannen sollte.

Louise Hartung wollte sie abholen. Stand sie hier bereits irgendwo?

Astrid schaute sich suchend um, drehte sich um die eigene Achse und hörte dann eine Frauenstimme rechts von ihr: »Frau Lindgren? Hier! Hallo!«

Eine kleine Frau in schickem Mantel und passendem Hut schälte sich aus einer kleinen Menschentraube und winkte ihr zu.

Astrid ging zu ihr. »Frau Hartung, nehme ich an?«

»So ist es. Freut mich sehr, Sie kennenzulernen.«

Sie schüttelten sich die Hände, und Astrid warf einen genaueren Blick auf die Frau vor ihr. Louise Hartung war elegant und modisch gekleidet, und sie hatte Stil. »Kommen Sie, Frau Lindgren.« Sie wollte nach Astrids Koffer greifen, doch Astrid wehrte ab.

»Um Gottes Willen, das werden Sie schön bleiben lassen.«

»Weil Sie so eigen sind mit Ihrem Gepäck? Oder ist es, weil Sie der Meinung sind, ein zierliches Persönchen wie ich sollte nicht so schwer schleppen?«

Astrid sah sie ein wenig verunsichert an. Scherzte sie? »Um ehrlich zu sein, fände ich es seltsam, einer Frau dabei zuzuschauen, wie sie meinen Koffer trägt.«

Louise Hartung lachte. »Wie Sie meinen, aber lassen Sie sich von meinem Äußeren nicht täuschen.«

Astrid war nach wie vor verunsichert. Louise Hartung war klein gewachsen, ja, aber sehr zerbrechlich wirkte sie nicht.

»Mein Auto steht dort drüben auf dem Parkplatz, kommen Sie.«

Astrid folgte der resolut wirkenden Frau und überlegte, ob es klug gewesen war, sich von ihr in ihre Wohnung einladen zu lassen.

Doch diese Frage erledigte sich, als Frau Hartung den Kofferraum ihres Wagens öffnete und meinte: »Ich hörte, Sie hätten einen herrlichen Humor.« Sie sah Astrid offen an, und in ihren Augen funkelte es. »Ich habe ein loses Mundwerk, Frau Lindgren, und ich neige zu Späßen. Ich mag zierlich sein, und auf jeden Fall bin ich ein Pygmäe, aber aus Zucker bin ich weiß Gott nicht.«

»Das bin ich auch nicht.«

Louise Hartungs Augen blitzten. »Schön, dann wäre das ja geklärt.«

Sie taxierten sich neugierig, jede schaute der anderen direkt in die Augen, dann fingen sie gleichzeitig an zu lachen.

Das Eis war gebrochen.

Louise Hartungs Wohnung lag in Wilmersdorf. Viel konnte Astrid nicht von dem Stadtteil sehen, dazu war es bereits zu dämmerig. »Morgen nach der Lesung zeige ich Ihnen Berlin oder besser das, was davon übrig geblieben ist«, sagte Louise, nachdem sie zu Abend gegessen hatten. Eine leichte Mahlzeit, die aus belegten Broten und einem Salat mit gehackten Nüssen bestanden hatte. Dazu gab es einen leckeren Früchtetee, den Astrid gern mit nach Stockholm nehmen würde.

»Sie müssen mir verraten, wo man diesen köstlichen Tee kaufen kann.«

»In einem kleinen Laden nur zwei Straßen weiter.« Louise Hartung hatte sich gemütlich zurückgelehnt und die Beine übereinandergeschlagen. Sie trug ein dunkelgraues Kostüm mit weißer Bluse und am Revers der Jacke eine hübsche Brosche, die Astrid immer wieder ansehen musste.

»Ihnen gefällt meine Brosche?«

Astrid wandte den Blick ab, sie fühlte sich ertappt. »Verzeihung, ich wollte sie nicht anstarren.«

»Mich oder meine Brosche?« Wieder blitzten die Augen der Frau, und Astrid musste an Sture denken. Auch seine Augen hatten so geblitzt, wenn er besonders gut aufgelegt gewesen war oder einen Scherz gemacht hatte.

»Ich schenke sie Ihnen.« Noch bevor Astrid etwas sagen konnte, hatte Louise Hartung die Brosche abgemacht und ihr in die Hand gelegt.

»Danke, ich weiß gar nicht …« Astrid starrte auf die Brosche, eine silberne kleine Lilienblüte mit einer Perle in der Mitte.

»Ich besitze viel zu viel Schmuck. Was ist mit Ihnen? Überschüttet Ihr Mann Sie mit Schmuck?«

Astrid schluckte. »Nein.«

»Hab ich etwas Falsches gesagt, Frau Lindgren?« Louise Hartung streckte die Hand aus und legte sie ihr auf den Arm. »Tut mir leid, ich sagte ja, ich habe ein loses Mundwerk.«

»Mein Mann ist vor einem Jahr gestorben.« Astrid musste wieder schlucken. Sie war überrascht, wie schwer es ihr noch fiel, darüber zu reden. Würde es überhaupt je besser, leichter werden?

»Das wusste ich nicht, tut mir sehr leid. Ich bin so ein dummes Schaf, bitte vergeben Sie mir.« Louise Hartung sah ganz zerknirscht aus. Nach einem Augenblick des Schweigens erhob sie sich. »Vielleicht gehen wir besser schlafen. Es ist schon sehr spät.«

»Ach ja?« Astrid warf einen Blick auf die kleine Kaminuhr. »Tatsächlich, du liebe Güte! Ich habe die Zeit vollkommen vergessen.«

»Ja, ich auch. Kommen Sie, ich zeige Ihnen Ihr Zimmer.«

Astrid hatte gut geschlafen und war ausgeruht und erholt aufgestanden. Sie zog das schiefergraue Kostüm an, das sie am Tag zuvor getragen hatte, und wählte eine frische weiße Bluse. Die Lilien-Brosche lag auf dem Nachtschrank, und sie ging hin und betrachtete sie nachdenklich. Wie kam Frau Hartung dazu, ihr gleich am Tag ihres Kennenlernens ein so kostbares Geschenk zu machen?

Und wie komme ich dazu, es anzunehmen? Sie seufzte kopfschüttelnd und ging zur Tür.

Aus der Küche war Geschirrklappern zu hören, Louise war also offenbar schon auf.

Sie klopfte an und trat ein. »Guten Morgen, Frau Hartung.«

»Frau Lindgren.« Louise war herumgewirbelt. Sie sah aus, als hätte sie ebenfalls wunderbar geschlafen, ihre Haut war rosig, ihre Augen strahlten. »Hatten Sie eine gute Nacht?«

»Ja, vielen Dank.« Astrid räusperte sich. »Ich glaube, ich habe mich noch gar nicht für Ihre freundliche Einladung bedankt.«

»Doch, haben Sie.« Louise deckte weiter den Tisch und setzte Kaffeewasser auf. »Mögen Sie Honig?«

»Ich liebe Honig.«

»Fein. Ich kaufe ihn direkt beim Imker.«

»Hier in der Stadt gibt es Imker?«, fragte Astrid verblüfft.

»Nein, ich fahre raus aufs Land. Wenn Sie wüssten, wie herrlich das Berliner Umland ist.« Louise deutete auf einen der Stühle. »Setzen Sie sich doch.«

»Kann ich Ihnen helfen?«

»Sie sind mein Gast, Frau Lindgren, und Gäste lasse ich grundsätzlich nicht den Tisch decken, Brot schneiden oder Kaffee kochen.« Louise zwinkerte ihr zu. »Oder handhaben Sie das etwa anders?«

Astrid musste lachen. »Nein.«

»Sehen Sie.« Louise stellte ein Butterschälchen auf den Tisch, dazu ein Glas Honig und ein Glas Himbeermarmelade. »Ich habe mir wohl schon hundertmal vorgenommen, meine Marmelade selbst zu kochen. Aber irgendetwas kommt immer dazwischen. Das wird bei Ihnen gewiss nicht anders sein, oder?«

»Doch, ich koche die Marmelade meistens selbst.«

Louise hielt in der Bewegung inne, in der Hand das Besteck. »Tatsächlich? Nun, Sie sehen mich überrascht. Ich dachte, eine vielbeschäftigte Autorin und Lektorin … Eigentlich sind Sie doch auch noch Verlegerin, nicht wahr? Ich hätte nicht gedacht, dass Sie für solche Dinge Zeit haben.«

»*Solche Dinge* machen mir große Freude. Vielleicht liegt es auch an meiner Erziehung. Ich habe gelernt zu haushalten und mit Vorräten sehr sparsam umzugehen. Meine Mutter steht noch heute neben meiner Schwägerin und schaut ihr dabei zu, wie sie das Eiklar aus der Schale streicht.«

Louise setzte sich. »Manchmal verwechselt man Sparsamkeit auch mit Geiz.« Sie hob die Hand. »Womit ich keineswegs sagen will, dass Sie oder Ihre Mutter geizig sind.«

»Vielleicht ja doch«, gab Astrid zurück.

»Das lasse ich mal so stehen, weil ich nicht das Gegenteil behaupten kann.« Louise reichte ihr den Brotkorb. »Aber vielleicht sprechen wir in ein paar Jahren, wenn wir uns besser kennen, noch mal darüber. Der Kaffee ist gleich fertig. Wie trinken Sie ihn?«

»Am liebsten mit dem Mund und aus einer Tasse.«

Louise Hartung hob die Augenbrauen, dann brach sie in lautes Lachen aus. »Da haben wir ja Ihren besonderen Humor. Darf ich ehrlich sein, Frau Lindgren? Ich mag Sie, ich mag Sie sogar sehr. Und ich klopfe mir auf die Schulter, dass ich so frei war, Sie in meine Wohnung einzuladen.«

Nach dem Frühstück begann Astrids Programm.

Zuerst fuhren sie zu einer Grundschule, wo Astrid aus *Pippi Langstrumpf* und *Kalle Blomquist* vorlas. Anschließend gab es eine recht kurze Gesprächsrunde, und danach ging es weiter zu einem Pflegeheim für behinderte Kinder.

Astrid war angespannt, weil sie nicht wusste, was sie erwartete. Doch die Anspannung verschwand schnell, und sie setzte sich zwischen die Kinder und erzählte ihnen Geschichten. Sie hatte bislang keinerlei Erfahrung mit behinderten Kindern und war selbst ganz überrascht, wie unverkrampft sie mit ihnen umging.

Einige Kinder wollten ganz nah bei ihr sitzen, sie immerzu berühren oder ihr Haar anfassen. Zwei Pflegerinnen eilten ständig hin und her, um sie davon abzuhalten, bis Astrid energisch meinte, es mache ihr nun wirklich nichts aus, dass Kinder ihre Nähe suchten.

Louise Hartung saß ihr gegenüber und hielt Blickkontakt. Dann und wann zwinkerte sie ihr zu, oder ein amüsiertes Grinsen huschte über ihr Gesicht. Hin und wieder verdrehte sie auch die Augen, zum Beispiel dann, wenn Ellen Kay, die emsige und übereifrige Senatorin und Chefin des Hauptjugendamtes, wie eine Ameise um Astrid herumwuselte. »Frau Lindgren hier, Frau Lindgren da.«

Nicht lange, und es wurde Astrid zu viel. Nur, wie sollte sie das kommunizieren? Die Senatorin einfach bitten, wenigstens für eine Minute still zu sein und sich nicht zu rühren?

Die arme Frau wollte alles richtig machen, konnte sie ihr das übelnehmen?

Also biss Astrid die Zähne zusammen und hörte ihre Mutter sagen: *»Reiß dich zusammen und mach weiter, Astrid. Das kannst du doch.«*

Und ich bin darin ausnehmend gut.

Nach ihrem Besuch im Pflegeheim schlug Louise vor, einen kleinen Mittagsimbiss zu sich zu nehmen. »Oder haben Sie etwa keinen Hunger? Mein Magen knurrt wie eine Schiffsturbine.«

»Meiner auch«, gab Astrid zu.

Sie aßen in einem hübschen Lokal, in dem es furchtbar voll war, tranken anschließend eine Tasse Kaffee und fuhren danach zu einem Jugendhaus.

Hier hatte Astrid es mit älteren Kindern zu tun, Teenagern, wie man sie in Amerika nannte. Jungen Menschen, die sie neugierig und unverhohlen musterten, als sie hereinkam.

Sie setzte sich wieder und fragte sich, wie oft sie an diesem Tag schon gesessen hatte. Ihr gelüstete es nach einem ausgedehnten Spaziergang, nach frischer, klarer Luft – und einem Stück Käsetorte.

»Was halten Sie von einem Stück Torte?«, raunte sie Louise zu, die diesmal neben ihr saß. »Ich habe gerade ein riesiges Stück Käsetorte vor Augen.«

»Ach je, hätten Sie das nicht für sich behalten können?«, raunte Louise zurück. »Ich sterbe für Käsetorte.«

»Da haben wir etwas gemeinsam, auch wenn wir deswegen wohl nicht gleich sterben müssen.«

Louise Hartungs Mundwinkel zuckten, sie erwiderte aber nichts.

Astrid las wieder aus *Kalle Blomquist* vor, sie glaubte, dass die älteren Kinder vermutlich mehr Lust auf Detektivgeschichten hatten.

Als sie geendet hatte und fragend in die Runde blickte, hob ein dunkelhaariges Mädchen die Hand. »Woher kommen Ihre Einfälle?«

Diese Frage wurde eigentlich immer gestellt. »Mein Kopf war schon immer voll mit Ideen. Es war wohl nur eine Frage der Zeit, dass sie sich einen Weg bahnten und in die Welt hinauswollten.«

Ein paar lachten.

»Woher wissen Sie so viel über Polizei- und Detektivarbeit?«, wollte ein Junge wissen, der sie ein wenig an Lasse erinnerte.

»Ich habe einige Zeit als Sekretärin für einen Kriminologen gearbeitet. Er wurde Revolver-Harry genannt.«

Nun lachten die meisten.

»Ehrlich? Revolver-Harry?« Ein Junge prustete.

Astrid nickte. »Ehrlich. Er wurde so genannt, weil er seine Doktorarbeit über die Analyse von Pistolenkugeln geschrieben hatte.«

»Besaß er auch einen Revolver?«, fragte ein anderer Junge.

»Tja, um ehrlich zu sein … Ich habe keine Ahnung.« Astrid grinste. »Aber ich denke schon.«

Ein paar Jungen nickten anerkennend und warfen sich verschwörerische Blicke zu.

Louise stupste Astrid sacht an und lächelte ihr zu.

»Haben Sie ein paar der Sachen, über die Sie schreiben, selbst erlebt?«, wollte ein blondes Mädchen wissen, das ihr schräg gegenübersaß.

»Ich glaube, ich kann nur über etwas schreiben, das ich selbst erlebt habe.«

»Aber Sie kennen kein Mädchen, das wie Pippi ist, oder?«, fragte ein anderes Mädchen, das die anderen um einen halben Kopf überragte.

»Nein, sie ist ganz und gar frei erfunden.«

Wieder stupste Louise sie leicht an. »Warum erzählen Sie nicht, wie Pippi Langstrumpf in Ihr und damit auch in unser Leben kam?«

Astrid fand die Formulierung so rührend, dass es ihr für einen Augenblick glatt die Sprache verschlug. Dann sammelte sie sich. »Ich erzähle euch, wie Pippi bei uns eingezogen ist.«

Kapitel 43

Während sie durch einige Berliner Stadtteile gefahren waren, hatte Astrid interessiert und zugleich schockiert aus dem Fenster geschaut. Sie musste wieder an ihre Arbeit im Nachrichtendienst denken.

»Ja, seufzen Sie nur über unser schönes, trauriges Berlin«, meinte Louise. »Der Krieg hat ihm übel mitgespielt, wie so vielen deutschen Städten. Ist das nicht eine Tragödie? Dieser verfluchte, schreckliche und völlig sinnlose Krieg.«

»Krieg ist immer sinnlos«, murmelte Astrid.

»Da haben Sie recht. Wenn man mal überlegt, aus welchen unfassbar dummen Gründen Kriege geführt wurden. Möchten Sie noch mehr von Berlin sehen, Frau Lindgren?«

Astrid nickte.

»Gut, Sie haben es so gewollt.« Louise lenkte den Wagen nach rechts. »Dann zeige ich Ihnen jetzt den östlichen Teil.«

Die Sonne ging bereits unter, als sie die Grenze zwischen dem westlichen und dem östlichen Teil der Stadt passierten.

Die Grenze war bewacht, und Astrid kam sich vor wie in einem Film. Geschah das hier gerade wirklich? Was, wenn sie aufgehalten oder sogar verhaftet wurden?

Doch Louise Hartung schien sich bestens auszukennen und wirkte unerschrocken und forsch. Sie sprach mit den beiden

Wachsoldaten, zeigte einen Ausweis vor und stieg wieder in den Augen. »So, es geht weiter.«

Astrid überlegte, sie zu fragen, was sie mit den Soldaten besprochen hatte. Hatte sie sie womöglich bestochen?

»Du liebe Güte«, murmelte Astrid und schüttelte den Kopf.

»Was ist mit Ihnen?«

»Ach, gar nichts, mir gingen nur gerade sehr seltsame Dinge durch den Kopf.«

»Sie haben sich gefragt, ob wir gleich verhaftet werden«, sagte Louise Hartung geradeheraus.

»Ja«, gab Astrid kleinlaut zu und kam sich ganz lächerlich vor.

»Sie müssen keine Angst haben.« Mehr sagte Louise nicht, und Astrid beschloss, auch nicht weiter nachzufragen.

Louise bog links ab. »Jetzt zeige ich Ihnen Hitlers Bunker. Besser gesagt, die Stelle, wo er einst war. Heute ist es ein Trümmerfeld, eine Ruine.«

Astrid war während der gesamten Fahrt still und nachdenklich gewesen, nun räusperte sie sich. »Darf ich Ihnen eine kleine Geschichte erzählen, Frau Hartung?«

»So etwas brauchen Sie mich niemals zu fragen.«

»Kurz bevor der Krieg ausbrach, saß ich mit einer Freundin im Park. Wir unterhielten uns darüber, dass es ganz bestimmt keinen Krieg geben würde. Weil doch kein Mensch noch einen wollen kann, wo der erste gerade mal zwanzig Jahre her war.«

Louise hörte zu, konzentrierte sich auf die Straße und schnaubte nur leise.

»Wir waren ganz fassungslos, als es dann doch Krieg gab. Und wir waren so erleichtert, weil wir in Schweden waren und kaum etwas davon mitbekamen.« Astrid schwieg kurz und redete dann weiter. »Ich hatte damals schreckliche Angst, die Russen könnten in Schweden einmarschieren. Vor ihnen hatte ich viel mehr Angst als vor Hitler.«

Louise lenkte den Wagen nach rechts und hielt an.

»Was tun wir hier?« Astrid schaute aus dem Fenster.

»Gar nichts. Ich brauche einen kleinen Moment.« Louises Stimme war rau und bewegt.

»Wenn ich etwas Falsches gesagt habe …« Astrid räusperte sich wieder. »Dann tut es mir leid.«

Louise Hartung schnalzte mit der Zunge. »Nicht Sie haben etwas Falsches gesagt, Frau Lindgren, es ist damals etwas ganz und gar Falsches *geschehen*. Das macht mich gerade wieder so unbeschreiblich traurig. Und wütend.« Sie schluckte hörbar. »Und überhaupt … Darf ich Ihnen auch eine Geschichte, meine Geschichte erzählen? Oder ist Ihre noch nicht zu Ende?«

»Fast. Ich dachte damals, wie kann es sein, dass niemand diesen Hitler erschießt, erdolcht, in Stücke reißt, was auch immer.«

»Das dachten wohl viele.« Louise fädelte sich wieder in den Verkehr ein. »Zu meiner kleinen Geschichte kommen wir gleich. Erst einmal zeige ich Ihnen die Orte, an denen ich glücklich war, gelebt und gearbeitet habe.«

Louise hatte Astrid die Ruinen der Gebäude gezeigt, in denen sie in den Zwanziger Jahren Grammophonschallplatten aufgenommen und Konzerte gegeben hatte. »Ich war talentiert, sehr talentiert, und man hatte mir eine große Karriere vorhergesagt.« Sie musste wieder anhalten, weil sie nicht weiterfahren konnte. Ihre Hände zitterten leicht.

Ringsherum waren Häuserruinen, es gab auch eine Handvoll Häuser, die fast unbeschädigt waren; Häuser, an denen die Russen rote Fahnen angebracht hatten und seltsame Malereien zu sehen waren.

»Früher war das hier der vornehmste Stadtteil Berlins, können Sie sich das vorstellen, Frau Lindgren?« Louise weinte.

Astrid legte den Arm um ihre Schultern. »Es tut mir leid. Vielleicht hätten wir besser doch nicht herfahren sollen.«

Louise blickte auf, das Gesicht ernst und trotzig. »O doch, es war genau richtig. Sie sollen sehen, was aus Berlin geworden ist.« Sie wischte sich energisch mit dem Handrücken über die Augen. »Ich sollte nicht so sentimental sein.«

»Das ist doch verständlich. Meine Güte, wenn ich mir vorstelle, mein geliebtes Stockholm sähe so aus …« Nein, das wollte sie sich lieber nicht vorstellen.

Louise öffnete die Fahrertür. »Kommen Sie. Lassen Sie uns ein bisschen umhergehen.«

»Sind Sie sicher?«

»Nein, aber ich bin fest entschlossen.«

Louise hatte sich bei Astrid untergehakt, und die beiden spazierten durch den einstigen vornehmen Stadtteil. Immer wieder blieb sie stehen und blickte niedergeschlagen auf ein Haus, eine Ruine.

»Sie wollten mir Ihre Geschichte erzählen«, erinnerte Astrid sie, als sie später schweigsam und in sich gekehrt zum Wagen zurückgingen.

»Richtig. Meine Geschichte.« Louise blieb erneut stehen und hob das Gesicht. »In meiner Wohnung, einverstanden? Dort ist es gemütlicher und nicht so … furchtbar traurig.«

Louise Hartung war in Münster geboren und aufgewachsen, ihre Mutter starb bei ihrer Geburt. Sie hatte sieben Geschwister und einen hoffnungslos überforderten Vater, der sich nun um sie alle kümmern musste.

»Man sagt, ich sei schon als Kind musikalisch sehr begabt gewesen«, erzählte sie. »Das Lesen habe ich mir selbst beigebracht, noch bevor ich in die Schule kam. Als junges Mädchen wollte ich unbedingt Gärtnerin werden, ich liebe Blumen und Pflanzen. Sie auch, Astrid?«

»O ja.« Sie tauschten einen Blick, ein Lächeln.

»Aber dann fand ich irgendwann doch, ich sollte auf mein Talent, meine Begabung setzen. Wozu hatte mir der Herrgott eine so schöne Stimme gegeben? Also machte ich eine Gesangsausbildung für italienische Oper. Mitte der zwanziger Jahre zog ich nach Berlin, ich hatte die Stadt während eines Studienaufenthalts kennen- und lieben gelernt. Ich war auch in Paris und Mailand, doch Berlin …« Sie trank einen Schluck Weißwein. »Berlin ist eben Berlin. Ich lernte berühmte Autoren wie Bertolt Brecht und Kurt Weill kennen.« Ein leises Seufzen. »Und Lotte Lenja. Eine aufregende, verrückte Zeit. Ich hatte viele Engagements und bin sogar im Londoner *Savoy Theater* aufgetreten.« Sie verstummte und schwieg eine ganze Weile. »Als ich nach Berlin zurückkam, war nichts mehr wie vorher. Viele Künstler durften nicht mehr auftreten, konnten sich kaum noch frei bewegen.« Louise schluckte schwer. »Viele mussten um ihr Leben fürchten.« Sie sprach leise weiter. »Auch ich bekam Auftrittsverbot und musste mich irgendwie über Wasser halten.«

»Wie?«, fragte Astrid dazwischen.

»Ich habe als Regieassistentin und Fotografin gearbeitet. Das

Fotografieren hatte ich schon früh gelernt, es war meine Leidenschaft.« Wieder verstummte sie kurz. »Ich habe aktiven Widerstand gegen den Nationalsozialismus geleistet, darauf bin ich stolz. Ich besaß damals ein kleines Häuschen in Potsdam, dort habe ich jüdische Freunde versteckt.«

Astrid hatte atemlos zugehört. »Wirklich? Hatten Sie gar keine Angst?«

»Doch, jeden Tag. Aber mir wäre nie eingefallen, es anders zu machen.«

Die beiden Frauen schwiegen eine Zeit lang, jede hing ihren Gedanken nach.

Schließlich durchbrach Louise die Stille. »Nach dem Krieg war ich zunächst arbeitslos, und dann habe ich mich für die Lokalpolitik stark gemacht. Ich begann, mich für den Wiederaufbau der Kulturszene einzusetzen, anfangs für den musikalischen Bereich. Bis ich schließlich irgendwie und irgendwann im Hauptjugendamt landete.« Nun lachte sie, es klang befreit, als wäre sie erleichtert, über etwas Erfreuliches sprechen zu können. »Und jetzt sitze ich hier neben der berühmtesten Kinderbuchautorin, die wir haben, plaudere und trinke Wein mit ihr. Auf Ihr Wohl, Astrid!« Sie hob ihr Glas.

»Auf Ihres.« Astrid nippte an ihrem Wein.

Sie war ganz durcheinander, sie war auch beeindruckt und etwas beschämt. Was hatte Louise alles durchmachen müssen!

»Es tut mir leid, was Sie durchleben mussten, Louise«, sagte sie nach einer Weile. »Mein eigenes Leben klingt daneben wie … Bullerbü.«

»Bullerbü?«

»Eine heile Welt, in der Kinder einfach nur Kinder sein dürfen.«

»Das klingt wundervoll und viel zu schön, um wahr zu sein. Existiert Ihr Bullerbü irgendwo?«

»Und ob. Sie wissen doch, ich kann nur über etwas schreiben, das ich kenne. Bullerbü ist mein Näs.«

»Dort, wo Sie aufgewachsen sind.« Louise nickte. »Wann können die deutschen Kinder Ihr Bullerbü kaufen?«

»Oetinger bringt das erste Buch im nächsten Herbst heraus.«

»Und ich werde eine der Ersten sein, die es lesen und den Kindern im Lesekreis mitbringen wird. Unsere Kinder sollen Bullerbü unbedingt kennenlernen.« Louise wurde ernst und seufzte. »Um auf Ihre Worte zurückzukommen – Wenn man durch den Scheuersack gegangen ist, wie mein Vater gern sagte, und das Leben von einer ganz anderen Seite kennenlernt, kann man auch daran reifen. Man muss nicht am Schicksal zerbrechen. Es war schwer, ohne Frage, und es war schlimm, aber es hat mich zu dem Menschen gemacht, der ich heute bin.« Louise nippte an ihrem Wein und runzelte die Stirn. »Und dieser Mensch will ich auch sein. Wissen Sie, was ich meine?«

»Ich denke schon.«

»Dachte ich mir.« Louise nickte. »Ich glaube, wir können Freundinnen werden, was meinen Sie?«

»Ich glaube, das sind wir schon.«

Teil 7

1958

Kapitel 44

Stockholm im Frühsommer

Seit einiger Zeit litt Astrid unter rheumatischen Nackenschmerzen, Schmerzen, die oft so unangenehm und hartnäckig waren, dass sie kaum sitzen, geschweige denn schreiben konnte. Sie hatte sich angewöhnt, an diesen Tagen im Liegen zu schreiben, mit einem flachen Kissen im Nacken.

Sie hatte einer weiteren Figur Leben eingehaucht:

Karlsson vom Dach, ein schöner, grundgescheiter und genau richtig dicker Mann in seinen besten Jahren – so bezeichnete er sich selbst –, der einen kleinen Propeller auf dem Rücken hat und damit über die Dächer der Stadt braust. Nein, eigentlich braust er nicht, vielmehr tuckert er gemütlich vor sich hin. Auf einem seiner Erkundungsflüge ist er schnurstracks in das Zimmer von Lillebror geflattert, einem achtjährigen Jungen. Als der seinen Eltern von Karlsson erzählt, glauben sie ihm kein Wort, denken, er hätte Karlsson erfunden. Als ob man Karlsson erfinden könnte!

»Das stört keinen großen Geist«, sagt der gern und oft, und bevor er zum Fenster hereinflattert, ruft er: »Heißa, hopsa, Lillebror!«

Wie immer, wenn Astrid schrieb, konnte sie alles um sich herum vergessen. Doch, sobald sie den Stift beiseitelegte, purzelte sie wieder in die Gegenwart – und schlug hart auf.

Denn in wenigen Tagen würde sich ihr Leben ändern.

Ihre Tochter heiratete, und sie würde künftig allein in der großen Wohnung sein. Eine Vorstellung, der sie sich nicht gewachsen fühlte. Noch nicht. Aber sie würde sich damit anfreunden, sich daran gewöhnen müssen, weil es unabwendbar war. Der Lauf der Zeit.

Vor einer Woche waren sie und Karin für zwei Tage in Furusund gewesen und hatten ihre Zweisamkeit genossen. Die sich dennoch bedrückend angefühlt hatte, weil sie danach in ein neues Leben zurückkehren würden.

Morgens hatte Karin für ihr Examen gebüffelt – sie studierte Sprachen und Literaturgeschichte –, und Astrid hatte geschrieben. Danach hatten sie gemeinsam gekocht und anschließend auf dem Bootssteg gesessen und die Füße ins Wasser gehalten. Es war noch kalt, zu kalt, um baden zu gehen.

Manchmal hatten sie ununterbrochen geplappert, dann wieder hatten sie lange geschwiegen und sich nur ab und an einen Blick zugeworfen.

Furusund war nach wie vor der einzige Ort, der Astrid Ruhe und Erholung verschaffte. Ihr Zufluchtsort, ihr kleines Paradies, auch wenn das in diesem Jahr einen Riss bekommen hatte.

Ihre Tochter war glücklich verliebt und heiratete bald –, und in der Ehe ihres Sohnes kriselte es.

So oft sie konnte, holte Astrid ihren Enkel zu sich, spielte mit ihm, las ihm vor, obwohl er selbst schon recht gut lesen konnte, und kochte für ihn. Verzweifelt und unermüdlich versuchte sie, seine kleine bislang heile Welt zusammenzuhalten, wollte ihm Geborgenheit und Trost geben. Nicht, weil sie der Meinung war, dass Lasse und Inger dazu nicht imstande waren, sondern weil sie das Bedürfnis, das starke Verlangen danach hatte. Sie wollte für Mats da sein, wie sie für ihre Kinder da gewesen war. Und noch immer da war. Für den Rest ihres Lebens würde sie deren Mutter bleiben und sie beschützen wollen. Mutter zu sein, legte man schließlich nicht wie einen alten Mantel ab, aus dem man herausgewachsen war. Das war das Schöne und zugleich auch Schwierige: Als Mutter würde man sich bis zum Ende seiner Tage verantwortlich fühlen.

Ich wäre damals nie gegangen, dachte Astrid so oft. *Ich hätte noch viel mehr erduldet, wenn es bedeutet hätte, dass unseren Kindern die Familie nicht genommen wird.*

Laut sagte sie es jedoch nie.

Der ganze Rummel um ihre Person wurde ihr immer häufiger zu viel – sie war doch niemand Besonderes, sie schrieb doch nur Bücher. Oft fühlte sie sich, als sei sie aus Glas und man könnte durch sie hindurchschauen. Tief in ihr Herz und in ihre Seele, dorthin, wo sie niemanden hineinlassen wollte. Wildfremde Menschen sprachen sie auf der Straße an, berührten sie, als wollte man sich davon überzeugen, dass sie echt war. Sie kam sich vor, als hocke sie in einem runden Fass, das man nach Lust und Laune umherrollte. Astrid war eine öffentliche Person geworden, die man bestaunen, befragen und bewundern durfte.

Die vielen Briefe, die täglich kamen, überforderten sie ebenfalls. Wie sollte sie dieser Mengen je Herr werden? Am Ende würde sie den Tag damit verbringen, Briefe zu beantworten, anstatt Bücher zu schreiben.

Aber sie hatte sich damit gebrüstet, auf jeden Brief zu antworten, sie konnte, durfte jetzt nicht zurückrudern. Manchmal stand sie fassungslos auf dem Flur ihrer Wohnung und starrte den Postsack an, der soeben wieder gekommen war.

Hin und wieder half Karin ihr, die Flut zu bewältigen. Dann hockten sie beide auf dem Fußboden, ringsherum Unmengen von Briefen und Ansichtskarten.

»Sieh dir das an, Karin. Bin ich wirklich so wichtig, so besonders?«

»Es sieht ganz danach aus«, hatte ihre Tochter erwidert. »Die Kinder lieben dich eben.«

Astrid schämte sich in diesen Momenten, weil sie sich doch eigentlich uneingeschränkt freuen sollte, es aber nicht konnte. Ständig forderte jemand etwas von ihr ein, und sie spürte mehr und mehr Druck auf sich lasten. Sie konnte den Erwartungen nicht gerecht werden, unmöglich. Panik drohte sie zu überrollen, und es brauchte eine gehörige Portion Disziplin und Anstrengung, um ihr standzuhalten und nicht unterzugehen.

Denn sie wollte doch weitermachen! Sie wollte unbedingt weiter das tun, was sie so liebte und erfüllte.

Also tat sie das, was sie immer tat: Sie riss sich zusammen und machte weiter.

Im Monat zuvor war Astrid nach Berlin geflogen, um Louise Hartung zu besuchen. Seitdem sie sich vor fünf Jahren kennengelernt hatten, schrieben sie sich regelmäßig.

Wie großzügig und uneigennützig Louise war, hatte Astrid schnell begriffen, nachdem die ersten Päckchen mit Blumen, Pralinen und Büchern gekommen waren. Hin und wieder schickte sie auch ein hübsches Schmuckstück – ihr ganz spontan eine kostbare Brosche zu schenken, war also offenbar nicht ungewöhnlich gewesen – oder ein besonders schönes Kästchen, das sie irgendwo entdeckt hatte. *Du könntest Briefmarken darin aufbewahren, liebe Astrid,* schrieb sie dazu. *Oder vielleicht möchtest Du lieber die Steine darin sammeln, die Du auf Deinen Spaziergängen findest.*

An manchen Tagen waren so viele Blumen – frische und getrocknete – gekommen, dass die ganze Wohnung danach gerochen hatte. Louise schickte praktischerweise häufig auch gleich eine Vase mit, schenkte ihr bildschöne Seidentücher- und -schals und feine Lederhandschuhe, kurzum, es gab kaum etwas, das sich nicht in einen Karton verpacken und nach Stockholm schicken ließ.

Auch das wurde Astrid gelegentlich zu viel. Und sie hatte deswegen ein schlechtes Gewissen, schließlich wollte Louise ihr nur eine Freude machen.

Doch es gab noch etwas, das Astrid Magengrimmen bescherte: Louise wäre gern mehr für sie, sehr viel mehr als nur eine liebe Freundin. Anfangs war Astrid nur verwirrt gewesen, verunsichert, wie sollte sie reagieren? Sollte sie Louises zarte und doch deutliche, unmissverständliche Annäherungsversuche abwehren?

Schließlich hatte sie Louise geschrieben, es tue ihr aufrichtig leid, aber eine Liebe, wie sie sie sich ganz offenbar wünschte, könne sie nur einem Mann geben.

Louise hatte enttäuscht reagiert, Astrid habe es ja nie versucht. Vielleicht würde ihr die Liebe einer Frau mehr geben als die eines Mannes.

Die beiden Freundinnen hatten in Berlin ein paar herrliche Tage miteinander verbracht. Die meiste Zeit waren sie in Louises wie verzaubert wirkendem Garten gewesen, hatten dort im Schatten unter einem Baum gesessen und geredet und geredet.

Viel gelacht hatten sie auch. Und philosophiert und laut gedacht.

Louise hatte ihr auch vorgesungen, was sie besonders genossen hatte. Wer hatte schon das Glück, dass eine ausgebildete Kammersängerin ihm vorsang?

Astrid genoss Louises Gegenwart, gleichzeitig befürchtete sie stets, sich für etwas rechtfertigen und womöglich entschuldigen zu müssen. Sie war verkrampft, fühlte sich überfordert, legte jedes Wort auf die Goldwaage und achtete auf jede Geste und kleine zufällige Berührung, die Louise womöglich falsche Hoffnungen machen könnte. Sie wusste, wie haarsträubend und albern das war und wie sehr es ihre Freundschaft überschattete.

»Entspann dich, Astrid, ich habe nicht vor, über dich herzufallen«, hatte ihre Freundin eines Abends gemeint, als sie wieder unter dem Baum gesessen hatten.

»Nicht?«, hatte sie gewitzelt und unbekümmert getan.

»Nein, ich spüre deine Abwehr sehr deutlich.«

»Abwehr? Nein, Louise, es kann nicht sein, dass du etwas spürst, was nicht da ist. Du weißt, wie gern ich dich habe, aber …«

»Jeden Blick, den ich dir zuwerfe, deutest du auf deine ganz eigene Weise.«

Astrid war unbehaglich zumute gewesen, und am liebsten wäre sie aufgestanden und davongelaufen.

»Am Ende wirst du mich nicht wieder besuchen kommen«, hatte Louise dann noch gemeint.

»Ich bin viel zu gerne bei dir.«

»Wirklich?« Der Blick, den Louise ihr zugeworfen hatte, war spöttisch gewesen. »Dann sollten wir die Unterhaltung jetzt wohl besser in eine andere Richtung lenken.«

Doch es würde wieder und wieder zum Thema werden, das ahnte Astrid, weil es sich gar nicht vermeiden ließ. Sie konnten nicht ausklammern, dass sie ganz unterschiedliche Vorstellungen von ihrer Freundschaft hatten.

Von Berlin aus war Astrid nach Florenz geflogen, wo sie die *Hans-Christian-Andersen-Medaille* entgegennehmen sollte, einen internationalen Kinder- und Jugendliteraturpreis.

Der Preis machte Astrid stolz, auch wenn sie nicht aufhören würde, sich zu fragen, womit sie all die Preise, Auszeichnungen und Huldigungen verdient hatte.

Es war wunderbar, absolut phänomenal, dass die Kinder ihre Bücher, ihre Figuren, die sie erschaffen hatte, so liebten. Mehr hatte sie nie erreichen wollen, sie machte sich auch nichts aus dem Geld, das monatlich, jährlich auf ihr bereits stattlich gefülltes Konto floss. Viel Geld zu besitzen, wohlhabend, gar reich zu sein, hatte ihr schon immer Angst gemacht.

Dennoch hatte sie die Medaille voller Freude entgegengenommen und sich mit ein paar Worten bedankt. Hauptsächlich bei den Kindern, die ihre Bücher lasen und die bei der Preisverleihung nicht anwesend waren. Eine im Grunde paradoxe Situation, wie sie still für sich gedacht hatte. Kinder sollten im Publikum sitzen und applaudieren und keine Laudatoren und Mitglieder von irgendwelchen Ausschüssen und Komitees oder Politiker, die sich während ihrer Legislaturperiode auf die Fahne geschrieben hatten, die Kultur zu fördern.

Astrid war ein wenig verstimmt gewesen und hatte darüber nachgedacht, zu keiner weiteren Preisverleihung zu gehen.

Nein, sagte sie sich schließlich, als sie wieder im Flugzeug saß. Sie könnte, sie sollte derartige Veranstaltungen nutzen, um Kindern und deren Bedürfnissen eine Stimme zu geben.

Kapitel 45

Zwei Tage nach Karins Hochzeit

Wie glücklich ihre Tochter ausgesehen und wie sie gestrahlt hatte! Astrid hatte keine einzige Träne geweint, stumm und reglos hatte sie in der Kirche gesessen, die Hände im Schoß.

Sie freute sich ja für ihre Tochter, aber sie fürchtete sich auch vor dem Alleinsein. Es vor Karin zu verbergen, strengte sie an, und wie meistens überspielte sie es mit ihrem trockenen Humor. »Wehe, du gibst nicht ordentlich auf meine Tochter acht«, hatte sie ihrem Schwiegersohn nach der Trauung zugeraunt. Und danach hatte sie laut ausgerufen: »Endlich habe ich die Wohnung ganz für mich!«

In der Nacht, als sie heimgekommen war, hatte sie lange im Dunkeln im Wohnzimmer gesessen und dem Ticken der Wanduhr gelauscht. Eine Minute, zwei, eine halbe Stunde, eine Stunde …

Würde das von nun an immer so sein?

Nein, ich werde damit zurechtkommen und mich daran gewöhnen. Ich schaffe das. Wie ich bisher alles geschafft habe, was ich schaffen musste. Man wird nicht immer gefragt, und häufig mischt das Schicksal die Karten ganz neu.

Wie damals, als Marie krank geworden war und sie Lasse zu sich nehmen musste. Sie hatte keine Wahl gehabt, hatte nicht darüber nachdenken können, wie sie es hinbekommen sollte. Sie hatte es einfach getan. *Und ich glaube, ich war eine gute Mutter.* Obwohl sie einen Kloß im Hals hatte, musste sie lächeln.

Sie war zu Bett gegangen und hatte beschlossen, die Wohnung in ihren Lieblingsfarben streichen zu lassen. Wohn-, Arbeits- und Schlafzimmer in einem hellen Grau und vielleicht die eine oder andere Wand in einem zarten Rosa. Und sie würde neue Gardinen kaufen. Sie wollte die Wohnung in der Dalagatan, die früher auch Stures, Lasses und Karins Heim gewesen war, nun zu ihrer ganz eigenen machen.

Am Nachmittag war Astrid mit Elsa Olenius verabredet. Sie wollten einen langen Spaziergang machen, vielleicht noch etwas durch die Einkaufsstraßen bummeln und ein Eis essen. Astrid brauchte dringend Zerstreuung, sonst würde sie sich ihrer Melancholie ausliefern, und das hatte sie gewiss nicht vor.

Als sie an Karins leerem Zimmer vorbeiging, musste sie kurz innehalten und schlucken. Was war sie doch nur für eine grässliche, dumme Glucke!

Alle Kinder zogen irgendwann aus und gingen ihrer Wege.

Man zog sie schließlich auf, um sie irgendwann wieder gehen zu lassen. Der Lauf der Dinge.

Astrid nahm ihre Strickjacke von der Garderobe, entschied sich um und verließ ohne Jacke die Wohnung.

Elsa wartete bereits im Park auf der Bank und winkte ihr von Weitem zu.

Astrid setzte sich neben sie und anstatt etwas zu sagen, rutschte ihr ein tiefes, herzzerreißendes Seufzen heraus.

»Ach, du Schreck, so schlimm?« Elsa legte ihr die Hand aufs Knie.

»Schlimmer. Ich bin eine dumme Pute und grässliche Glucke.«

»Wie jede Mutter.«

»Ja, wahrscheinlich.« Astrid lehnte sich zurück und blinzelte in die Sonne, die durch die Blätterkronen über ihnen schien.

Die beiden schwiegen lange, nur dann und wann drehte Elsa den Kopf und sah Astrid prüfend an.

Irgendwann, nach einer ganzen Weile, sagte sie leise: »Du wirst damit zurechtkommen. Du wirst dich an die Wohnung ohne Karin gewöhnen. Nicht nur, weil man sich bekanntermaßen an alles gewöhnt, sondern weil du die Ruhe schätzen lernst. Du wirst dich wieder voll und ganz auf dich besinnen, und das kann einem doch eine Menge geben, nicht wahr?« Sie seufzte und winkte ab. »Ach, vergiss, was ich gesagt habe, Astrid. Dummes Geschwätz einer Frau, die keine Ahnung hat von dem, was sie da plappert. Ich wollte dich nur ein bisschen trösten.« Wieder ein prüfender Blick. »Oder brauchst du gar keinen Trost?«

»Wenn ich das wüsste.« Astrid blickte in den blauen Himmel.

Zwei Stare hüpften auf dem Gras neben ihnen umher und balgten um einen fetten Wurm, den einer aus der Erde gerupft hatte.

Sie sah ihnen lächelnd zu. Das Leben ging weiter, die Erde drehte sich weiter.

»Du lächelst.«

»Ja, wieso auch nicht?«

Die beiden schauten sich an, nickten und lehnten sich zurück.

»Morgen Abend lese ich wieder im Radio«, sagte Astrid nach einer Weile. »Anfangs dachte ich noch, es würde mir keinen Spaß machen, aber manchmal muss man seine Meinung revidieren.«

»Meistens sogar.«

Als der Rundfunk sie eingeladen hatte, aus *Pippi Langstrumpf* vorzulesen, hatte sie erst ablehnen wollen. Noch eine Verpflichtung, noch mehr Öffentlichkeit.

Der erste Abend war aufregend gewesen. Sie saß in einem kleinen Studio, um sie herum Apparaturen und Mikrofone. Sie hatte Angst gehabt, etwas umzustoßen. Eine freundliche junge Frau hatte ein Mikrofon vor ihr aufgebaut und um eine Sprechprobe gebeten. Hinter einer Glasscheibe saß ein Mann mit großer Brille, der ihr ein Zeichen gegeben hatte.

»Guten Abend, mein Name ist Astrid Lindgren.« Sie war verstummt und hatte sich fragend umgeschaut. »Oder soll ich lieber etwas anderes sagen?«

»Einen falschen Namen dürfen Sie leider nicht nennen«, hatte die junge Frau trocken entgegnet.

Astrid hatte laut gelacht, und von da an war sie deutlich entspannter gewesen.

»Komm!« Sie stand auf und zog Elsa mit sich.

»Ach, warum denn?«, meinte die träge. »Es war doch gerade so gemütlich.«

»Siehst du den Baum dort drüben?« Astrid zeigte auf eine Linde.

»Astrid.« Elsa stöhnte auf. »Wir sind in einem Park, hier gibt's eine Menge Bäume.«

»Die Linde da vorn. Wir klettern rauf.«

»Kommt nicht in Frage. Ich und Klettern!« Elsa setzte sich wieder und streckte die Beine aus.

»Ich bring's dir bei! Es ist ganz leicht, komm!« Astrid griff nach ihrer Hand.

Elsa folgte ihr, wenn auch etwas widerwillig. »Ich kann das nicht.« Sie wollte stehen bleiben, doch Astrid ließ es nicht zu.

»Man kann alles lernen, das sagst du doch immer. Ich kann lernen, allein zu wohnen, und du kannst lernen, auf Bäume zu klettern. Komm schon, es ist kinderleicht!«

Nachwort

Eine Romanbiografie zu schreiben ist eine wundervolle Aufgabe und große Verantwortung zugleich.

Über Astrid Lindgren zu schreiben war auch eine Herausforderung. Die Kinderbuchautorin, die Figuren wie Pippi Langstrumpf, Kalle Blomquist, Michel aus Lönneberga, Karlsson vom Dach und so viele mehr erfunden hat, hat sich, was ihr Privatleben betrifft, stets sehr bedeckt gehalten. Sie ließ sich weder ins Herz noch in die Seele blicken. Damit macht sie es jemandem, der über sie schreiben und sich nicht in Spekulationen oder gar kühnen Behauptungen verlieren möchte, nicht gerade leicht.

Während meiner Recherchen ist mir der Mensch, die Frau Astrid Lindgren sehr ans Herz gewachsen. Sie hatte ein langes, bewegtes Leben, in dem sich so viel ereignet hat, dass es den Rahmen sprengen würde, alles auch nur kurz zu erwähnen. Deshalb habe ich Zeitabschnitte gewählt, die sie geprägt und die Autorin in ihr geweckt haben. Ich habe versucht, möglichst nah an der Realität zu bleiben und mir nur hier und da dichterische Freiheiten erlaubt.

Viele der Ereignisse, die ich geschildert habe, sind so oder sehr ähnlich geschehen, und ich habe nur eine Handvoll Menschen erfunden, wie zum Beispiel die Reporterin aus Uppsala und Astrids Kollegin und Freundin Ingrid.

Astrid Lindgren war nicht nur die bekannteste und beliebteste

Kinderbuchautorin, sie war auch Meinungsmacherin und hat sich für die Rechte der Kinder eingesetzt und für den Tierschutz stark gemacht. 1978 bekam sie den Friedenspreis des Deutschen Buchhandels und hielt eine flammende, bewegende Rede, die nicht nur eine Debatte auslöste, sondern auch dazu beitrug, dass Schweden ein Gesetz erließ, das die Prügelstrafe und andere elterliche Gewalt verbot. Auch der Naturschutz lag ihr am Herzen, und sie bezog klar Stellung gegen Kernkraft.

Viele Bücher waren für meine Recherchen sehr hilfreich, darunter *Ein Lebensbild* von Margareta Strömstedt und *Erinnerungen an eine Jahrhundertfrau* von Sybil Gräfin Schönfeldt, beide langjährige Freundinnen, und auch ihre Kriegstagebücher und *Das entschwundene Land*, das einzige Buch, das Astrid Lindgren für Erwachsene geschrieben hat.

Meine Geschichte endet mit der Heirat und dem Auszug ihrer geliebten Tochter, ein weiterer harter Einschnitt in ihrem Leben.

Die Familie ging ihr über alles, und was ihr Privatleben betrifft, war sie wie gesagt äußerst verschwiegen. Erst sehr spät hat sie preisgegeben, dass sie schon mit achtzehn schwanger geworden war und ihren Sohn bei einer Pflegemutter lassen musste. Was dieses, ohne Zweifel einschneidende, Ereignis mit ihr als Mensch, als Mutter gemacht hat, hat sie nie verlauten lassen. Es hieß immer nur, es sei »sehr schwer gewesen«.

Bei Astrid Lindgren lagen Heiterkeit und Melancholie eng beieinander. Sie war geistreich und schlagfertig und hatte einen herrlich trockenen Humor.

Ihre Auszeichnung zur »Schwedin des Jahres in der Welt« (1997) kommentierte sie zum Beispiel mit folgenden Worten: »Ihr verleiht den Preis an eine Person, die uralt, halb blind, halb taub und total verrückt ist. Wir müssen aufpassen, dass sich das nicht herumspricht.«

Nach dem Tod ihres Sohnes 1986 fiel sie ein weiteres Mal in ein dunkles Loch, rappelte sich aber wie gewohnt auf, um weiterzumachen. *Reiß dich zusammen und mach weiter*, der Leitsatz ihrer Mutter, der auch zu ihrem geworden war.

Ihr letztes Buch schrieb Astrid Lindgren mit über siebzig: *Ronja Räubertochter*.

Sie hat mehrere Auszeichnungen bekommen, sie alle aufzuzählen würde ebenfalls den Rahmen sprengen. Deshalb nenne ich nur den Schwedischen Krimipreis für den besten schwedischen Jugendkrimi, den Internationalen Buchpreis und den Selma-Lagerlöf-Literaturpreis. Bei Letzterem kann ich mir vorstellen, wie sie reagiert hat, sie, die nie »die Selma Lagerlöf von Vimmerby« sein wollte.

Astrid Lindgren war eine begeisterte, emsige Briefeschreiberin und hat lebenslange Freundschaften gepflegt.

Täglich telefonierte sie mit ihren Geschwistern, und im Alter und nach dem Tod ihres »Herzensbruders« Gunnar begannen ihre Telefonate immer mit: »Der Tod, ach ja, der Tod …«

Es war ihr Ritual geworden, ihre tägliche Auseinandersetzung mit dem Unabwendbaren, dem sie dennoch nicht zu viel Raum geben wollten. Also hakten sie mit diesem einen Satz den Tod ab und gingen zu anderen Themen über.

Astrid Lindgren starb am 28. Januar 2002 in ihrer Stockholmer Wohnung, in der sie über sechzig Jahre gelebt hatte.

Sie liebte das Landleben und die Stille, aber sie liebte auch ihre Stadt, ihr Stockholm, die für sie schönste Stadt der Welt.

Die Wohnung in der Dalagatan 46 ist heute ein Museum, das

man auch virtuell besichtigen kann. Auch das Elternhaus, das Astrid später kaufte und so restaurieren ließ, wie sie es aus ihrer Kindheit in Erinnerung hatte, kann man besichtigen.

Ihr Sohn Lasse hat über sie gesagt: »Sie war nicht so eine Mutter, die still im Park auf einer Bank saß und den Kindern beim Spielen zusah. Sie wollte selbst spielen, und ich glaube, dass es ihr mindestens genauso viel Spaß gemacht hat wie mir.«

Mein Dank geht an meinen Verlag, der diesem Buch ein so schönes Zuhause gegeben hat, ganz besonders an meine Lektorin Anne Sudmann. Danke, liebe Anne, für die großartige, wertschätzende und respektvolle Zusammenarbeit!

Ein weiterer Dank geht an meine phänomenale Agentin Petra Hermanns und an meine Freundin Anne, beide große Astrid Lindgren-Fans. Ein letzter Dank geht wie immer an meine Familie, die eine Engelsgeduld mit mir hat, wenn ich wieder mal in anderen Sphären unterwegs bin.

Euch allen fühle ich mich sehr verbunden.

Quellennachweis

Das Zitat auf Seite 7 stammt aus:
www.astridlindgren.com

Seite 228 in Anlehnung an ein Zitat von Astrid Lindgren:
»Es steht ja wohl nicht in den zehn Geboten, dass alte Weiber nicht in Bäume klettern dürfen.«
(Astrid Lindgren während einer TV-Produktion 1978, www.astridlindgren.com)

Das Zitat auf Seite 297 stammt aus:
Die Brüder Löwenherz

Heidi Rehn
Die Frau des Blauen Reiter
Kunst ist ihre Leidenschaft, Franz Marc die Liebe ihres Lebens
Roman
399 Seiten. Klappenbroschur
ISBN 978-3-7466-3796-9
Auch als E-Book lieferbar

Die Farben der Liebe

Maria studiert Malerei, allen Widerständen zum Trotz. Nicht nur in der männlich dominierten Kunstwelt gilt es für sie als junge Frau, Vorurteile zu überwinden, sondern auch bei ihren Eltern. Dann aber lernt sie Franz Marc kennen, und zum ersten Mal fühlt sich Maria als Künstlerin ernstgenommen und als Frau begehrt. Gemeinsam suchen sie nach neuen Ausdrucksformen, inspirieren und ermutigen sich, ihre Malerei weiterzuentwickeln. Obwohl Franz in der Liebe als unstet gilt, kann sie sich seinem unwiderstehlichen Charme nicht lange entziehen. Ihre Beziehung ist leidenschaftlich und intensiv. Doch dann taucht in Franz' Leben eine andere Frau auf, ausgerechnet Marias verehrte Lehrerin an der Kunstakademie.

Die Geschichte einer großen Malerin und der berühmten Künstlergruppe »Der Blaue Reiter«

Regelmäßige Informationen erhalten Sie über unseren Newsletter.
Jetzt anmelden unter: www.aufbau-verlage.de/newsletter

atb aufbau taschenbuch